아버지의 팡세

아버지의 팡세

오 세 윤 산문집

수필과비평사

책머리에

한 가지 일을 경험할 때마다 한 지혜를 얻는다고 한다. 하지만 본시 위인이 아둔하여 많은 걸 경험했으면서도 지혜로워지기는 커녕 여전히 어리석다. 다행히 인생 후반기에 들어 수필을 쓰게 되고, 한 편 한 편 엮으면서 약간의 진전이 있음은 분 넘치는 수확이다.

머리에 든 식견이 얕고 가슴이 좁아 높고 큰 문장은 짓지 못하는 대로 이번 글은 마음이 지극한 지경에 들고 스스로 감동이 이는 때를 기다려 필술했다. 가난한 집도 깨끗이 쓸고, 가난한 집 여자도 단정하게 머리를 빗으면 경색景色은 비록 미려美麗하지 못할지라도 기품은 저절로 풍아하리란 옛말을 새기면서…….

나이 훌쩍 종심을 넘겼다. 하지만 마음은 여전히 푸르다. 호기심도 여전하고 정을 그리기도 여전하다. 다만 분별이 늘었을 뿐.

늙는다고 다 나쁘기만 할까. 무거운 짐을 부려놓고 빈 지게로 돌아서서 노을을 바라보는 조금은 홀가분한 나이, 회로애락 시비호오에서 얼마쯤 비켜선 허허한 자리. 바람 자고 물결 고요해야만 자연경관의 참모습을 볼 수 있듯, 사람도 세상 욕정의 풍파가 자고 마음속이 고요해야만 인생의 진실한 경지를 볼 수 있다고 했다. 하루가 저물 때에 노을이 아름답고, 가을이 깊어질 때 감귤은 더 짙게 향을 낸다고도 했다.

말미에 벗의 이야기 두 편을 첨가했다. 온갖 어려움을 딛고 삶을 성실하게 마무리하고 떠난 벗의 이야기와, 늦게나마 참사랑을 찾은 또 한 벗의 모습이 애틋해 일인칭으로 풀었다.

일생을 통해 오직 진정으로 교우한 벗 김중식과, 나에게 수필의 길을 열어주고 고전으로 깨우쳐 이끄신 난대 이응백 스승께 이 글을 바친다.

2014년 5월, 광교산 아래에서

오 세 윤

차례

2부 만국기 소녀

3부 정육점

4부 아버지의 팡세

5부 물망초

6부 자귀나무 정원

1부

노변잡설

나박김치 | 골초장 | 도시락 데이트
육송정 삼거리 | 앵두
돈가스 | 미역국
오지랖도 넓으셔라 | 노변잡설

나박김치

허리 병이 도진 장모 병구완 차 벌곡에 간 아내의 귀경이 하루하루 드텨진다. 벌써 열흘째, 준비해놓고 간 밑반찬이 다 떨어진 데다 김치마저 바닥났다. 어찌할까 하는 참에 지난봄 일이 떠오른다. 무를 씻다 아내에게 들켜 시도에 그치고만 나박김치 담그기, 제창 기회다 싶어 제대로 한번 담가보기로 했다. 남들이 들으면 무슨 남자가 나박김치 타령이냐고 할 남우세스러울 일이지만 늙마의 내겐 조리가 즐거운 소일거리여서 괘념하지 않는다.

고등학교 시절 자취를 한 경험과 짬짬이 아내에게서 배워둔 비법이 있는데다 두어 해 뜻 아니게 별거 아닌 별거(?)를 하느라 음식 만들기에는 제법 익숙해져 있는 터. 혼자 있어도 매식보다는 끼니 대부분을 거의 집에서 스스로 해결한다.

매식을 않는 데는 다른 이유도 있다. 대부분 식당이 음식을 지나치게 달게 조리하는데다 인공 조미료를 너무 많이 넣어 먹고 나면 목이 타는 듯 마르기 때문이다. 하여 잠시 잠깐 아내의 부재는 내겐 부엌에 드나드는 절호의 기회가 되고는 한다.

아내에게 전화를 넣었다. 꼭 그렇게 담가보고 싶으냐는 다짐을 몇 번씩 하고 나서야 마지못해 순서대로 하나하나 일러준다.

"무랑 배추를 잘 씻어 2~3센티 폭으로 썰어 빈 플라스틱 통에 담아요."

매큼한 감칠맛을 상상하며 나박나박 무를 썰었다.

"다음엔?"

"참, 그보다 먼저 큰 바가지에 굵은 소금으로 짭짤하게 소금물을 만들어놔요."

"그리곤?"

"씻어 담은 배추와 무에 소금물을 자작자작하게 부어서 한 이십 분 절여요. 그리고 절이는 동안에 마늘 한 통을 까서 배 한 개와 양파 반개, 생강즙 한 티스푼이랑 믹서에 넣어 갈아 즙을 내요."

아내가 시키는 대로 시간을 재었다가 양념즙을 통에 넣어 섞고 소금물과 생수를 부어가며 간을 맞췄다. 뚜껑을 닫을 때쯤 아내에게서 다시 전화가 왔다.

"쪽파 넣었어요?"

"아니."

"청양고추는?"

"그것도 넣어야 해?"

"그럼요. 쪽파도 넣고 청양고추도 두 개쯤 어슷어슷 썰어 넣어요. 그리고 한번 국자로 휘저어놔요. 국물이 약간 짠 듯해야 하는데…."

전화를 끊고 통을 냉장고에 넣으려는 참에 또 벨이 울린다. 다시 아내.

"조리대 위에서 하루 반이나 이틀쯤 익힌 담에 딤채에 넣도록 해요. 넣기 바로 전에 미나리를 위에 얹고요. 그리고 참, 더 매콤하게 드시려면 고춧물을 내어 섞어도 좋아요. 어머니한테 배운 대로 난 맑은 게 좋아 그냥 담그긴 하지만…."

나도 그냥 담그기로 했다. 어머니에서 아내에게로 이어져 내려온 맑은 빛깔, 구태여 붉게 물들일 필요가 있을까 싶었다.

사흘이 지나 돌아온 아내가 집에 들어서기 무섭게 나박김치 통을 꺼내 뚜껑을 열더니 맛부터 본다.

"마침맞게 익었네. 어쩜 간이 이렇게 딱 맞지? 빛깔도 맑고 -. 나보다 더 잘 담그셨네."

너스레를 떨며 쏟아놓는 아내의 칭찬이 왠지 계면쩍다. 어찌 가사 선생으로 주부로 수십 년을 살아온 아내의 음식솜씨에 비하랴 싶어 공연히 무안해진다. 어쩌다 맛있게 익은 나박김치, 떳떳하지도 자랑스럽지도 않다. 혹 아내의 고유영역을 침범한 건 아닌가. 아내보다 더 잘 담갔다는 게 과연 자랑스러운 일인가. 자존심이 상처받지는 않았을까.

내가 담근 나박김치가 진정 제맛을 냈다 해도 음식 솜씨만큼은 여전히 아내가 한 수 위인 것이 정도요 원칙이 아닐까 싶다. 뭐든지 잘하는 게 반드시 능사가 아니요 꼭 옳은 것만도 아니라던 옛 은사의 가르침을 기억 속에 되살린다. 세상엔 잘해도 안되는 게 있기 마련이라는 말씀 끝에 부부가 각기 하는 일이 따로 있고 잘하는 일 또한 따로 있다고, 그것이 세상살이의 질서요 부부유별의 도리라고 하셨던 스승. 난대 선생님께서는 이를 사각유주요 능사유별事各有主, 能事有別이라고 하셨다.

어쩜 간이 이리 딱 맞느냐는 말을 거듭 되뇌며 나박김치를 뜨는 아내를 흘끔거리며 새삼 아내의 나이를 헤아린다. 만들던 음식을 내밀며 간을 좀 봐달라는 횟수가 점점 늘어나는 아내, 나이 들면 혀의 미각세포가 줄어든다더니 언제까지나 젊을 것만 같던 아내도 어느새 간 맞추기가 힘든 나이가 되었구나.

"뭐 그저 그렇구먼. 당신이 담근 것 같은 깊은 맛이 없잖아? 감칠맛도 덜하고…. 공연히 사람 놀리면 못써요." 아내를 따라 한술 떠 다시 맛을 보며 나도 한마디 너스레를 푼다.

골초장

근래 아파트촌에는 새로운 풍속도 하나가 생겨났다. 흡연자 거의가 집을 나와 바깥 공간에서 담배를 피우는 것. 주로 3, 40대의 착한 남편들이다.

간혹 세차게 비가 내린다던 가 무더운 날에는 앞 베란다 창문을 열어 놓고 연기를 뿜어내기도 하지만 집안에서는 좀처럼 피우지 않는다. 간접흡연에 따른 폐암 발생률이 1.5배라는 통계에 겁을 먹어서이기도 하겠고, 여권신장으로 커진 아내의 목소리에 쫓겨난 때문일 수도 있겠다. 아무튼 집안에서 피우지 않으려는 의지만큼은 뚜렷해 보인다. 아파트 모퉁이에서, 노천 주차장 한쪽에서, 아니면 시동을 걸어 놓은 자기 차 옆에 지나는 사람들을 외면하고 서서 급하게 담배를 피워대는 모습들을 보면 참 안 됐다는 생각이 든다.

하지만 아무리 측은해도 아내들은 남편이 집안에서 끽연하는 걸 용납하지 않는다. 고약한 냄새도 냄새려니와 담배 연기의 폐해 때문이다. 영국 수상 처칠이 시가를 입에 달고 살았으면서도 91세까지 장수했다는 걸로 억지주장을 해보지만 아내들은 식구들의 건강을 내세워 한사코 흡연을 통제한다.

난방과 취사에서 발생하는 오염물질은 물론, 밖에서 스며들어오는 대기 오염 물질도 폐암 발생과 관련이 있는 터에 담배 연기까지 더해지면 그 위험도가 얼마냐며 극구 못 피우게 한다. 더 나아가 본인 당사자에게도 강력하게 금연을 요구한다. 폐암의 80% 이상에서 흡연이 원인이라는 것, 흡연자는 비흡연자와 비교하면 폐암 발생률이 10배라는 것, 매일 담배 한 갑을 40년간 피워 온 사람은 비흡연자보다 폐암에 걸릴 확률이 40배에 달한다는 연구결과를 들먹이며 사정없이 몰아세운다.

그렇잖아도 살아가기 힘든 경쟁사회에서 늘 긴장하고 주위의 눈치를 보아야 하는 젊은 가장들에게 사회와 가정은 냉혹하게 흡연을 제한하여 이중삼중으로 스트레스를 준다. 금연 구역이 확산하면서 흡연자들은 더더욱 무참하게 코너로 내몰리고 있다.

여유롭게, 느긋하게 담배 한 대 피울 공간은 그리 많지 않다. 아는 사람이 없을, 모두가 타인인 거리를 걸어가면서, 아니면 으슥한 골목, 그도 여의치 않을 때는 건물 한 귀퉁이에 마련된 노천 흡연구역에서 겨우 참았던 한 대를 피운다. 그것도 그곳 직장 흡연자들 틈에 끼어 이 사람 저 사람 눈치를 보아가며 옹색하게 빨아대야 한다.

거리를 걸어가면서 피우려면 배짱이 보통 두둑하지 않으면 안 된다. 보행자들이 연기나 튀는 불똥에 눈살을 찌푸리거나 말거나 아랑곳없이 피워야 할 만큼 낯가죽을 두껍게 해야 한다.

그런 중에 유독 흡연이 허용되는 공간이 있다. 바로 당구장이다. 화장실은 물론 공원도 산도, 식당도 정류장도 금연구역인 터에 당구장만은 예외다. 하여 흡연자들은 나이 고하를 막론하고 당구장에 몰려와 거침없이 담배 연기를 뿜어댄다.

은퇴한 고등학교 동창 여덟이 모임을 만들어 한 주 한 번 게임을 하는 종로의 당구장도 예외가 아니다. 노경에 당구만 한 운동이 없다 하여 시작한 친목 모임이라 꼬박꼬박 참석은 하지만 담배 연기가 고역이다. 아무리 주인이 팬을 자주 돌려 환기를 시켜도 당구장 안은 언제나 담배 연기로 자욱하다. 곁의 흡연자에게 밖에 나가 피우던가 적당히 태우라고 사정해 봐도 콧방귀만 뀔 뿐 '너나 잘 해라' 다.

청장년들에겐 말하기도 조심스럽다. 집이나 직장에서와 달리 이곳에서야 비로소 가슴을 펴고 큰 소리로 웃고 즐기는 그들의 기를 꺾기 차마 미안해서다. 더더구나 우리 모임에도 골초가 셋이나 있어 강력하게 요구하지도 못한다.

공기업의 국장을 지낸 K는 골초 중에도 골초다. 그는 담배를 숨겨가며 피운다. 함께 사는 딸과 아내가 담배 냄새 난다고 하 지청구를 해대는 바람에 몰래 피우는 게 습관이 된 친구는 엄지와 검지로 필터를 잡고 오므린 손바닥 안에 담배를 감춘 채 옹색하게 피운다. 거리의 행인들을 등지고 서서 허공에 연기를 뿜어대는 그를 보노라면 학교 화장실 뒤 으슥한 담벼락 밑에 쪼그려 앉아 허겁지겁 담배를 빨아대는 중학생이 곧장 연상된다. 보기 민춤하다. 덕 있고 성품 좋고 지극히 남을 배려하는 그가 왜 담배를 피워 스스로와 가족, 이웃에게 피해를 주는지 참 알다가도 모르겠다.

당구장에서, 거리에서 담배를 규제하는 날은 언제쯤이 될까. 언제가 되어야 당구장이 골초장이라는 오명에서 벗어나게 될까. 애연가들에게는 담배가 소리 없는 살인 병기요 마약이라는 말이 말귀에 부는 동풍인 것만 같다.

담배 연기가 낭만이던 시대는 애저녁에 지나간, 비만과 더불어 의지 박약의 저급 인격으로 강등된 끽연. 만에 하나 그들에게 수술실에 들어갈 기회가 주어져 흡연자의 절개한 폐를 본다면, 철쭉꽃빛 선홍색 고운 폐가 역겨운 잿빛으로 변한 걸 본다면, 그리고 또, 말기폐암 환자의 임종을 지키게 되어, 그리하여 격심한 통증과 숨을 못 쉬는 답답한 단발마의 고통소리를 듣게 된다면? 그래도 여전히 담배를 피울 건지 자못 궁금하다. 왜들 못 끊을까.

도시락 데이트

토요일이면 나는 다시 가운을 입는다. 국내에 들어와 일하는 중국동포를 진료하는 금천구 보건소의 임시직 의사가 된다. 아침 10시 창동역에서 1호선 전철을 타고 금천으로 출근한다. 어느 사이 1년이 됐다.

출근에는 매번 아내가 동행한다. 게다가 도시락까지 마련한다. 처음 출근할 무렵 매식을 한 게 탈이 나 심하게 고생한 뒤로 아내는 집에서 도시락을 싸고, 그걸 들고 함께 집을 나선다. 긴 출근 시간이 지루할 거라며 함께 차를 타는 아내의 심지가 매양 가슴을 짠하게 한다.

동료를 통해 진료 제안을 받았을 때는 거리가 멀어 망설이기도 했지만 진료 시간이 1시부터 4시까지로 부담이 없을 듯해 흔쾌히 수락했다.

처음엔 출퇴근이 조금 고단하기도 했지만 몇 차례 다니는 사이 시나브로 익숙해져 지금은 오히려 토요일을 기다리고, 시간과 일을 즐기는 편이 됐다. 오가는 시간 책도 읽고 글도 마무리하다 보면 시간 여가 삽시간에 지나간다. 우리는 이를 '토요일의 점심 데이트'라 부르며 하루를 오붓하게 보낸다.

4월 셋째 토요일, 창동역에서 탄 전철은 용산역을 지나기까지도 드문드문 빈자리가 보일 정도로 객실 안이 한산했다. 열차가 한강 철교 위에 올라섰을 때, 보던 책을 덮고 강물을 넘겨다보는 내게 건너편 좌석에 앉아 가던 60 중반의 남자가 느닷없이 말을 건네왔다.

"두 분 다 참 건강해 보여 좋습니다."

"?"

뜬금없는 찬사에 어리둥절해져 쳐다보자 그가 이어 생뚱맞게 넋두리를 한다.

"난 괜찮은데 집사람이 몸이 안 좋아요. 지금도 침을 맞고 오는 길이거든요."

하며 곁에 앉은 부인을 가리킨다. 푸석한 얼굴에 병색이 짙다.

얼마나 답답하고 애가 탔으면 처음 보는 사람에게, 그것도 전철 안 앞에 앉았을 뿐인 사람에게 하소연하듯 말할까. 대꾸라도 하는 게 도리일 듯싶어 병세를 물었다.

"어디가 어떻게 안 좋은데요?"

남자가 기다렸다는 듯이 벌떡 일어나 우리 자리로 오더니 길게 병세를 설명한다.

"집사람이 풍을 맞았어요. 뇌졸중이래요. 다행히 꾸준히 혈압약을 먹어 온 덕에 그나마 가볍게 왔대요. 아 그런데 그 담부턴 냄새를 못 맡는 거예요. 그러더니 식욕까지 잃더라고요. 통 먹지를 못해요. 병원에서도 별 뾰족한 방법이 없대요."

이야기하는 사이 전철이 독산역에 닿았다. 다음이 목적지인 금천구청역, 문득 D대 병원 이비인후과 주임으로 있는 친구 생각이 났다. 혹 도움이 될지 모르겠다는 생각에 서둘러 쪽지에 병원과 L 교수 이름을 적어 건네줬다.

전철을 내리며 시계를 보니 11시 30분, 시간이 넉넉했다. 천천히 걸어 역사 건너 안양천 변으로 갔다.

천변엔 봄기운이 만 가득히 흘러넘치고 있었다. 둑 아래 흐드러지게 핀 벚꽃은 그 위 길 따라 줄지어 선 플라타너스의 연둣빛 더불어 푸른 하늘 아래 한 폭 화사한 수채화를 이루고, 햇살 따사롭게 내려 반짝이는 너른 냇물에선 지난해 깐 검둥오리들이 먹이를 찾아 부지런히 자맥질하고 있었다.

사람들도 봄이었다. 공터 농구코트에선 웃통을 벗어젖힌 소년들이 땀을 흘리며 공을 튕기고, 잘 정비된 천변 자전거 길에는 자전거들이 쌩쌩 날렵하게 달렸다. 평화로웠다. 봄이 가득히 생동하고 있었다.

아내가 자전거길 옆 빈터 야외용 탁자에 도시락을 펼쳤다. 보온 도시락과 따로 싸 온 두 개의 반찬 그릇에는 가짓수가 열은 됨직 많은 찬이 정갈하게 담겨 있었다. 마늘장아찌, 명란젓, 계란말이, 소고기 장조림, 깍두기, 풋고추…. 오늘은 새로 두릅 샐러드가 추가됐다. 처음 대하는 찬이었다. 하나를 집어 맛을 봤다. 입에 딱 맞았다. 봄이 향긋하게 씹혔다. 내 눈치를 보며 아내가 속을 뜬다.

"장에 마침 울릉도 땅 두릅이 나왔기에…. 생새우를 넣고 잣을 갈아 소스로 묻혀봤는데, 간이 맞을지 모르겠네."

무슨 말이 듣고 싶었던 걸까, 아내는. 잘 만든 음식을 놓고 칭찬이 듣고 싶어 역으로 겸양을 떠는 건가 아니면 뭉긋거리며 얼른 평가하지 않는 내 속이 궁금했던 걸까. 은근슬쩍 에두르는 아내가 새삼 살갑다. 서둘러 대꾸했다.

"원 별소릴 다 하네. 맛만 좋구먼, 뭘."

밥을 뜨다 말고 아내가 아까 전철에서 본 환자의 병이 무엇 때문에 생긴 거냐고 걱정스럽게 묻는다. 아차 싶었다. 그때야 내가 그 사람의 병을 너무 단순하게 보았다는 걸 깨달았다. 노인들에게 흔한 후각 장애의 원인이 상기도의 바이러스 감염으로 콧속 후각 신경상피가 파괴되기 때문이기에 아까의 환자도 그러리라 섣불리 단정한 잘못을 순간 알아차릴 수 있었다. 음식의 향과 맛을 모르게 되었다면 뇌의 삼차 신경계가 손상된 걸로 보아야 하고 당연히 뇌의 신경학적 검사를 위해 신경외과를 소개했어야 했다.

어떻게 하나. 본인에게 연락할 방도가 없으니 궁한 대로 L 교수에게 전화를 넣어 소개한 환자가 찾아오면 신경외과로 돌려달라고 부탁할밖에….

개운치 않은 내 기분을 눈치챈 아내가 민망함을 덜어주려는 듯 고개를 비끼며 딴청을 한다. "오리들이 여기서 겨울은 났나 봐요."

염색한 자분치 뿌리가 하얗게 돋아난 옆 얼굴, 아내는 지금 지난해와 저지난해처럼 여전히 건강한가. 이제 함께 할 날이 얼마나 더 남았을지 예측 못할 서로의 나이. 언제 어떤 질병이 불쑥 건강을 앗아갈지 모를 노경. 주어진 오늘 하루가 얼마나 큰 축복이고 행운인지, 이 한번 한번의 도시락이 얼마나 큰 기쁨이고 행복인지가 새삼 절절하다. 벚꽃잎 하나, 아내의 어깨 위에 곱게 떨어져 얹힌다.

육송정 삼거리

태백산에서 발원한 철암천은 백천동 계곡에서 대현리를 지나 흘러내린 물과 육송정 삼거리 철교 아래에서 하나로 합쳤다. 중간에 강원 탄광을 거치느라 검게 물든 철암천을 주민들은 강원도 물이라고 했고, 열목어가 산다는 백천동 계곡 쪽 물을 보고는 충청도 물이라고 했다. 강원도 물이 검은 만큼이나 충청도 물은 맑았다. 아마도 물의 발원지가 경상북도와 충청북도 경계에 위치한 소백산이어서 그러리라 싶다.

달포 전 집안 혼사에서 만난 처남댁이 견지낚시하기 딱 좋은 곳이라며 육송정 삼거리를 말했을 때 나는 그곳을 바람 소리와 물소리, 새소리만이 있는 인적 드믄 심산유곡으로 상상했었다. 어쩌면 번다한 도시를 벗어나 몇 날이고 몇 달이고를 숨듯 지내다 오기 적합한 곳은 아닐까 은근히 전원생활에의 꿈을 재단하기까지 했다. 그러나 실제는 달랐다.

소나무 여섯 기둥 정자가 있는 육송정 삼거리, 6년 전 홀로 된 뒤 처남댁은 고향인 이곳에 내려와 민박을 겸한 식당과 소규모의 슈퍼를 운영하고 있었다. 식당은 철교 못미처, 대현리에서 내려오는 맑은 물이 철암천에 섞여들기 바로 전 물가 모퉁이에 있었다.

태백으로 가는 동북쪽 길과 서남쪽 봉화를 거쳐 영주로 가는 이 길목에는 화물트럭들이 드문드문 심심찮게 지나갔다. 기사들은 잠시 이곳 빈터에 차를 세워놓고 내려와 식사하고 커피를 마시고 담배도 한 대 태우면서 한숨 돌리고 갔다. 길 맞은편 철교 위로는 간간이 중앙선 열차와 빨강색 관광열차가 지나가며 기적을 울리기도 했다. 철교 위로 기차가 지나갈 때와 화물트럭이 휭 하니 빈 도로 위를 달려갈 때만 잠시 깨어날 뿐 삼거리는 대체로 한적하고 무료했다. 끊임없이 이어지는 물소리와 산새 울음만이 삼거리의 주인 노릇을 했다.

제천에서 점심 요기를 하고 이곳에 도착한 게 오후 3시, 물길을 눈으로 좇으며 낚시할 곳을 찾는 내게 처남댁이 철교 아래를 권했다. 며칠 전에도 젊은 사람들이 플라잉 낚시로 커다란 고기들을 잡더라고 했다. 식당 뒤는 물이 맑기는 해도 비가 온 지 한참이라 수량이 적어 낚시가 될지 모르겠다며 철교 아래가 낫지 않겠느냐고 했다. 실제 식당 뒤 계곡에는 물이 적었다. 물 폭이 7, 8미터로 좁은데다 깊이도 겨우 무릎이나 잠길 정도여서 큰 고기는커녕 잔챙

이도 별로 있을 것 같질 않았다.

하지만 철교 아래에는 가고 싶지 않았다. 물 폭이 30여 미터로 넓고 수량도 풍부한데다 물살도 견지하기에 적합해 보였지만 탄광을 거쳐 온 탓에 물빛이 탁했다. 하도 검어 낚시를 던져 넣는 건 고사하고 물에 들어가는 것 자체가 꺼려졌다. 무슨 재미로 그런 데서 낚시를 한단 말인가. 낚시라는 게 꼭 잡기 위해서 하는 것만도 아닌 것, 더구나 견지임에랴. 소싯적부터 하던 대낚시를 일찌감치 견지로 바꾼 것도 오로지 물과 주변 산야의 멋을 즐기고자 한 때문이 아니었던가. 서울에서 4시간이 넘게 걸리는, 경상북도와 강원도의 경계인 이런 오지의 물까지 오염된 게 안타깝고 슬펐다.

도시의 하늘에서 사라져버린 별들이 그리워, 맑은 물이 그리워 나는 그간 몸살을 앓듯 계곡을 찾고 호수를 찾았었다. 장마가 끝나고 찾던 청라저수지나 어라연 계곡, 밤하늘 가득 보석을 뿌려놓은 듯 머리 바로 위에까지 내려와 찬란하게 빛나던 그 장관이 설레어 나는 낚시를, 그것도 밤낚시를 즐겼었다.

낚싯대를 드리우고 앉아 물 위에 솟은 찌를 응시하노라면 저도 모르는 새 빠져드는 심수일여心水一如 무장무애無障無礙, 유아독존唯我獨存의 고적한 경계가 좋아서, 물과 바람과 구름과 하늘과 밤하늘 가득 빛나는 별과 건너편 검은 숲에 우는 두견새 소리와 적막이 좋아 나는 밤낚시를 즐겼었다. 밤낚시는 자연과 합일하는 가장 순수한 정취였다.

하지만 잡는 데에 집착하다 보면 더딘 입질을 조바심하고 눈이 찌에 묶여 자유롭지 못했다. 섣불리 자리도 뜨지 못하고 오랜 시간을 쪼그리고 앉아 입질을 기다려야 하는 집착이 있었다. 그에 비해 견지는 자유로웠다. 눈이 자유롭고 운신이 편했다. 한 곳만을 응시하지 않아도 되기에 눈을 자재自在하여 숲과 구름을 즐기고, 강에 잠기는 산 그늘에 어우러 젖고, 물살의 간질임을 즐겼다. 푸른 산 투명한 하늘 한가로운 구름 한 점에 건듯 한눈을 팔아서 좋은, 여울낚시는 견지꾼만이 누리는 한여름의 허허로운 흥취였다.

처남댁의 권유를 마다하고 충청계류로 내려갔다. 물속에 발을 담그고 서서 낚시 흘리기 두식경, 두세 치 크기의 버들치 50여 마리를 올렸다. 한 사발이 실했다. 그만하면 얼추 한끼거리는 되겠다 싶어 채비를 챙겨 뭍으로 올라왔다.

몸을 씻고 뒤꼍 야외용 식탁 앞에 앉았다. 산그늘이 서서히 뒤뜰을 덮는다. 아내와 처남댁이 저녁을 차린다. 상에는 지역 특산 좁쌀 막걸리에 두릅과 나물 무침이 오르고 수제비 매운탕이 한가운데 놓인다. 차림이 산촌답게 조촐하다. 저문 산을 불어내리는 바람과 여울물 소리, 어두운 하늘에 피어나는 별빛. 간간이 지나가는 자동차 소리와 곧이어 따라 드는 적막. 육송정 삼거리에 고즈넉이 고즈넉이 밤이 내리고 있었다.

앵두

저녁을 먹는 참에 열어놓은 베란다 창문 아래 인기척이 돌연하다. 놀라 보니 저뭇한 속에 누군가가 나뭇가지를 휘어 내려 앵두를 딴다. 늦저녁 어스름 속에 이 무슨 짓거리인가. 참 염치없고 예의 모르는 사람이로고 -. 불 켜진 거실이 무방비로 노출되었을 걸 생각하니 부아가 났다. 일어나 다가가 다 저녁에 이 무슨 해괴한 짓이냐 불뚝 성을 내며 보니 바로 위층 보험설계사. 언제 울타리를 헤집고 들어왔을까.

"물러 떨어지도록 따지 않아 내가 따는 거예요. 괜찮죠? 하긴 뭐 1층 것만도 아니잖아요."

여자가 빤히 날 쳐다보며 새물새물 웃는다. 모르는 얼굴도 아닌데다 덕분에 이곳 사는 맛을 제대로 찾게 된 고마움이 있어 무작정성을 낼 처지가 아니었다. 목소리를 누그리고 얼굴을 풀었다.

외국에 나간 아들네 대신 손녀를 돌보느라 와 있게 된 지 3년, 이곳 아파트 1층은 사는 맛이 남다르다. 앞에 다른 건물이 없이 훤히 트인 데다 경계로 세운 낮은 철책 너머에는 두 정보가 실한 주말농장이 너르게 펼쳐있어 갈데없는 전원이다. 그뿐인가, 그 너른 밭을 야트막한 안산이 안침하게 둘러 품어 풍치 또한 일품이다. 바람이라도 이는 날이면 농장 끝 산 아래 절 풍경소리가 한가롭게 건너온다.

베란다 앞 작은 정원도 사철이 기특하다. 쥐똥나무 울담 안 화단에는 봄이면 붓꽃이 피고 넝쿨장미가 피고 이어 앵두가 익는다. 가을이면 대추가 익고 단풍나무 잎이 더 붉게 물이 들고 겨울엔 그 들 가지 위에 눈꽃이 소담하게 핀다.

사철 중에도 오뉴월이 특별히 정채하다. 보이느니 연녹새軟綠色요 들리느니 새소리다. 아침녘엔 울담 옆 벚나무 위 까치 소리가 상쾌하고, 한낮 해 어슷하게 이울 즘엔 뻐꾸기 울음이 멀리에 한가하다. 기세 아직 여린 무더위가 가시고 바람 선들 불어 드는 늦저녁이면 어스름 진 숲 속 소쩍새 울음이 처연하다.

비도 좋고 빗소리도 좋다. 보슬보슬 정겹게 내리는 아침 비도 좋고 자욱이 숲을 감싸고 내리는 저녁 는개도 좋다. 푸른 잎에 돋는 빗소리는 시름을 덜어내는 중모리장단이다.

그중에도 밤빗소리는 특히나 더 은근하다. 오월 봄밤의 빗소리는 소녀의 애틋한 애상이요 초여름 밤 빗소리는 신혼의 성숙이다. 순수하여 애틋하고 은밀하여 감미롭다.

고즈넉이 비 내리는 밤이면 나는 곧잘 창문을 열어 빗소리에 젖는다. 베란다 문도 열고 거실문도 열고 침실 창문마저 모두 열고 누워 빗소리에 혼취한다. 빗소리 함초롬히 젖는 밤이면 홀연 치기 어리던 날의 풋풋한 정을 그려 언뜻 눈시울을 적시고, 낮게 한숨을 흘린다.

밤비에 풍경소리라도 곁들이면 그 정취 바야흐로 별유천지 비인간 別有天地 非人間이다. 풍경소리야 밤이 아니어도 좋고 비가 없어도 좋은 것, 어찌 밤이라 더 은정하고 비에 젖어 더 친근할까마는 그래도 초여름 밤 빗소리에 엮이는 풍경소리는 감흥이 자별하다. 은근하고 그윽하여 듣는 이를 이끌어 홀연 선정에 들게도 하고, 태초의 본 자리로 이끌어 내 있음을 잊게도 한다. 고요히 내리는 빗속을 비집고 들려 드는 젖은 풍경소리는 이곳에서라야 누릴, 참으로 정묵한 운치이다.

첫날부터 나는 이곳의 평온한 정경에 마음을 빼앗겼다. 마침 부는 바람을 타고 농장을 건너오는 풍경소리가 흥취를 더했다. 작은 절과 마을을 감싸고 앉은 안산, 갈데없는 향토화였다. 그 밤 깊도록 조곤조곤 내리던 빗소리는 지금도 내 귀에 환청으로 은은하다.

처음부터 이곳이 그렇듯 좋은 것만은 아니었다. 입주해 채 열흘이 못 가 이곳이 보이는 것처럼 그렇게 호락호락하지만은 않다는 걸 씁쓸하게 알게 됐다. 바로 위층 딸 삼자매집을 위시한 이웃들의 무신경 때문이었다.

초등학교 5학년과 3학년 1학년인 딸들, 거의 매일이다시피 피아노를 치고 집안에서 롤러블레이드를 타고 줄넘기를 했다. 몇 차례 항의하고 사정해 봐도 막무가내였다. 부모도 아이들이 말을 듣지 않는 걸 어떻게 하느냐며 되레 내 협량을 나무랐다.

게다가, 그 앞 203호 택시기사는 차의 깔판 먼지를 꼭 내 집 앞에서 털고 애연가들은 하나같이 꼭꼭 1층 베란다 앞에서 담배를 피웠다. 그럴 때마다 열어놓은 창문으로 먼지와 담배 연기가 가차 없이 넘어왔다. 견디다 못해 먼지 좀 털지 말아 달라고, 담배는 딴 데 가서 피우라고 사정을 해도 마이동풍, 참다못해 팻말에 호소 겸 경고문을 써 세운 뒤에야 어느 정도 고쳐졌다. 하지만 위층 남자의 한밤중 샤워 물 트는 소리는 끝내 멈추게 하지 못했다. 직업이 무엇인지 모를 그 집 젊은 가장은 매번 새벽 1시를 넘겨 들어와 오래도록 샤워를 했다. 자정이 넘은 정적 속에 수도꼭지에서 나는 굉음에 밤마다 나는 잠을 설쳤다.

그러던 차에 딸 부잣집이 이사하고 대신 들어온 이가 저 보험설계사. 지방대학에 다니는 딸도 자주 오는 편이 아니어서 위층은 거의 온종일 사람이 사는 것 같지 않게 조용했다. 덕분에 나는 이곳 1층에 사는 참 맛을, 고즈넉이 내리는 밤비와 빗소리를 타고 들려오는 풍경소리를 오롯이 즐기게 됐다. 그런 고마움이 있으니 그깟 앵두 좀 딴다고, 거실이 훤하게 들여다보인다고 나무랄 수는 없는 노릇.

"좋지요, 많이 따세요. 술을 담가도 좋을 겁니다. 앵두 술은 빛깔도 아주 곱더라고요. 바깥쪽에 있는 건 손을 탔지만 안에는 딸 게 많을 겁니다."

한술을 더 떠 너스레를 떨고 방으로 들어왔다.

TV 앞에 부동으로 앉아 연속극에 빠져 있던 아내가 그예 한마디 한다.

"흥, 일부러 많이 따라고 부추길 건 뭐람."

이순의 나이에도 여전히 여자이고 싶은 아내의 뺨에 불편한 심기가 얼룩으로 일렁인다.

"비가 좀 내릴 것도 같은데…."

아내 따라 화면에 눈을 주며 딴청을 핀다.

어느 사이 세 번째 맞는 여름, 이번 여름엔 비가 많으리란 예보이니 빗소리 젖을 밤도 많을 듯하다. 하늘이 흐릿하다. 소소히 부는 바람 사이 어둠을 타고 쟁그랑 쟁그랑 풍경소리가 건너온다.

돈가스

지공 족(지하철 경로우대)이 된 지 6년째, 올해 들어서부터 나는 전철을 타면 버릇처럼 노약자석으로 간다. 앉아서 갈 확률이 높은 데다 마음도 편하기 때문이다.

지난해까지는 그러지 않았다. 딴에는 아직 다리 힘이 멀쩡해 구태여 노인입네 티를 내고 싶지 않은 알량한 자존심(?)에서 자리가 나도 선뜻 가서 앉지 않았었다. 게다가 노약자석에선 가끔 지린내 같은 기분 언짢은 냄새도 났고, 때로는 낮술에 취한 노인들이 침을 튀겨가며 시국을 개탄하고 젊은이들을 싸잡아 성토하는 바람에 귀가 피곤해지고 듣기도 민망했기 때문.

이런저런 핑계로 나는 전철을 타면 되도록 중앙으로 가 두리번거리며 빈자리를 찾았었다. 하지만 점차 눈치가 보였다. 꼭 젊은 사람들의 자리를 빼앗아 앉는 염치없는 늙은이가 되는 느낌이 강하게 들기 시작했다. 일에 지친 몸을 잠시나마 앉아 쉬어 가려는 젊은이들, 밤늦게까지 학원에서 공부하다 귀가하는 학생들이 앉아야 할 자리를 가로채는 것처럼 몰염치하게 생각됐다. 매달리듯 손잡이를 잡고 서서 하품을 하는 직장여성을 본다는 것도 마음 편한 일이 아니었다. 꼬고 앉은 발을 풀라는 말에 말 못할 행패를 부린 젊은이의 동영상을 본 뒤로는 더더욱 중앙으로 가기가 껄끄러워 아예 처음부터 노약자석으로 간다.

오늘도 그랬다. 치과 치료를 마치고 종로3가역에서 전철을 타자 바로 노약자석으로 갔다. 하지만 빈자리가 없었다. 출입문 쪽 자리에는 쪼글쪼글 몸피 작은 노파가, 가운데엔 마른 체형의 노인이, 그리고 끝자리엔 같은 70대 중반으로 보이는 다부진 체격의 정장 차림 노익장이 앉아 신문을 보고 있었다. 노인은 옆 사람의 불편 따위 아랑곳없이 신문을 양면 모두 펼친 채 태연하게 뒤적이고 있었다.

눈에 거슬렸다. 저지난해 일본을 여행하고 온 뒤로 나는 전철칸 안에서 큰소리로 하는 휴대전화 통화 소리와 저렇듯 남에게 불편을 주며 신문을 있는 대로 펼치고 보는 행태가 부쩍 더 신경에 거슬렸다. 정장 노인에게 웃으며 부탁했다. “좀 접어서 보시지요.”

눈을 칩떠 흘낏 날 쳐다본 노인이 아니꼽다는 듯 내 전신을 훑어 내리고는 아무런 대꾸 없이 다시 펼친 신문으로 눈을 가져간다. 네가 뭔데 남 신문 보는 걸 시비하느냐는 같잖아 하는 행태, 참 남

생각 않는 오만한 사람이구나. 던지러워라.

헌데, 어딘가 낯이 익었다. 짧고 굵은 목에 떡 벌어진 어깨하며 거무튀튀한 피부. 그래, 바로 옛날의 교회 선배였다. 야간 중학교 1학년 때 고등학생이던 주일학교 선생님. 내가 서울의 고등학교로 진학해 1학년이 된 해 교생실습을 나왔던, 사대 체육과 학생이던 안 선배 바로 그 사람이었다. 왼쪽 눈썹 머리에 녹두만한 까만 사마귀가 선배인 걸 확실하게 말해주고 있었다. 하지만 상대는 나를 알아보지 못했다. 당연할 일이었다. 50여 년 전인 그때와는 전연 딴 모습인 나를 어찌 알아볼 수 있으랴. 영양 부실로 비리배리하던 몸이 78kg으로 부해지고, 반나마 허옇게 센 머리도 주변만 남은 반 대머리의 70 노인을 -. 게다가 안경까지 썼으니 그가 몰라볼 것은 당연한 일이었다.

고 1이던 그 봄, 나는 말로 다하기 힘들게 불만 가득한 학생이었다. 두 살 터울인 여동생과 같은 학년이 된 것도 억울한데 그 아이와 한방을 쓰며 학교를 다녀야 했으니 불만이 쌓여도 보통 쌓이는 게 아니었다. 모든 게 전란 때문이었다.

1953년 피란지 홍성에서의 2월, 배화여중에 합격했다며 서울의 큰아버지 집으로 떠나는 동생을 멀거니 서서 배웅한 나는 전날처럼 빈 지게를 걸쳐 메고 나무를 하기 위해 집을 나섰다. 지겟작대기로 애꿎은 길가 마른 풀들을 후려쳐 꺾어가며 한티골 30리 길을 가고, 나무 한 짐을 지고 분기탱천하여 돌아왔다.

그날따라 할머니는 갈 때도 왔을 때도 "조심해 갔다 오너라."

"이제 오느냐, 힘들었겠다."란 의례적인 말씀도 하지 않으셨다. 나를 똑바로 바라보지도 못하셨다. 말문조차 떼지 못할 만큼 할머니의 속은 나보다 더 얄망궂었던 듯, 할머니와 나는 몇날 며칠을 함께 아팠다.

분했다. 하지만 집안 형편을 뻔히 아는 나로선 부모님에게 대들거나 투정할 수도 없었다. 마음을 바꿨다. 공부를 못할 바엔 돈이라도 벌어야겠다는 생각에서 나는 바로 다음주부터 오일장을 돌며 잡곡을 취급하는 장돌뱅이를 시작했다.

그래도 하늘은 무심하지 않아 요행 그 봄 읍내에 야간 고등공민학교가 생기고, 덕분에 나도 야간일망정 중학생이 될 수 있었다.

공부는 나에게 굶주린 맹수 앞에 얼쩡거리는 먹이에 다름 아니었다. 모든 울분과 서러움과 청소년기의 이유 모를 반항심을 모두 공부에 쏟아부었다. 아마 내 생애 통틀어 그때를 시작으로 한 중·고 시절처럼 맹렬하게 공부한 적은 없었을 것이다. 의대생이 되어서도 나는 그렇듯 미친 듯이 공부하지는 않았다.

그렇게 중학교를 졸업하고 서울의 고등학교로 진학한 나는 별 수 없이 큰아버지 집에서 그 여동생과 한방을 쓰면서 학교에 다녀야 했다. 여간 불편한 게 아니었다. 그렇듯 거북살스럽고 고약하게 처사한 부모가 야속해 원망도 많이 했지만 달리 방도가 없었다.

그 무렵 안 선배가 교생실습을 나왔다. 불만 가득하고 지극히 외로울 때 구면의 선배가 왔으니 그게 어디 보통 반가운 일인가. 나는 선배를 구세주처럼 맞이했다. 교생 실습 3주째의 토요일, 선배가 점심을 사주겠다며 학교 앞 양식당으로 나를 데리고 갔다.

매일같이 그 앞을 지나다니면서도 구뻐하기만 하고 언감생심 들어갈 염두도 못 내던 식당. 자리에 앉자마자 선배는 나에게 묻지도 않고 돈가스를 망설임 하나 없이 떡하니 3인분을 시켰다. 돈가스! 여섯 살 때 서울역 그릴에서 딱 한 번 먹어봤던 내 최초의 양식.

그날 나는 선배가 묻는 대로 나의 가정 사정을, 그간 응어리져 있던 분노를, 어머니에 대한 원망을, 배고프고 춥던 아픔들을 온통 털어내 미주알고주알 꼬치꼬치 일러바쳤다. 서럽고 분한 속내와 치부를 모두 들어내 낱낱이 고해 말했다. 이해하는 듯 끄떡이고 측은한 듯 바라보며 부드럽게 이것저것을 묻는 선배에게 고자질하듯 나의 모두를 까발렸다.

속이 후련했다. 앞으로 무슨 고민거리가 생겨도 선배에게 이야기하고 의논하면 모두 통할 것 같아 가슴이 벅차올랐다. 하지만 자주 만나 이야기하자던 선배는 실습이 끝나 돌아간 뒤로는 두 번 다시 나를 찾지 않았다. 선배의 친절이 다만 교사가 되기 전의 학생 상담 예행연습에 불과했을 뿐이란 걸 나는 졸업하고도 한참이 지나서야 겨우 알 수 있었다. 사범대학에 진학한 고교 동기들이 교생 실습을 나가면서 학생들과 상담한 내용을 아무렇지도 않게 이야기하는 걸 듣고 나서였다. 씁쓸해라, 어리석은 순진파야. 파우스트는 메피스토펠레스에게 영혼을 팔고 젊음을 얻었다지만 나는 돈가스 한 그릇에 내 속을 팔고 바보가 되고 씁쓸한 뒷맛만을 얻었다.

알은체해야 할지 말아야 할지 망설이는 참에 선배가 벌떡 일어나 황급히 전철을 내렸다. 충무로 환승역, 멀어져가는 그의 넓적한 등을 바라보면서 나는 인간행동의 원칙은 이기주의라고 정의한 한 철학자의 말을 떠올렸다. 그렇다. 선배는 자기 과제에 충실했을 뿐이고 나는 들어줄 만한 상대를 만나 엉켰던 속을 풀었으니 둘 다 자신들을 위했던 것뿐이라고. 덤으로 돈가스까지 얻어먹었으니 오히려 내가 더 득을 본 거라고 생각을 돌렸다. 선배가 일어난 자리에 엉거주춤 엉덩이를 들이밀었다. 자리엔 온기가 아직 미지근하게 남아있었다.

미역국

그냥 끓이면 되는 줄 알았다. 이제까지 내내 그렇게 해왔다. 닭백숙을 해 먹고 남은 국물에 마른미역 한 줌을 씻어 넣고 끓이는 게 내 미역국 노하우였다. 손녀를 데리고 사는 이래 나는 이렇게 미역국을 끓였다.

별게 다 내력인지 손녀도 제 아비를 닮아 닭요리를 좋아한다. 그중에도 튀김을 특히 좋아해 내가 집을 비우기라도 할 참이면 옳다구나 하고 한결같게 치킨프라이만을 사다 먹는다. 사춘기인 나이답게 먹성이 이만저만 좋질 않다.

과일보단 육류를 더 좋아하는 아이, 외국에 나간 제 부모와 떨어져 조부모인 우리와 함께 지내는지 3년째로 접어드는 손녀. 허전할 속을 조금이나마 달랠까 하여 나는 한 달 두서너 차례는 닭요리를 한다. 아내는 주로 닭볶음을, 나는 백숙을 한다. 끓이기가 간편한데다 기름기를 덜 먹일 요량에서다. 아내가 백숙을 별로 좋아하지 않는 탓에 마트에서 토종닭 큰 것 한 마리를 사면 손녀와 둘이 대충 배부르게 먹는다.

손녀의 열일곱 번째 생일 하루 전날, 허리 병이 도져 와병 중인 벌곡 장모에게 가있는 아내에게서 전화가 왔다. 내일이 아이 생일인데 미역국을 해 먹일 수 있겠느냐고. 평소 끓이던 이력(?)을 떠올리며 벌써 수십 번을 끓여 이골이 난 터인데 무슨 소리냐고, 사람 어떻게 보느냐고, 걱정 비끄러매고 장모님이나 잘 돌보라는 대꾸로 전화를 끊었다.

내년이면 성년이 되는 아이. 미성년의 끝 생일. 이제 제 부모가 돌아오면 내 품을 떠날 아이. 생일 미역국을 제대로 끓여주기로 했다.

중간 크기 스텐 냄비에 밸을 뺀 다시 멸치 일곱 마리를 볶고, 사각 다시마 석 장을 씻어 넣어 국물을 냈다. 양지 한 덩이를 따로 접시에 담아 냉장실에 넣어두고 마른 미역을 꺼내 조리대 위에 챙겨놓은 뒤 잠자리에 들었다. 마른 미역은 5분만 불리면 열 배로 늘어나고, 그걸 물기를 빼 소고기, 참기름 조선간장과 함께 볶아 육수에 끓이면 되는 일. 그만 자고 5시에 일어나도 충분할 터였다.

걱정이 됐던가, 3시 반에 깼다. 다시 잠을 청하기도 뭣해 차라리 잘됐다 여기고 컴퓨터를 켰다. 인터넷에 들어가 미역국 끓이는 다른 비법이 없나 하나하나 검색했다. 있었다. 그중에서도 시모 생일상을 준비하면서 며느리가 끓였다는 방법이 그럴싸해 그걸 따라 하기로 마음을 바꿨다.

마른 미역을 찬물에 한 시간 불렸다가 뽀독뽀독 씻어 소쿠리에 담아 물기를 뺀 다음 5cm크기로 잘라두고, 양지도 30분간 찬물에 담가 핏물을 뺀 뒤 먹기 좋은 크기로 잘라 참기름 큰 한 술과 국 간장 큰 두 술로 조물조물 무쳐 30분을 재웠다. 냄비에 재워 둔 고기를 넣어 겉이 익을 정도로 볶다가 미역을 넣고 푸른빛이 날 때까지 잘 볶아줬다. 여기에 육수를 붓고 껍질 벗긴 양파 하나를 통째로 넣고 중간 약 불에 시간 반을 끓인 다음, 양파를 건져내고 중약 불에 한소끔 더 끓였다. 물이 졸아들 때마다 두어 번 새로 물을 보충해가며 끓이고 굵은 소금으로 간을 맞추었더니 국물이 뽀얗게 우러나면서 여간만 먹음직스럽게 되지 않았다. 한 술 떠 맛을 봤다. 개운했다. 진국이었다.

딸이 가져다 준 명란젓을 곁들여 차린 생일상 앞에 앉은 손녀가 "잘 먹겠습니다." 한마디 하더니 부지런히 수저를 놀린다. 맛있단 소리도 없다. 잘 먹어주는 게 뿌듯하면서도 한편으론 밉살스럽다. 맛있다면 어디 덧나냐, 멋대가리 없는 녀석. 사춘기라니!

마주앉아 식사하면서 나는 동생들이 태어날 때마다 먹던 미역국을, 대학병원 산과병동 분만실에서 먹던 미역국을 부지불각 떠올렸다.

어머니가 동생들을 여섯이나 낳는 통에 나는 일찍부터 미역국에 익숙해져 자랐다. 동생들이 태어날 때마다, 나와 그 동생들의 생일 때마다 미역국을 먹어왔지만 나는 별로 미역국에 길들지 못했다. 멸치국물만으로 끓인 밍밍한 국이 열흘이고 보름이고 줄곧 상에 오르다 보면 나중에는 냄새만으로도 속이 메슥거려져 아예 밥상에 앉으려 들지도 않았다. 찝찔한 소금물맛만 난다고 투덜거리거나 국에 든 퉁퉁 불은 멸치를 찾아 휘젓는 것뿐으로 어머니의 산고 따위는 알려 하지도 않았다.

그러던 미역국이, 젖을 내기 위한 음식으로만 알고 있던 그날의 미역국이 훗날 전혀 새로운 의미로 자리매김하리라고는 만에 하나는 커녕 만의 만 곱의 하나도 짐작하지 못했다.

대학병원 수련의 과정 두 번째 달에 나는 산과 병동에 배치되어 한 달 동안을 거의 밤을 새다시피 근무했다. 분만은 대개 밤에 이루어졌다.

분말실의 실 상황은 교과서와 달랐다. 분만을 끝내고 자리를 가다듬고 난 뒤에 들어가 보았던 어머니의 안방과는 사뭇 달랐다. 의사에게도 산모에게도 분만은 미지에 대한 기대와 흥분인 동시에 불안한 긴장이고 두려운 기다림이었다. 팽팽하게 긴장감도는 산실은 불안과 초조로 때를 기다리는, 땀이 흐르고 피가 튀고 절박한 외침이 생생한 원시의 공간이었다.

분만대 위에서 진통을 겪는 산모들은 비 오듯 땀을 흘리고, 악을 쓰고, 몸을 뒤틀고, 때로는 입에 담기조차 면구한 온갖 욕지거리로 남편을 원망하기도 했다. 하지만 새로운 생명이 태어나 첫울음을 터뜨리면서 홀연 산고는 끝나고, 언제 그랬냐는 듯 땀범벅 된 얼굴에는 기쁨과 평화가 자애롭게 피어났다. 이마와 뺨에 헝클어져 붙은 머리카락을 손바닥으로 쓸어 다듬으며 짓는 환한 웃음. 진정한 행복과 기쁨은 고통과 인내 끝에 온다는 말을 실감케 하던 현장. 그 관문을 겪었을 모든 어머니, 나의 어머니.

자정을 넘긴 분만의 뒤처리를 끝내고 분만실 주방에 앉아 미역국을 먹을 때면 어머니의 산고가 뒤늦은 여진으로 가슴을 울렸다. 어머니가 끓여주던 것이나 진배없이 싱겁던 국, 하지만 그 미역국은 내게 더할 나위 없는 성찬이었다.

일상의 표정으로 어제 있었던 학교에서의 일을 재잘대며 맛있게 미역국을 먹는 손녀, 정작 아이는 멀쩡한데 왜 내가 목이 메는지….

오지랖도 넓으셔라

"안면도나 갈까?"

"콘도에 방이 있을까요? 연말이라 길도 꽤 막힐 텐데…."

솔깃하긴 하면서도 걱정스러운지 아내는 선뜻 동의할 기색을 안 보인다.

"낼이 금요일이잖아. 내일 갔다가 모레 올라오면 괜찮을 거요. 준기 어미한테 알아보게 해서 방이 있다면 가면 좋겠는데…. 동서도 볼 겸"

딸과 통화를 끝낸 지 채 10분이 안 돼 남은 방이 있다며 연락이 왔다. 단 18평 호텔형이라 취사가 안 된다며 그래도 괜찮다면 예약해놓겠다고 한다.

뜨악해하던 처음과는 달리 아내는 먹는 거야 가다 사 먹으면 되지 문제 될 게 무어냐며 즉석에서 응낙한다.

거실에 마주 앉아 구워내온 고구마를 먹으며 우리는 짧은 여행 계획을 짜기 시작했다.

"점심은 해장국을 먹어요. 그 집 이름이 뭐더라? 수덕사 가기 전에 있는…."

"뜨끈이 해장국집."

아내의 어설픈 기억에 답해주며 그것도 좋고 밴댕이 찌개도 좋다고 하자 아내가 펄쩍 반색하며 말을 거든다.

"그 덕산 시장통에 있는 밴댕이찌개? 그게 오히려 났겠네. 당신은 매운탕을 더 좋아하니깐 그걸로 해요. 나도 그 찌개는 싫지 않더라."

저녁은 안면도 방포항에서 회를 뜨고 남은 걸 옆 식당에 가져가 매운탕을 끓이기로 하는 등 하나하나 계획을 세워갔다.

"아침은 어쩌지?"

"달걀 몇 개 삶아가지요 뭐. 컵라면하고 커피포트만 가져가면 커피랑 아침이랑 다 간단하게 해결될 걸 뭘 걱정해요?"

아내가 붙임성 있게 핀잔한다.

그런 중에 느닷없이 전화벨이 울린다. 전화기를 들고 아내가 안방으로 들어간다. 친구인 모양, 호들갑스러울 정도로 목소리가 높다. 깔깔거리며 길게 통화를 끝내고 나온 아내의 얼굴이 좀 전 다르게 영 거칫하다. 뭐가 잘못됐나.

친구가 했다는 전화내용을 아내가 볼메게 펼쳐놓는다. 우리 부부가 별거 중이라는 소문이 동창들 사이에 쫙 깔려 모르는 사람이 없다는 이야기. 아들네가 제3국으로 장기 출장을 가 손녀를 돌보게 되었으면 조부모가 함께 돌봐야지 어째 할아버지 혼자 보느냐는 이야기. 음식 만드는 걸 물어볼 참이면 아내에게 물어야지 왜 딴 여자에게 물어보느냐는 이야기. 네가 가서 있을 형편이 못되면 파출부라도 쓰도록 해야 할 게 아니냐며 오지랖 넓게 시시콜콜 온갖 이야기했다며 볼을 불리고 이마에 내 천자를 그린다.

제삼자의 눈에 비친 외양이야 맞는 것도 있긴 하겠지만 참 날벼락 같은 내용이었다. 무슨 의도로 그런 전화를 했을까. 왜 남의 집 일에 콩 놔라 배 놔라 하지? 수필집 《등받이》를 낼 때부터 벌써 내 이런 말이 날 줄 알았다며 아내는 분을 삭이지 못하고 가슴을 들먹인다. 듣고 보니 속이 뒤틀리게도 됐다. 나 역시 언짢았다. 벌레 씹은 기분이었다.

하긴 이런 것 모두 부족한 자식을 둔 아비의 죄요 사려 깊지 못하게 행동한 나의 자업자득이니 누구를 탓할까마는 적지 아니 당혹스럽고 씁쓸했다. 일생 의사 노릇을 하느라 나 자신을 믿듯 남을 쉽게 믿는 습성이 몸에 배어 별생각 없이 가볍게 입을 놀린 나의 불찰이 크긴 하지만, 도대체 무슨 의도로 그런 전화를 하여 나이 든 남의 부부 사이를 불편하게 하고 연말 기분을 망쳐놓는단 말인가.

안방에 들어가 발신번호를 확인했다. 070-xx… . 늙은 등에 얹힌 짐 무게를 덜어주기는커녕 커다란 바윗덩어리를 얹어준 그 친구라는 발신자가 참으로 야속했다. 아들이 돌아와 상황이 종결되고 원상복구 된 지 벌써 반년이나 되었다고 해명하여 친구의 오해를 불식시키긴 했다면서도 아내의 얼굴은 여전히 우거지상. 왜 그런 전화를 했을까.

그녀는 나의 책을 정독이나 했을까. 중 1 과정을 인도에서 보낸 손녀가 제 아비가 가는 제3국을 한사코 따라가지 않겠다고 한 사실을, 인도에서의 공부가 부실하여 성적이 별로였던 탓에 이곳으로 전학을 못 시키고, 살던 강북에 그냥 둘 수밖에 없었던 사실을, 거동을 못 하는 노모를 모시느라 아내가 용인 집을 떠날 수 없었다는 정황을. 아무리 늙은이라도 손녀만을 데리고 지내는 작은 아파트에 가사도우미 여자가 드나드는 게 거북해 자취하듯 살기로 한 나의 소심증을. 한 주일에 한 번, 버스를 타고 전철을 갈아타고 다시 버스를 타고 걷고 하면서 장장 3시간이 걸려 나에게 오곤 하던 아내의 수고를. 와서 청소를 하고 음식을 만들고 밑반찬을 마련해 놓고 이틀 만에 다시 용인으로 돌아간다는 사실을 알기는 고사하고 짐작이나 하고 하는 이야기인가. 그런 아내가 미안해, 함께 있지 못하는 걸 속상해하는 아내의 속을 더 언짢게 할까 부담되어 혹 음식을 하다 막히면 친구의 부인이나 여자 동창에게 물었던 내 속사정을 추측이나 했을까.

남의 부부 연말 분위기를 산통 깨트리듯 깨트린 전화 한 통. 무슨 의도에서 그런 전화를 했는지는 모르겠지만 그래도 연말이라서 다행이다 싶다. 새해 들어 그런 전화를 받았더라면 1년 내내 어떤 기분으로 지내게 되었을까 생각하니 아내에게 또다시 미안하다. 어서 잊고 새해를 밝게 맞도록 속을 털자고, 길 나설 준비나 하자고 아내를 달랬다.

노변잡설

시간에 구애되지 않는 건 행복이다.

여섯 시에 일어나건 여덟 시가 넘도록 늦잠에 빠져 있건, 잠을 깨고서도 자리에 그냥 누워 조간신문 등을 뒤적거려도 상관없는, 출근시간이란 게 아예 없는 한유는 노년의 특권이다. 물론 한밤중, 두시에도 깨고 세시에도 깨어 다시 잠들지 못하는 괴로움이 있긴 하지만 그거야 당연히 받아들일 수밖에 없는 노년의 생리현상이니 불평 거리가 못 된다.

그래도 시내 모임에 나갔다 오거나 저녁 산책이라도 한 날 밤에는 제법 이른 아침까지 곧잘 숙면한다. 그렇게 자고 난 아침이면 보너스라도 받은 듯 기분이 좋아지고 몸도 마음도 한결 가뿐해진다.

오늘 아침은 일곱 시가 다 되어서야 깼다. 엊저녁 집 앞 성복천을 따라 시간 여 산책을 한 덕분인 듯, 숙면을 취한 머릿속이 씻어 낸 듯 개운하다. 아내가 머리맡에 갖다 놓은 조간을 집어 읽다가 재미난 글 하나를 발견한다. 7월 2일에 관해 쓴 최재천 교수의 글 〈시작과 반〉, 바로 오늘이다.

7월 2일은 한해의 중심이란다. 윤년이 아니라면 오늘을 기점으로 182일이 지났고 연말까지 정확히 182일이 남았단다. 그 글을 보고서야 유월이 지나고 칠월이 된 걸 안다. 가는 줄 모르고 한해의 절반을 보내긴 했지만 아직 자유로울 절반이 온전하게 남아있다고 마음이 한껏 늑장을 부린다. 칠십을 넘긴 백수의 나이에는 계절의 바뀜은 있어도 하루하루는 그렇게 명확하게 구분되어 있질 않다.

신문을 접고 일어나 앞 베란다에 나앉는다. 창을 통해 드는 바람이 삽상하다. 베란다 아래 정원에는 반송과 주목, 사철나무들이 볼품 좋게 자라 푸른빛을 뽐낸다. 어느 사이 우듬지가 3층 창턱에 닿게 자랐다.

정원에선 노인들이 손자를 데리고 나와 함께 산책도 하고 벤치에 앉아 하늘바라기를 하며 아침을 즐긴다. 더러는 어린이용 그네에 비집고 앉아 앞뒤로 몸을 흔들며 잠시 아이가 되기도 한다. 잠깐 웃는다.

아내가 베란다 작은 다탁에 아침을 차린다. 흑미黑米 가래떡 한 가닥, 달걀부침, 데친 브로콜리와 과일주스 한잔. 전립선에 좋다는 토마토를 비롯해 치매 예방에 도움이 된다며 아내는 당근과 사과를, 거기에 비타민 C의 보고라는 레몬과 키위를 넣어 아침마다 주스를 만든다. 브로콜리는 항암에도 좋고 치매 예방에도 좋고 피부노화도 막아주는 등 두루두루 좋다며 거의 빼놓지 않고 식탁에 올린다.

식사를 끝내고 커피를 마시며 속으로 묻는다. 몸에 좋다는 음식만 챙겨 먹는다고 다 건강하고 모두가 장수할까. 그보다는 고루고루 먹되 소식하는 것이 더 옳지 않을까 싶은 게 이즈음의 생각이다. 일본 에도시대의 유명 관상가 미즈노 난보꾸水野南北도 관상보다는 심상心相, 심상보다는 식상食相이 더 중요하다며 '식食은 명命, 운명 運命이다.' 란 말을 남기지 않았던가. 하지만 그보다는 마음의 평온이 건강과 장수에 최우선이라고 지혜로운 이들은 곧잘 말한다.

삼복더위를 잘 넘기자며 벗들과 보신탕을 먹기로 한 날, 비가 오리란 예보에 우산을 챙겨 집을 나선다. 하늘이 잔뜩 흐렸다.

양재역에서 갈아탄 3호선, 빈 옆자리에 60대 초반의 아줌마가 철퍼덕 앉는다. 색깔 짙은 커다란 선글라스를 꼈다. 실내에서 웬 선글라스람, 그것도 흐린 날에. 왜 꼈느냐는 물음에 형광등 불빛 아래에선 쓰는 게 좋다고 천연덕스럽게 답한다. 그럴까. 동양인은 눈의 동자도 작은데다 홍채의 색깔도 진해 특별히 자외선을 차단해야 할 경우가 아니고는 교외에서도 실내에서도 선글라스가 필요 없는 걸로 알고 있는데…. 더더구나 나이가 들면 동공이 더 작아져 눈부심도 덜해진다지 않던가. 이해가 안 된다. 아마도 백내장 수술이라도 한 모양이라고 속짐작을 하여 궁금증을 거둔다. 어쨌거나 남들에 해害 되는 일은 아닌 터, 상관할 일이 아니다.

약속장소인 종묘 옆 보신탕집에는 김 국장도 김 동문도 이미 나와 나를 기다리고 있었다. 홀 안은 손님들로 가득했다. 원래 개장국은 속절俗節인 삼복三伏에 먹는 보양식이라지만 마니아들은 계절불문으로 즐긴다. 더위로 허약해진 기력을 증진한다는 개장국은 동의보감에 이르기를 오장을 편안하게 하며 혈맥을 조절하고, 장과 위를 튼튼하게 하며, 골수를 충족시켜 허리와 무릎을 따뜻하게 하고, 양도陽道를 일으켜 기력을 증진한다고 했다.

독실한 불교 신자인 김 국장은 보신탕을 먹지 않는다. 나와 김 동문이 전골냄비에 코를 박다시피 먹어대도 자기 앞에 놓인 추어탕만 먹을 뿐 입도 대지 않는다. 가축 중에서도 가장 사람에게 충실하고 친근한 개를 어떻게 먹느냐며 외면하지만 우리가 먹는 걸 탓하지는 않는다.

고교 시절부터 친근하게 지내오고 있는 두 벗 다 성정이 착하다. 남과 다투는 법도 없고 큰소리 한번 내는 적이 없다. 못마땅하면 얼굴을 붉히는 게 고작이다. 친구를 보면 인간의 본성이 착하다는 성선설이 맞겠다 싶어 고개를 끄덕이긴 하지만 그간 살아오며 겪은 바로는 사람이란 나의 벗들처럼 그렇게 착하지만은 않다는 것, 그래서 나는 '본성은 굽이치는 물과 같아 동쪽으로 흐르게 하면 동쪽으로 흐르고, 서쪽으로 흐르게 하면 서쪽으로 흐르듯 인간의 본성은 처음부터 선이라고도 악이라고도 할 수 없다.' 라며 성무선악설性無善惡說을 주장한 고자告者(고불해, 告不害)에 더 공감한다.

주룩주룩 빗소리가 흐무지다. 우정에 우정雨情이 더한다. 마음이 열리는 벗이 있다는 것, 그 벗이 이러저러한 암 수술을 받고도 심신이 여전히 건전하다는 것, 내일을 계정하지 않고 오늘을 산다는 것의 참 의미. 선善도 불선不善도 비켜선 칠십 자리. 늙은 백성의 행복이요 종심소욕 불유구의 해탈자리다.

2부

만국기 소녀

오십견

어깨 통증에 또 잠이 깼다. 새벽 4시, 빗소리가 여리다. 일어나 앉아 어깨를 주무른다. 어디라 꼭 집히는 곳 없이 두루뭉술하게 아픈 오십견, 어느 사이 석 달째로 접어든다. 하필 오른쪽이어서 여러모로 불편하다. 무얼 꺼내려고 팔을 들어 올리거나 뒤로 젖힐 때면 순간적으로 격통이 온다.

처음엔 수십 년 만에 다시 당구를 시작해 인대가 늘어나 그러려니 대수롭게 여기지 않았다. 더운 물수건 찜질하고 스트레칭을 했지만 나아지기는커녕 하루하루 증세가 더 심해지더니 급기야는 밤에 통증 때문에 잠을 깨기까지 한다. 그때야 오십견이 아닌가 의심하게 됐다. 나이 70에 오십견이라니.

전 인구의 2%, 주로 50대에 호발하는 원인 모호한 동결 견

(Frozen shoulder). 50대를 멀쩡하게 넘겼기에 오십견이란 남의 일인 줄만 알았더니 다 늦게 결국 나에게도 찾아오고 말았다. 오십견이란 말에 아내가 실소하며 놀렸다.

"흥, 좋겠수. 50대에 다들 앓는 오십견이 지금 온 걸 보면 당신 생체 나이가 50대란 이야기이니 얼마나 좋우? 최소한 1년은 간다던데 어쩌실는지…."

말과 달리 아내는 그날부터 당장 찜질팩을 하고 어깨를 주무르며 정성스럽게 보살펴줬다. 하지만 그 당장만 조금 시원할 뿐 호전되지는 않았다. 가깝게 지내는 정형외과 후배가 일러준 몇 가지 자가 치료법,

'자주 어깨를 휘둘러라. 두 손을 뒤통수에서 깍지 낀 채 팔을 앞으로 한껏 오므려 얼굴을 감싸듯이 했다가 다시 뒤로 제치는 운동을 반복해라. 더운 물수건 찜질을 한 후 스트레칭을 해라.' 등을 열심히 해 보지만 별무효과다.

그나저나 오십견은 왜 올까. 의학적으로 뚜렷한 원인이 밝혀지지 않은 유착성 관절낭염. 특별한 이학적 소견 없이 통증과 운동 제한이 온다는 건 그간 너무 부려 먹었으니 그만 좀 쉬게 하라는, 안식년을 가지라는 몸의 명령은 혹 아닐까 하는 생각이 든다. 오랜 기간 혹사했으니 근·관절이 왜 피로하지 않으랴. 치료지침에도 초기에는 휴식을 취하라고 했으니 이참에 오른손을 좀 쉬게 하고 그간 쓰지 않던 왼손을 써서 일상생활을 해보면 어떨까 싶었다. 왼손잡이로 살아보기로 마음을 정했다.

하지만 왼손 쓰기는 생각만큼 그리 녹록지 않았다. 식사부터가 어려웠다. 숟가락은 그럭저럭 쓰겠는데 젓가락질은 아예 되질 않았다. 어색한 대로 밥은 떠먹을 수 있었지만 찬은 도저히 집을 수가 없었다. 찌개와 국, 계란찜 따위 숟가락으로 먹을 수 있는 것만 먹게 됐다. 하지만 서툴고 느려서 좋은 점도 있었다. 천천히 먹다 보니 평소보다 적은 양으로도 포만감을 얻게 돼 과식을 하지 않게 되고, 식탁에서의 대화도 보다 풍성해져 분위기도 새로워졌다. 배도 편했다.

양치질도 힘들었다. 왼손은 오른손과 사뭇 달랐다. 마음먹은 대로 따라주지도 않았고, 느리고 서툴러 짜증부터 났다. 구석구석 골고루 닦으려면 십 분도 더 걸렸다. 왼손 양치질엔 인내심이 몇 배가 더 필요했다. 급하게 하려들면 오히려 더 늦었다. 그렇잖아도 참을성 적은 성격에 불쑥불쑥 꾀가 났지만 이도 수양이라 여겨 고집스럽게 계속했다.

한평생 오른손의 보조역 만이던 왼손, 메추리알 껍질 벗기기와 단추 채우기만이 오른손보다 능숙하던 내 왼손. 이렇게 왼손 쓰기가 힘들 줄 알았으면 미리 좀 익혀둘 걸 후회되기도 했고, 양손을 다 쓰는 왼손투수 류현진이 부럽기도 했다.

어려서부터도 나는 참을성이 부족했다. 게다가 성미마저 급했다. 마음에 합당치 않으면 참지를 못하고 곧장 화를 냈다. 기다릴 줄도 몰랐다. 일이 생기면 바로 해야 했다. 할 일을 남겨두고는 잠도 이루지 못했다. 그런 나를 어머니는 황해도 사람의 기질이라고도 했고 오吳 씨네의 내력이라고도 했다. 어쨌든 무슨 일이나 강박증일 정도로 서두르고 조바심을 냈다. 빈 시간을 못 견뎌 하고 일마다 서둘렀다.

조급한 성격은 커서도 여전해서 사회생활을 하는 데 적지 않은 지장을 주었다. 오죽했으면 대학에 입학한 날 선친은 나에게 군자유구사君子有九思 중에서도 특별히 분사란忿思難을 골라 자경하는 말씀으로 주셨을까. 분을 내면 뒤가 어려워지는 걸 생각해 함부로 분을 내지 말라는 공자님 말씀, 그래도 여전히 쉽사리 화를 내고 성급하게 결정했다. 고쳐지지 않는 급한 성격에 나는 참 많이도 실수하며 살았다.

젊어서나 나이 들어서나 잘 참는 인격, 느긋하게 사는 사람들이 가장 부러웠다. 그래서인지는 몰라도 내 주위에는 청풍명월 고장 출신들이 많다. 지금도 여전히 함께 산을 찾는 벗 대부분이 그 고장 출신들이다. 그들과 함께 있으면 조금쯤은 나도 따라 느긋해진다.

어스름 속 빗소리 듣는 중에 문득 깨우친다. 왼손으로 양치질하듯 매사를 천천히 신중하게 한다면 사는 게 훨씬 편안하리라는 것을, 실수가 없고 안화하리라는 것을. 급한 성격도 시나브로 고쳐지고 시간도 천천히 갈 터이니 세상을 더 느긋하게 즐기다 가지 않을까 싶기도 하고. 부옇게 날이 밝는다.

설마의 변辨

1. 대장내시경

"그렇게 고기를 좋아하더니, 결국…."

대장내시경검사를 하면서 떼어낸 다섯 개의 용정 중 지름 1.5cm인 하나가 암이라는 말을 듣는 순간 혼자 속으로 자조 섞어 씹어댄 말. 짜고 맵게 먹어온 데다 남달리 고기를 탐했던 식성, 특히 삼겹살이라면 사족을 못 쓰는 식탐이었으니 이 나이에 몸이 온전하면 그게 오히려 이상한 거라고 스스로를 나무라봤지만 이미 엎질러진 물이요 한눈팔다 꼬꾸라진 꼴이 되고 말았다.

이상 증상이 나타나기는 불과 2개월여, 지난 연말부터였다. 이틀이 멀다 하고 회식이 잦던 세밑, 중식당에서 있었던 동창 송년 모임을 끝내고 온 날 밤부터 뱃속이 까탈을 부리기 시작했다. 방귀가 잦아지고 아랫배가 무지근 불쾌하면서 반 설사가 연달아 이어졌다. 다음날 일찍 병원에 들러 처방을 받았다. 약을 지어 사흘을 복용했지만 차도는커녕 더 심해졌다. 간간이 점액 변이 나오면서 겨우 참아낼 정도로 배가 기분 나쁘게 아팠다. 아무래도 비위생적인 음식물로 인한 세균성 장 질환에 이환된 듯싶었다. 항생제를 5일간 복용하고서야 변이 정상을 되찾았다.

하지만 완치된 건 아니었던 듯, 괜찮으리라 싶어 술을 한잔 하거나 육식을 하고 나면 여지없이 재발했다. 그럴 때마다 약을 복용하거나 한두 끼 굶어 속을 다스리고는 했지만 기대대로 쾌히 가라앉지를 않았다. 궤양성 대장염이거나 과민성 대장 증후군인가 싶어 그에 해당하는 약을 복용해 봐도 별무효과였다. 불안했다.

장승배기에서 내과를 개원하고 있는 동문에게 전화를 넣어 증상을 말했더니 대장에 암이 생기면 평시의 장 습성(Bowel habit)이 변해 그런 증상들이 나타날 수 있다며 내시경 검사를 받아보는 게 좋겠다고 조언한다. 더구나 나이 70이 넘으면 대장내시경 검사는 해마다 하는 게 원칙인데 검사받은 지 5년이나 지났다니 말이 되느냐고 내 태만을 나무랐다. 그 길로 후배가 운영하는 인근의 준종합병원에 예약하고 다음 날 검사를 받았다.

검사 일주일 뒤 나온 조직검사 결과는 암. 바로 복부 CT 촬영을 했다. 혹 다른 장기에 전이된 병소가 있을까 싶어서였다. 다행히 깨끗했다. 보험공단에 암 등록을 하고 수술을 받기 위해 대학병원에 진료 예약을 마쳤다.

그간 건강에 자신했던 오만을, 자신의 몸도 돌보지 못한 태만을 자책하며 병원을 나섰다. 감기만 들어도 "의사도 아프냐?" 며 놀리던 친구들이 내가 암에 걸렸다면 속으로 얼마나 웃을까. 집을 향해 천천히 걸어오면서 언제부터 이상증상이 나타나기 시작했을까를 곰곰 헤아려봤다. 이미 3년은 된 듯싶었다.

3년 전 여름, 막걸리에 해물파전을 먹고 난 뒤 급작스럽게 하복부 산통을 동반한 설사를 시작했다. 식중독으로 자가진단을 하고 정장제를 복용하며 죽으로 속을 다스렸다. 나흘이 지나서야 증상은 가라앉았다. 하지만 며칠이 못 가 다시 재발했다. 의아했다. 중이 제 머리 못 깎는다더니 오진을 한 건가 아니면 약을 잘못 쓴 건가. 비에비스 나무병원으로 민영일 동문을 찾아가 그의 처방으로 약을 복용하고서야 쾌차했다.

그런 일이 있은 뒤 비슷한 증상이 두서너 달에 한 번꼴로 나타났다. 그럴 때마다 같은 처방으로 약을 지어 복용해 증세를 다스렸다. 설마 암일까 하는 생각은 만에 하나도 하지 못했다. 그도 그럴 것이 그러기 불과 2년 전 대장내시경 검사를 하면서 1cm 미만의 작은 폴립들을 몇 개 떼어냈던 때문이었다.

폴립을 그냥 두었을 때 10년 후 대장암이 될 확률이 8%이며 20년 후에는 24%라는, 폴립의 지름이 1cm 미만이면 암 발생 확률이 1% 이하라는, 2cm 이상이라야 35%에서 암으로 발전한다는 통계상의 의학지식을 나는 너무 과신하고 있었다. 게다가 60세 이상 한국인의 30%가 용종을 갖고 있다는 사실이 나로 하여금 대수로울 게 없다고 생각하게 한 것도 사실이었다. 결국, 자만과 설마가 병을 키운 원흉이었다.

암이라고 진단을 받았지만 마음은 의외로 담담했다. 위가 아닌 대장이라 다행이다 싶은데다 크기가 작고 전이가 없어 더 그랬다. 진료실을 닫고 지낸 지난 10년을 돌이켜봤다. 글을 쓰는 기쁨을 얻은 덕에 다른 자지레한 일들에 마음을 빼앗기지 않고 산 축복받은 10년. 아프지 않고 평화롭게 맞은 아침들. 화사하게 봄을 맞고 건강하게 가을 산에 든 10년을 되돌아봤다. 꺼림칙한 일은 아예 만들지 않으려 애쓰며 산 날들. 마음이 이르는 대로 살고자 한 늙마의 날들. 늦게나마 그런 날들이 주어진 게 얼마나 고마웠던가. 글을 쓰면서 알게 된 한 벗이 하던 말을 떠올리며 피식 웃는다.

"잘 먹고 잘 싸는 게 행복이야."

그때는 그게 얼마나 고맙고 복된 일인 줄을 모르다가 이제야 비로소 절감한다. 나이 들었으니 당연하다는 듯 찾아든 병, 포용은 못 해도 밉다는 생각을 덜어내니 마음이 한결 가볍다. 느슨하게 보내는 노경을 한 번쯤 점검해보라는 뜻의 쉼표는 혹 아닌가싶은 생각도 든다. 다음 진료 예약 일에 대학병원엘 가면 담당 교수가 어떤 조처를 할지 딸이 제 먼저 걱정한다. 수술하지 않고 치료하는 방법은 혹 없느냐 묻는 아내에게 커피 한 잔을 부탁한다.

2. 선배 환자, 후배 의사

폴립이 암으로 밝혀진 지 12일 만에 다시 대장내시경 검사를 받았다. 수술 여부를 결정하기 위해, 그리고 수술할 경우 절제할 부위를 표시해두기 위해서였다. 11시, 대학병원에 도착해 접수하고 절차에 따라 속옷을 모두 벗은 다음 뒤가 터진 환자복을 입고 내시경 검사실로 들어갔다.

담당 교수가 직접 하는 검사라 수련의와 전공의 두 사람, 그리고 간호사가 도열하듯 서서 나를 맞았다. 머쓱하게 교수에게 인사하고 검사대 위에 누웠다.

왼쪽 옆구리를 밑으로 하고 누워 두 무릎을 한껏 구부려 배에 부치듯 오그린 자세를 취하는 중에 문득 본과 3학년 첫 시간의 A 강의실 정경이 떠올랐다.

60명 학생이 꽉 차게 앉은 계단식 강의실에 멈칫멈칫 들어서던 중년의 머리 벗겨진 남성 환자. 환자는 교수가 지시하는 대로 강단 앞에 마련된 침대에 반듯하게 누웠다. 마치 선생님에게 불려 나온 초등학생처럼 조심스럽고 고분고분하게….

병명이 무엇이었는지는 기억나지 않는다. 우리는 다만 차례차례 환자에게 다가가 열심히 청진기를 들이대고 타진하고 복부를 촉진했다. 환자 곁에 서서 온화한 웃음으로 그를 안심시키면서도 교수님은 우리에게는 냉혹할 정도로 엄격했다. 질병을 설명하는 그 순간만은 환자를 전혀 사람으로 생각하는 것 같지도 않게 권위적이고 냉정했다.

첫 시간 이후 연이어 그런 강의가 거듭되면서 우리도 차츰 환자가 사람이라는 사실을 시나브로 잊어갔다. 그때, 우리 중 얼마쯤이 그렇게 불려 와 누운 환자들이 그 순간 어떤 생각을 하고 있었을지를, 어떤 감정으로 누워있었을지를 생각이나 해 보았을까. 나와 똑같이 느끼고 생각하는 '사람' 으로 그런 상황을 민망해하고 있으리라고 짐작이나 해 보았던가.

"머리는 차게, 가슴은 따뜻하게!"라는 의사의 캐치프레이즈를 배운 첫 시간 이후 나는 얼마나 따뜻한 가슴으로 환자를 돌보아 왔던가. 머리를 차게 한 것만으로 환자를 대해오지는 않았던가.

수술할 환자를 대하고는 냉정하면 냉정할수록 좋다는 외과의를 마다한 것은 어쩌면 어렸을 때 겪은 험악한 체험 때문이 아니었나 싶다.

일제 강점기이던 여섯 살 때 나는 처음 수술대에 누웠다. 목에 생긴 선병(腺病, 경부 림프절 결절)을 수술받기 위해서였다. 콩 알갱이에서 도토리만 한 네 개의 몽우리를 차례차례 떼어낼 때마다 나는 죽을 것처럼 아파 있는 대로 악을 쓰고 발버둥을 쳤다. 지옥같이 긴 그 시간, 꼼짝 못 하게 나를 붙잡고 있던 아버지와 간호사보다도 메스를 들고 수술하던 하얀 가운의 의사선생님이 나는 더없이 무섭고 원망스러웠다.

반세기가 훌쩍 지난 지금도 오른쪽 목에 남아있는 그때의 수술 흔적이 만져질 때면 그날의 악몽 같은 공포와 통증이 되살아나고, 안경알 속에서 냉정하게 번뜩이던 의사선생님의 눈과 수술이 끝난 뒤 기진한 나를 달래며 눈물범벅이 된 얼굴을 닦아주던 그분의 부드러운 손이 엇갈려 떠오르고는 한다.

하얀 가운에 대한 거부감은 의과대학에 입학해 실습 가운을 입기 시작하면서 수그러들었지만, 병원에 대한 공포는 본과에 올라와 기초과정을 마칠 때까지 끈질기게 지속됐다. 3학년이 되어 임상실습을 하면서부터야 그런 두려움에서 벗어날 수 있었다. 그때의 그 냉정한 눈과 따뜻하던 손길 덕분에 내가 살아날 수 있었다는 사실을, 그분이 생명의 은인이었다는 것을 확실하게 알게 된 건 명실공히 나 자신이 의사가 된 한참 뒤였다.

맹장(충양돌기염) 수술은 또 어땠던가. 그것은 천우신조라는 말로도 부족한 기적 같은 은혜였다. 나이 스물여덟, 대학을 졸업하고 군에 입대한 나는 복무 3년째에 월남전 파병근무를 자원했다. 부산에서 배를 타고 동·남중국해를 지나는 8일간의 항해 끝에 월남 냐짱 항에 도착한 건 일몰 무렵, 명命 받은 육군병원에 입소했을 때는 주위가 어두워진 뒤였다. 배속신고도 미처 마치지 못한 나를 행정부사관이 기존의 선배 장교 숙소 옆 빈 B·O·Q의 한 방으로 데려가 잠자리를 마련해 줬다. 긴장한 탓인 듯 윗배가 더부룩거북한 채로 그냥 자리에 누워 잠을 청했다.

한밤중, 갑자기 배의 오른쪽이 송곳으로 찌르는 것처럼 아파왔다. 시시각각 심해지는 통증에 바작바작 진땀이 났다. 도저히 참을 수가 없었다. 누구에게라도 도움을 청해야 할 위급한 상황, 하지만 곁에는 아무도 없었다. 넓은 숙소에는 오직 나 한 사람뿐, 사방은 깜깜 절벽이었다. 몇 시나 되었을까.

배를 움켜쥐고 허리를 구부린 채 엉금엉금 오리걸음으로 걸어

옆 숙소에 다가가 외마디 신음을 연거푸 뱉아냈다. 그리고 혼절하듯 쓰러졌다. 혼몽한 의식 상태로 들것에 실려 병원 건물로 올라간 때는 동이 트려는 어둑새벽, 일반외과의 권오주 · 박우택 선배(당시 소령)의 집도로 즉각 충양돌기(맹장) 절제술을 받았다. 그리고 살았다. 만일 하루나 이틀 먼저, 승선 중에 발병했더라면 경과와 결과가 어떠했을까. 회고하면 지금도 아찔하다. 두려운 경험이었다. 의사는 그 순간 나에게 신과 동격의 권능이었다.

그렇게 해서 의사가 되고, 의사로 일생을 산 나는 이제 환자가 되어 시술대 위에 누웠다. 나도 남들에게 그렇듯 고마운 의사였을까. 아스클레피오스의 지팡이 역할을 얼마만큼 충실히 수행했을까. 그렇지 못했던 것 같다. 충분치 못하다 여겼기에 신은 나에게 글을 쓰게 하여 부족한 면을 보충케 하려 한 건 아닐까도 싶다.

덕분에 수명을 이어갈 수 있었고 건강하게 살 수 있었던 선후배와 동료 의사들에의 고마움. 아마도 나는 다시 태어난다 해도 다시 또 의사가 되기를 희망할 것이다. 의사가 된다면 보다 더, 아니 훨씬 더 환자 돌보기에 정성을 다할 것이다. 더 열심히 공부하고 의술을 익혀 더 폭넓고 수준 높게 환자들을 치료할 것이다.

"선생님!"이란 호칭에 저도 모르게 오만해져 환자 위에 군림하는 의사가 아닌, 환자의 신음과 고통과 호소를 온몸으로 품어 안는 의사가 되어 혼신을 다할 것이다. 나의 몇몇 존경스러운 선배와 성실한 동문처럼. 차가운 머리와 따뜻한 손으로—.

만국기 소녀

2011년 11월 25일, 제25회 이대동창문인회 작품집 『첫 클릭 클릭』의 출판기념회를 겸한 제15회 이화문학상 시상식이 남산 아래 '서울 문학의 집' 에서 열렸다. 식장을 가득 메운 이들은 시, 소설, 수필, 동화, 희곡, 평론 등 각기 문단에서 활발하게 활동하고 있는 현역들로 거의 모두 본교 출신들이었다. 오늘의 수상자인 박영자 수필가와의 친의로 나는 한국의사수필가협회를 대표하여 같은 수필문우회 회원 몇 사람과 함께 그 자리에 참석했다.

개회식 선언에 이어 출판과 문학상에 관한 회장의 간단한 코멘트가 있은 다음 시상식이 행해졌다. 단상에 올라 회장으로부터 상패를 받아 든 오늘의 수상자 박영자 수필가가 은회색 한복에 어울리는 차분한 목소리로 수상 소감을 이야기했다.

여사는 이 자리에 서게 해준 분들에 대해 고마움을 표한 뒤, 강인한 의지와 인고로 자신을 키워낸 어머니와 오빠(현재 워싱턴 거주) 단 세 식구로 지낸 어린 시절을 말머리로 자신의 과거사를 펼쳐나갔다.

24세에 홀로 되어 함경북도 청진에서 혹독한 추위 속에 남매를 키워낸 어머니는 광복에 즈음하여 행해진 B29 폭격에 놀라 그 길로 사선을 뚫고 남하한다. 발이 부르트게 걸어 38선을 넘은 세 식구는 고향 김천으로 내려가는 대신 종로구 송월동에 정주한다. 어머니는 한동안 직장생활을 하다 소규모의 버클공장을 차려 운영하고, 영자와 오빠는 학교에 다니는 등 비교적 안정된 생활을 한다. 그 당시를 수상자는 이렇게 말했다.

"이른 새벽 어머니가 직장에 나가고 오빠가 학교에 가고 나면 나는 드럼통 위에 올라앉아 온종일 해를 따라 돌며 하얀 신작로 위에 엄마와 오빠가 나타나기를 하염없이 기다렸다. 그런 나에게 엄마는 따뜻한 위로의 말 한마디 건네주지도, 가엽게 여기지도 않았다. 어머니는 강인하고 엄격했다. 드럼통 위에서 나는 외로움을 배우고 외로움을 이기는 법을 익히며 그리움의 정체를 가슴 깊이 재워갔다."고.

서대문초등학교 5학년 때 주인공은 다시 전쟁의 소용돌이에 휩싸인다. 6 · 25 전란으로 인민군치하가 된 장안에서 3개월을 공포와 배고픔 속에 지내고 9 · 28 수복을 맞은 주인공의 가슴엔 한 장의 흑백사진이 남는다. 수복 후 폐허가 된 서울 도심 한 귀퉁이에

깡똥치마 흰 저고리를 입고 검정 고무신을 신은 채 만국기 앞에 선 열두 살 소녀 사진. 총칼보다 무서운 게 배고픔이던 때의 흑백 슬라이드 사진 한 장.

9 · 28 수복이 되고 나서 어머니는 기왕에 운영하던 버클공장의 공장장과 함께 집에서 재봉틀로 유엔 참전국 국기를 만들었다. 이를 오빠와 영자가 빈 레이선 박스에 담아 오빠는 종로로 영자는 남대문 쪽으로 갖고 나가 유엔군들에게 팔았다. 부서진 건물의 엿가락처럼 휘어진 벽돌 기둥에 버려진 전깃줄을 이리저리 얽어매고 기들을 걸어놓으면 오색이 바람에 팔락거리며 지나는 병사들을 멈춰 세웠다. 만국기가 바람에 유난히 펄럭이던 날, 어린 소녀가 장사하는 모습이 신기했던 미군 종군기자 한 사람이 지나가다 멈춰 서서 슬라이드 사진기로 영자와 함께 포즈를 취하고 사진을 찍고 갔다.

그가 들이대는 사진기 앞에 부끄러워 부서진 건물 기둥 뒤에 숨던 영자는 어느 순간 환하게 웃으며 나타나 모델이 된다. 잘하면 만국기를 두어 개쯤 팔 수 있겠다는 계산 때문이었는지 아니면 어린 소녀다운 호기심에서였는지는 본인이 밝힌 바 없어 모르긴 하지만 아마도 전자가 아니었을까 싶은 게 나의 추측이다. 장사가 잘 되는 날이면 남대문시장 노점상에서 엄마가 좋아하는 사과나 밤, 찹쌀 꽈배기를 사들고 가는 속 깊은 딸이었으니 그 순간 어찌 셈 빠른 효녀 머리에 찹쌀 꽈배기가 떠오르지 않았으랴.

그로부터 61년이 지난 2011년 6월, 이제는 원로수필가가 된 73

세의 수상자는 흑백사진 속 어린 날의 자신을 국립역사박물관의 6 · 25 전란 사진 전시회에서 뜻밖에 만난다. 그때의 종군기자 존 리치(93세, 현재 미국 메인주 거주)가 《칼라로 보는 한국의 전쟁사》라는 책을 내면서 만국기를 파는 영자의 사진을 싣고, 그 원판을 박물관에 보내온 것.

초라한 행색의 한 소녀를 통해 고난의 시대를 대변하고 있는 한 장의 흑백사진. 얼마 전 사석에서 주인공은 사진을 내보이면서 '그날'을 말했었다. 지나온 삶을 되돌아보면 전쟁은 자기에게 또 다른 삶의 의미를 부여해 주었다며, 굶주려도 자존심만은 잃지 않았었다며, '그날'을 잊지 않고 항상 감사하며 살아왔노라고….

이어, 다발성경화증을 앓는 불편한 몸으로 단상에 오른 재학 때의 스승 윤원호 교수가 오늘의 수상자를 정감 있게 정의했다. "여유롭고 너그러우며 부화뇌동하지 않는 인자로, 힘써 살고, 널리 베풀고 배워 닦은 글이 꿋꿋하고 간결하다."고.

꽃다발을 안고 앉아 노교수의 말을 경청하는 수상자를 보면서 나는 먼 전날의 늦 가을을, 열두 살 동갑내기이던 우리들의 '그날'을 떠올리며 숙연히 감회에 젖었다.

신문사 앞에 줄을 서서 기다리다 신문이 발간되어 나오기 무섭게 30부, 50부를 받아 들고 거리를 뛰어가면서 팔던 열두 살로 돌아가, "신문이오, 신문! 오늘 나온 경향신문이오!"하고 소리치며 덕수궁, 숭례문을 지나 염천교 쪽으로 달리다 부서진 건물 모퉁이에서 만나던, 늦가을 선득한 바람 속에 홑저고리 차림으로 서서 양

손에 든 만국기를 흔들어대며 "덴 딸라, 덴 딸라!" 하고 새되게 외치던 영자에게, 만국기 살 사람을 찾아 좌우로 고개를 돌릴 때마다 빈약한 어깨 위에 출랑거리던 갈래머리에게 나는 마음 깊숙이에서 우러나는 박수와 찬사를 보내며 눈시울을 붉혔다.

길고 긴 6월

1. 사촌형

대장암 적출 두 달 뒤, 고엽제 후유증임을 확정받기 위해 보훈병원을 찾았다가 뜻밖에도 김 상병을 만났다. 채혈과 채뇨 내내 곁을 맴돌며 내 얼굴과 검진서류를 흘끔거리는 게 의아해 쳐다보자 그가 확신에 찬 듯 인사를 하며 신분을 밝힌다.

"오 대위님이시죠? 저 십자성 부대 수송부 김 상병입니다. 기억하시겠어요?"

정수리가 벗겨진 중키에 안경을 쓴 60 후반, 목소리가 귀에 익었다. 찬찬히 뜯어보노라니 사각턱 하며 웃을 때 눈초리가 약간 처지던 옛날 얼굴이 또렷이 되살아났다. 월남전에 참전하여 대민진료를 다닐 때의 구급차 운전병 바로 그 김 상병이었다. 부지런하고 싹싹하고 낙천적이면서도 술을 먹으면 곧잘 엉엉 소리를 내어 울던 선임병사, 두 달 전 초기 위암 수술을 받고 고엽제 후유증 검진 차 왔다며 반갑게 손을 잡는다.

오전 검진을 끝내고 구내식당에서 점심을 먹은 뒤 우리는 병원 앞 야외 휴게소로 나갔다. 감개가 무량했다. 그간 무얼 하고 지냈느냐는 물음에 그는 무릎을 다쳐 수술한 뒤로 택시를 그만두고 지금은 아파트 경비를 한다고 했다. 40여 년 만에 생각지도 않게 여기서 그를 보다니, 정말 뜻밖이었다.

그에겐 세 개의 큰 상처가 있었다. 6 · 25 전란으로 생긴 상처였다. 전란 끝에 후퇴하던 인민군에게 아버지가 피살되는 참혹한 일을 당하고, 백마고지 전투에서 큰형이, 그리고 둘째 형마저 소년병으로 낙동강 전투에서 전사하는 아픔을 겪었다. 그만은 아니더라도 내게도 학도병으로 낙동강 전투에 투입돼 전사한 네 살 위의 사촌형이 있어 우리는 파병 근무 내내 동병상련의 정으로 각별하게 지냈다.

마른하늘을 향해 담배 연기를 뿜어내는 그의 옆얼굴을 보면서 나는 사촌형을 마지막으로 보았던 밤을 아프게 떠올렸다.

광복 이듬해 봄 월남한 우리 뒤를 따라 그 가을 서울에 올라온 사촌형은 1년 반을 우리 집에 머물다 용산중학교에 입학하면서 따로 하숙을 정해 나갔었다. 전란의 해 나는 양정중학교에 입학했고 형은 4학년에 진급했다. 형은 고향 해주에 그대로 남아있던 큰집의 독자였다.

인민군에게 서울이 함락된 28일 늦저녁, 한동안 발길을 끊던 형이 느닷없이 집을 찾아왔다. 함지박에 쳇다리를 걸쳐놓고 맷돌로 콩을 갈던 어머니가 놀라 물었다.

"아니 어떻게 된 거냐. 어떻게 여길 완? 왜 남쪽으로 안가고?"

두려운 눈으로 흘끔흘끔 뒤를 살피며 형이 어떻게 해야 할지 몰라 이리로 왔다고 기어들듯 대답했다. 몹시 지쳐 보였다.

형의 기색을 살피던 어머니가 눈을 내리며 힘없이 말을 흘렸다.

"뭘 좀 먹어야 할 텐데…."

어처구니를 다시 잡는 어머니의 손을 따라 흘낏 허연 콩물이 담긴 함지박을 내려다보던 형이 생각난 듯 룩색(배낭)을 내려 안에 든 걸 상 위에 쏟아냈다. 쌀이었다. 한 말은 됨 직 수북하게 쌓였다.

"아니 이게 웬 거냐?" 어머니가 낮게 비명을 질렀다.

"경무대에서 가져왔어요."

형이 더 놀랄 소리를 했다.

"뭐? 경무대? 경무대라니, 아니 그게 무슨 말이냐?"

형이 자초지종을 설명했다.

"도대체 어떻게 돼가는 건지 궁금해서 월요일 아침에 학교엘 갔었어요. 급우들이 한 삼 분의 이쯤 나왔더라고요. 둘째 시간이 끝나자 선생님이 무기 휴학이라며 다들 가라고 그래요. 인민군이 의정부까지 왔다고요. 불안해서 바로 나왔죠. 사람들이 한강 쪽으로 꾸역꾸역 몰려가는 게 영 심상치가 않더라고요. 급우 하나와 사람들을 따라 인도교까지 갔어요. 다리 입구 양쪽에 헌병이 기관총을 설치해놓고 일반인들의 통행을 막는 거예요. 부상병을 실은 군 트럭만 통과시키고요. 다리 아래 백사장 쪽에선 두 사람이 타는 보트에 몇 사람씩 올라타고 가다가 뒤집히고 난리가 났더라고요. 속수무책으로 그냥 하숙집으로 돌아왔어요."

"그래서?"

"하숙집 아주머니가 보따리를 싸면서 여주 친정집으로 간다고 그래요. 저보고도 어서 서울을 벗어나래요. 그 말을 들은 급우가 우선 자기 집으로 가서 사태를 지켜보자며 나를 끌더라고요. 효자동으로 그를 따라갔어요."

"왜 이리 올 생각을 않고?"

아버지가 나무라듯 물었다. 거기엔 대답 없이 형이 하던 말을 계속했다.

"28일 새벽 우르릉하는 소리에 놀라 깼어요. 방바닥이 막 흔들리고…. 나중에야 알았지만 자하문 밖으로 탱크가 들어오는 소리였어요. 날이 밝자 사람들이 경무대가 비었다며 모두 몰려가데요. 평소에도 궁금하던 곳이라 저도 따라갔죠. 안에는 군인이고 뭐고 지키는 사람이 아무도 없어요. 들어간 사람들은 시계고 의자고 접시고 주전자고 닥치는 대로 들고 나오는 거예요. 큰길가에 인민군이 있었지만 지켜보기만 해요. 무법천지예요. 어떤 사람이 자루 두 개를 메고 나오다 무거웠든지 하나를 버리고 가데요. 뭔가 열어봤더니 쌀이더라고요. 둘러메고 친구 집으로 가지고 갔어요."

“음….”

듣고만 계시던 아버지가 뜻 모를 신음을 냈다. 형이 이야기를 계속했다.

“점심을 먹고 나자 그 집도 양주로 내려갈 참이라며 제 의향을 묻데요. 거길 어떻게 따라가겠어요. 짐 싸는 걸 도와주고 바로 이리로 온 거예요.”

어머니가 서둘러 해내온 저녁을 먹으면서 형이 불안해서 빨리 남쪽으로 가야겠다며 아버지에게 방도를 여쭸다. 광나루 쪽이라면 강을 건널 방도가 있을 거라는 아버지의 조언에 형은 바로 집을 나섰다. 어머니가 누룽지와 주먹밥을 싸서 형의 륙색에 넣어주었다. 그날 밤늦게 아버지는 이북에서 가져온 사진 대부분을 아궁이에 태웠다.

2. 김 상병

그 형의 전사소식을 나는 9 · 28수복 다 다음날 북진 중에 잠깐 들렀다는 형의 전우에게서 들었다. 중학교 급우였다고 했다. 흐르는 눈물을 주먹으로 훔치며 전우가 울먹울먹 전했다. “다부동 전투에서 전사했어요. 방아쇠도 한번 당겨보지 못한 채요.”

남쪽에 일가붙이가 없어 피란을 못 가고 장안에 남아있었기에 형의 전사 소식을 보다 일찍 접하기는 했다. 하지만 그 전사 소식을 아버지는 큰아버지에게 바로 전하지 못했다. 1 · 4후퇴에 남하한 큰집 식구들이 며칠간 장안에 머물던 때도, 부산으로 피해 갔던 큰집이 재수복으로 다시 서울로 돌아온 한참 뒤까지도 아버지는 형의 전사한 사실을 큰아버지에게 말씀드리지 못했다.

재수복 후 서울로 돌아온 큰아버지는 곧바로 중부시장에 어물전을 폈다. 광복 전 중선 두 척으로 서울을 오가며 크게 사업을 하던 백부에게 어물전은 성에도 차지 않는 시답잖은 일일 터였지만 대다수의 월남 피란민들처럼 생존이 급선무였던 처지에 마다할 일이 아니었다. 큰아버지는 새벽부터 밤늦게까지 참 열심히 장사했다.

큰아버지는 자주 자신에게 하듯 말씀했다. "열심히 해서 다시 가업을 일구어야 해. 조상에게 면목이 없어. 그리고 배도 다시 장만해야지. 나쁜 놈들." 가게는 빠르게 번창했다.

비린내가 진동하는 가게에 들어서며 큰아버지에게 왜 옆 가게들처럼 건어물을 취급하지 이렇게 냄새나는 생물을 취급하며 힘들어하시느냐 여쭈면 싱긋 웃으며 언제나 똑같은 대답을 하시고는 했다.

"싱싱한 고기에선 바닷냄새가 난단다. 그 냄샐 맡으면 난 내가 지금 잠깐 고향을 떠나와 있을 뿐이지 곧 가게 될 거라는 생각이 들어. 어서 돈을 모아 배를 사야지 하는 욕심이 꿈틀꿈틀 일고…. 또 그래야 네 형이 왔을 때 나도 떳떳하고 형도 마음이 흐뭇할 게 아니냐."

하지만 말씀 끝머리엔 언제나 한숨이 딸렸다. "선산에도 잡초가 많이 자랐을 텐데…."

그러고 얼마 지나 그예 형이 전사한 사실을 알게 되고, 그런 뒤로 백부는 삶의 의욕을 잃고 하루하루를 허두재비처럼 살았다. 가게 문도 결국 닫히고 말았다.

그 얼마 뒤 열일곱 살 큰누나는 전란에 홀로 된 일등상사에게 시집을 가고, 작은 누나는 버스 안내원을 하며 집안을 도왔다. 막내 여동생도 야간 중학교에 다니며 낮에 사무실 급사 일을 했다. 57세로 큰아버지가 돌아가시기까지, 그리고 그 후로도 큰집은 가난하게 살았다. 공부들도 더는 하지 못했다.

아버지의 세대에서 아들을 잃는다는 건 집안의 대가 끊기고 성장점이 잘려나가는 걸 의미했고, 전쟁터에서 몸을 다쳐 불구가 된다는 것은 삶에의 의욕과 희망을 잃고 울분과 좌절과 가난으로 남은 인생을 살아가야 한다는 불행을 의미했다.

하여 한 때, 상이군인이라고 하면 지금의 주폭酒暴처럼 기피와 혐오의 대상이던 때가 있었다. 가난하고 힘없던 나라는 이들을 보호하지도 돕지도 못했다. 그래도 그들은 나라의 소홀한 대접에 울컥대기는 했을지언정 북을 따르고 찬양하는 따위 반국가적 언행은 누구도 하지 않았다. 내가 아는 한은—.

담배를 비벼끄며 김 상병이 말했다.

"차라리 걸릴 바엔 폐암이었으면 더 좋을 뻔했어요. 위암은 고엽제 후유의증 밖에는 못되거든요. 보상금이 나오긴 하지만 얼마 안 돼요. 그것도 본인이 사망하면 그것으로 끝나고…. 폐암이면 5급 이상의 전상 군경으로 판정을 받아 보상금도 꽤 되는데다 이것저것 혜택도 많아요. 게다가 본인이 사망해도 배우자에게 90%가 나온다니깐 그 정도면 너끈히 살지 않겠어요? 건강만 하다면…."

사상이 무엇인지도 모르는 아버지를 빼앗아 간 전란, 두 형이 포연으로 스러져 간 동족상잔의 전쟁으로 여섯 살 어린 나이에 호주가 되어버린 해방둥이. 배울 기회조차 얻지 못하고 힘들게 세상을 산 노병이 아내의 여생을 걱정하고 있었다.

화창한 날

눈을 뜬 게 6시, 적당하게 깨었다. 침대에 누운 채 조간신문을 훑은 뒤 일어나 세면. 간단하게 아침을 하고 나니 그제야 날이 밝는다. 장모님을 찾아뵙기로 한 날, 8시 조금 넘겨 집을 나섰다.

장모님은 서산의 한 요양병원에 계신다. 달포쯤 전 음식을 먹다 사레가 들려 흡인성 폐렴으로 발전하는 바람에 큰 병원에 입원했다가 요행 회복되어 지금의 요양병원으로 옮겨 지내시고 있다. 그 뒤 어떻게 지내시나 궁금하던 차에 새해를 맞아 인사를 드려야겠다는 아내 말에 오늘 찾아뵙기로 날을 잡았었다.

서해안 고속도로를 탔다. 날씨는 화창하고 차도 적었다. 일부러라도 드라이브를 즐길 만큼 운전하기 딱 좋았다. 내비게이터가 일러주는 대로 따라가기 두 시간에 요양병원에 닿았다. 로비의 직원에게 방문을 알리고 입원해 계시는 6층으로 올라갔다. 폐렴으로 의식마저 흐릿하던 때가 엊그제여서 어떤 모습으로 계실까 걱정되었지만 기우였다.

여덟 사람이 함께 쓰는 다인용 병실, 활짝 열린 문으로 장모님이 먼저 보였다. 입구에서 두 번째인 침대 위에 앉아 무언가를 열심히 잡숫고 계셨다. 곁에 다가서며 인사를 드려도 입놀림을 선뜻 멈추지 않는다. 흘낏 나를 한차례 쳐다보는 걸로 눈을 거둬 아내의 얼굴에 고정하고 만다. 반쯤 치매에 든 당신은 근래 누구를 대해도 덤덤하다. 아내의 질문에 바르게 대답하다가도 바로 엉뚱한 말씀을 하시고는 한다.

세수 아흔다섯, 칠순잔치를 할 때에 비해 몸피가 거의 반이 되게 줄긴 했지만 앉은 자세는 여전히 꼿꼿하다. 눈빛도 여전히 맑다. 남의 도움 없이 손수 수저를 놀려 식사를 하고, 간호인의 부축을 받으면 화장실도 곧잘 걸어 출입한다.

평소에도 장모님은 의지와 독립심이 보통 강하지 않았다. 처음 이곳에 입원하던 지난해 여름까지도 자식들에게 부담되는 게 싫다며 손아래 이모님과 두 분이 벌곡에 따로 사셨다. 일제 강점기 가난한 농촌에서 태어나 소학교(초등학교)만을 겨우 마친 어머니. 삼종지의 三從之義를 천명으로 알고 여자의 네 덕四德을 익혀 출가한 분. 대부분의 우리네 어머니들처럼 장모님도 일제 강점기와 6 · 25 전란으로 이어지는 시대의 고난을 몸소 모두 겪으셨다. 보릿고개를 넘기고 광복 후의 혼란과 전란의 궁핍 속에서 나의 아내를 비롯한 삼남매를 키우고 가정을 지켜냈다. 가정밖에 모르는 전형적인 우리네의 어머니였다.

11시 조금 지나 나온 점심을 장모님은 참 달게 잡수셨다. 사레가 들린다고 한사코 마다하던 국도 깔끔하게 비웠다. 머리를 숙여 먹으면 사레가 안 걸린다고 담당의가 가르쳐준 다음부터는 음료수 등도 모두 잘 자신다며 요양보호사가 신통하다는 듯 웃는다.

식사 마치기를 기다려 하직 인사를 하고 병실을 나왔다. 누가 먼저랄 것 없이 의견이 일치하여 우리는 그 길로 버스터미널을 끼고 돌아 그 안쪽 시장으로 갔다. 서산 장, 참 오랜만에도 왔다.

1 · 4 후퇴로 피란 내려와 살던 식구들이 4년 만에 인천으로 올라간 뒤 혼자 홍성에 남아 중학교에 다니던 때, 나는 겨울방학이면 어리굴젓 장사를 했다. 서산 장에서 굴젓 두 초롱을 버스에 싣고 상경해 남대문시장에 넘기면 교통비를 제하고도 자그마치 3할이 남았다. 그때도 어리굴젓은 지금처럼 광천과 더불어 서산의 명물이었다. 네다섯 행보면 족히 한 학기 용돈과 책값이 됐다. 손발 시리던 그때 일이 지금은 추억으로 따뜻하다.

아내의 손을 끌어 젓갈 골목으로 들어섰다. 몇 집을 돌며 맛을 보다가 그 중 옛 맛에 가장 근사한 가게에서 어리굴젓과 창난젓 각각 세 통씩을 샀다. 옆 가게에서 서대와 게를 덧 사 들고 장을 나와 태안으로 차를 몰았다. 속이 출출했다.

태안의 '돌담집', 안면도에 올 때면 거르지 않고 찾는 단골 게장

집. 간장게장 하나로 밥을 두세 그릇씩 비우게 되는 밥도둑 집. 그 못지않게 우럭젓국이 짭조름 개운한 집. 아내는 이 집에 오면 모든 반찬이 다 맛있어 남기고 가기 아쉽다며 식사를 끝내고도 선뜻 일어서지 못한다.

이번엔 어찌 이리 걸음이 뜸했느냐며 반갑게 맞는 주인아주머니가 상을 푸짐하게 차려낸다. 간장게장에 곁들여 파래무침과 갈치속젓을 비롯한 열두 가지 찬이 한 상 가득, 밥 두 그릇을 정신없이 퍼먹고 나서야 나는 아내를 건너보며 계면쩍게 웃었다. 손녀의 대학입학으로 크게 신세를 진 아이 이모에게 보낼 게장을 택배로 주문하고 나와 귀갓길에 올랐다. 영상 6도까지 오르리란 예보답게 밖은 따뜻하고 화창했다.

오는 길에 의왕에서 안과를 개원하고 있는 친구에게 들러 어리굴젓 한 통을 내려놓았다. 함경도 출신으로 평소 젓갈이 있으면 하루 다섯 끼도 먹는다는 친구의 입이 함박만큼 벌어진다. 집에 닿기 전 또 한 집을 들렀다. 공기 좋고 동네 조용하고, 하며 지난여름 이곳으로 이사와 사는 친구의 아파트. 출타 중이어서 경비실에 창난젓 한 통을 맡기고 아파트를 나왔다. 채 4시가 되지 않았다. 기분 좋게 하루 나들이를 했다.

세월

10년 사이 저리 달라질까.

5호선 전철을 타느라 광화문역 계단을 내려가다 생각지도 않게 J여사를 봤다. 뜻밖이었다. 모란꽃무늬의 밝은 분홍 플레어스커트에 진보라 재킷, 짙은 고동색 채플린 모자를 쓴 여사가 비슷한 연배의 동행과 둘이 나를 엇갈려 반대편 계단을 올라오고 있었다.

C시에 살고 있을 그녀를 대낮 서울 한복판에서 보게 되리라고는 예상치도 못한데다 평소와는 다른 야릇한 차림이어서 그만 알은 체 불러 세우는 것도 잊고 멀거니 바라보기만 했다. 발끝만 보며 계단을 내려가던 참이라 귀에 익은 특유의 웃음소리가 아니었다면 나는 그냥 엇갈려 그대로 지나쳤을 터였다.

고개를 꼬아 곁의 동행에 시선을 고정한 채 깔깔 웃고 이야기하며 지나치는 그녀, 무슨 화제이기에 저리 재미있을까 싶게 대화에 함빡 빠져 있는 모양새가 마치 갓 입학한 고등학교 여학생 같았다.

그녀의 웃음소리는 정말로 유별했다. 덕성스럽기는 해도 딱히 미인이라 할 얼굴은 아니었지만 그 웃음소리를 들으면 누구나 다 고개를 돌려 한두 번쯤은 다시 쳐다볼 정도로 감칠맛 나게 낭랑했다. '은쟁반에 옥구슬 구르는 듯' 이란 아마도 그런 웃음을 두고 하는 표현이 아닐까 싶게 들을 때마다 새삼스러웠다. 윤기 도는 감미로운 웃음소리, 미팅에서 처음 그 웃음소리를 들었을 때 나는 얼핏 카나리아를 떠올렸었다. 그것도 울음소리가 특별나게 매혹적인 롤러카나리아를….

중간고사가 끝나고 이어진 해부학 실습으로 모두가 크로키 상태이던 본과 1학년 가을, 수완 좋은 과 동료 K가 미팅 하나를 물고 왔다. 동성의 과 친구들끼리만 어울려 산을 오르거나 음악 감상실, 영화관을 전전하던 우리 몇몇에게 그 건 이성과의 설레는 첫 미팅이었다.

하지만 일요일 오전 소요산 입구에 나타난 여학생들을 보자 우리는 그만 기가 팍 꺾이고 말았다. 정장에 파마머리, 미들일망정 하나같이 모두 굽이 달린 힐을 신고 나타난 그녀들은 완전히 성숙한 숙녀들이었다. G대 영문과 3학년, 같은 학년인데 이렇게 다를 수가 있을까. 어이가 없었다. 이런 차림으로 산행을 하자고?

10분쯤 늦게 꽁지로 나타난 단 한 사람만이 운동화에다 점퍼 차림으로 생머리를 했다. 늦은 걸 변명하며 연신 까르르 까르르 웃는 생머리를 우리는 기이한 눈으로 흘끔흘끔 몇 번씩이고 훔쳐봤다. 처음 들어보는 생경스런 웃음소리였다. 자갈돌 위를 잽싸게 흘러내리는 시냇물같이 싱그럽기도 하고, 청보리밭 푸른 잎 사이를 불어가는 초여름 바람처럼 상큼하기도 한 해맑은 웃음소리. 그 소리에 코를 꿰어 나는 두어 발의 거리를 두고 산행 내내 대체로 그녀 곁을 맴돌았다. 잘똑한 발목 위로 곧게 뻗어 오른 호듯한 종아리를 날렵하게 교차하며 그녀는 가파른 산길을 참 잘도 걸어 올랐다.

산길이 불편할밖에 없는 정장 차림의 그녀들을 우리는 자의 반 타의 반으로 부축하고 손을 잡아끌고 밀고 당기며 하루의 산행을 정신없이 마쳤다. 주위를 감상하거나 가을 정취를 느껴보는 여유 따위는 가져보지도 못했다. 산행을 끝내고 우리끼리 가진 뒤풀이에서 누군가가 말했다.

"몸을 부축하다 보니깐 어떤 여자애는 속에 등거리를 입었어. 딱딱해. 여름도 다 지나갔는데…."

"그게 아니고 코르셋이야. 누나가 그걸 입어서 내가 알아."

의아해하는 친구의 말을 K가 의기양양하게 정정했다.

그리고 연말, 생각지도 않게 K가 미팅 때의 여학생이 나를 만나고 싶단다며 쪽지 하나를 건넸다. 누구냐는 물음에 웃음이 특별한 생머리라고 했다. 쪽지에는 날짜와 시간, 그리고 충무로 어디라는 장소까지 자세하게 적혀 있었다. 쪽지를 보고서야 나는 그녀의 이름이 J라는 걸 알았다.

탁자마다 촛불을 켜 은은하게 분위기를 연출한 작은 카페에 나타난 J는 산행 때의 생머리가 아니었다. 파마하고, 굽 높은 까만 힐을 신고, 감색 투피스 정장에 베이지색 핸드백을 든 조숙한 숙녀였다. 위티(위스키를 탄 홍차)를 홀짝거리며 J가 손위처럼 물었다.

"B고등학교를 나왔다죠?"

"네."

"김00을 아세요? 육사 생도…."

왜 갑자기 녀석을 물을까. 고등학교에 입학해 내리 2년을 곁에 앉아 공부한 단짝 친구. 형제처럼 가깝게 지내는 훤칠한 미남.

의아해하는 내게 그녀가 해명했다. 친구 소개로 알게 됐는데 평소 성품이 어떤지 알고 싶어 오늘 나를 만나고자 했다며 까르르 웃는다. 귀를 간질이는 웃음소리에 문득 나는 밀대로 엮은 쐐기형의 여치 집 속 여치를 떠올렸다. 연록 새 여린 날개를 곱게 접고 앉아 더듬이질하는 여치 한 마리, 씁쓰레 위티를 삼켰다. 촛불 빛에 그녀의 눈이 살피듯 반짝였다.

졸업과 동시 혼례를 올리고 전방으로 떠난 그들 부부를 나는 겨우 명절 때나 한 차례씩 만나보고는 했다. 남매를 낳고 나이 들어가면서 그녀의 웃음소리도 조금씩 변해갔다. 옥을 굴리듯 경쾌하던 처녀 때의 소프라노는 부드러운 메조소프라노로 구순하게 바뀌었다. 30 전의 웃음소리가 청량하기 이삭 갓 팬 볏 잎 위에 맺히는 아침 이슬이었다면 50대에는 잎 무성한 정자목 그늘처럼 후덕하고 편안했다. 웃음소리와 함께 그녀는 점점 더 아늑한 여인이 되어 갔다.

호사다마라고 할까. 뜻 아니게도 친구가 사고로 세상을 떴다. 10년 전이었다. 뒷수습을 끝낸 그녀는 바로 아들이 교편을 잡고 있는 C시로 이주해 모습을 감췄다.

센 머리를 모자 속에 감아 넣은 채 몇 가닥 자분치를 흩날리며 엇갈려 계단을 오르는 여사를 나는 끝내 멈춰 세우지 못했다. 멍하니 서서 뒷모습만을 올려다봤다. 걸음새가 많이 상해 있었다. 상체를 숙이듯 기울이고, 엉덩이를 빼고, 병아리를 모아들이는 어미닭의 날개 죽지처럼 두 팔을 뒤로 벌려 젖히고 힘겹게 걸어 오르는 모습. 국적불명의 화사한 패션과는 영 어울리지 않는, 영락없는 노파의 걸음걸이였다.

무릎이 아프다며 나의 진료실을 찾아왔던 50 중반이던 어느 토요일, 푸석해진 종아리에 어른어른 내비치던 푸른 정맥류가 주던 서글픔보다 열 배는 더 무직한 슬픔이 가슴을 눌렀다. 세월이라니.

계단을 다 오른 그녀가 출구를 빠져나가고 나서도 한참을 나는 그 자리에 그대로 서서 환하게 네모진 출구 밖 하늘을 하염없이 올려다봤다.

자연의 초록은 특별하지만,/ 지탱하기 제일 힘든 색./ 그 떡잎은 꽃이지만,/ 한 시간이나 갈까./ 조만간 잎이 잎 위에 내려앉는다./ 그렇게 에덴은 슬픔에 빠지고/ 새벽은 한낮이 된다./ 어떤 찬란한 것도 오래가지 못하리.

– Robert Frost

노인과 바다

오천 가승구지 앞 바닷가, 노인은 해가 중천에 이르도록 처음 자세 그대로 바위 위에 미동도 없이 앉아 있었다. 마을 앞 작은 성당을 지나며 모래톱 끝 갯바위에서 그를 본 게 열 시였으니 벌써 두 식경도 더 됐을 터였다. 낚시하는 내내 흘끔거리며 훔쳐봐도 노인은 요지부동으로 앉아 망연히 바다만 바라보고 있었다.

노인의 실루엣은 무척이나 쓸쓸했다. 처진 어깨와 굽은 등, 색 바랜 미색 잠바와 예비군 모자, 어느 것이랄 것 없이 바다의 풍광과는 어울리지 않게 어줍었다. 낚시하는 것도 소풍 삼아 온 것도 아닌 듯 보이는 노인, 낚싯대를 접고 노인 곁으로 갔다.

다가서는 나를 흘낏 칩떠 본 노인이 전부터 아는 사이나 되는 것처럼 곁에 앉기를 권하더니 다짜고짜 주머니에서 소주병을 꺼낸다. 알코올 중독자인가? 떨떠름해 하는 내 속을 읽은 듯 툭 말을 놓아 격의 없게 해명한다. "오늘이 내 생일이우."

올해 여든이라며 첫마디부터 속을 턴다. 상처한 지 15년이 됐다며, 자식이 셋이지만 차라리 없는 것만도 못하다며 종이컵에 술을 따른다. 처음 본 사람에게 자신의 신상을 펴는 노인이 미심쩍어 잔드근 살펴보았지만 표정도 말투도 지극히 정상이었다. 기왕에 알고 모르고가 이미 의미가 없어지고만 경계인 듯 노인은 덤덤하게 자신을 말했다.

불행은 아내와의 사별로부터 비롯되었다고 했다. 화불단행禍不單行이 세상 이치인 듯 상처한 지 채 1년도 안 돼 들이닥친 IMF 사태로 집안이 풍비박산났다고 했다. 사업하다 부도를 낸 둘째는 집을 나가 행방을 모르게 되고, 막내딸은 사위를 따라 중국으로 건너가 집엔 직장을 다니다 구조 조정을 당해 밀려난 아들 내외와 노인만이 남게 되었다고 했다. 하지만 그도 불과 2년여, 새로 직장을 구하지 못한 아들은 끝내 아버지를 졸라 노인 명의의 집을 처분하고 함께 아르헨티나로 이민했다고 했다.

아들 내외는 그곳에서 옷 장사를 시작해 그럭저럭 생활해갔지만, 노인은 하루하루가 무료하고 답답했다. 사는 재미가 없었다. TV를 보아도 무슨 내용인지 왜 웃는지 왜 우는지 알 수가 없었다. 그렇다고 말도 통하지 않는 이웃들과 어울릴 수도 없었다.

손자들도 물어봐야 아무것도 못 가르쳐주는 할아버지를 가까이 하려 하지 않았다. 며느리의 구박도 갈수록 자심했다. 나중엔 밥도 차려주지 않고 빨래도 노인 것을 밀쳐내고 제 식구 것만을 세탁기에 돌렸다. 의미를 잃은 잉여인간, 노인은 부담스러운 군식구일 뿐이었다.

노인은 고국이 그리웠다. 비록 북에서 월남하여 일가붙이가 없어도, 형제들이 없어도 노인은 고국으로 돌아가고 싶었다. 고국에 가면 모르는 사람들이라 하더라도 최소한 말은 할 수 있지 않은가. 우리말을, 알아듣고 뜻을 전할 우리말을 나눌 수는 있지 않은가.

"쓸쓸합디다. 외롭다는 감정은 차라리 사치예요. 정은 고사하고 말할 한 사람도 곁에 없다는 건 참 못 견딜 고문입디다." 노인이 한숨 섞어 말했다.

2년 나마 대사관을 들락거리며 사정한 끝에 노인은 어렵사리 고국으로 돌아올 수 있었다. 하지만 고국도 노인에겐 별반 다를 게 없었다. 갈 곳이 없었다. 자고 먹고 할 근거지를 마련할 수가 없었다. 몇 차례 이민 가기 전 살던 동네 주민센터를 찾아가 의논해 보았지만 자식이 있어 기초생활 수급이 안된다며 담당자는 별 뾰족한 방도가 없다는 말만 되풀이했다.

살길이 막막해질수록 노인은 자꾸만 죽은 아내가 그립고 원망스럽고 슬펐다. 그런 중에 우연히 듣게 된 정보로 충청남도 기독교연합에서 운영하는 노인요양원에 기거하게 되었다고 했다.

요양원에서는 숙식을 제공하는 것 외에도 한 달 5만 원씩 용돈까지 줬다. 쓸 일이 별로 없는 노인에게 5만 원은 훌륭한 주전부리 값이 됐다. 오늘이 생일이란 말을 하여 3만 원을 미리 받은 노인은 남아있던 2만 원을 합해 5만 원을 들고 오늘 이곳을 찾았노라고 했다. 혹 점심이라도 함께 먹을 사람이 있을까 했지만 여태껏 혼자라고 했다.

“왜 이곳을 찾았는데요? 전에도 오셨었나요?”

빈 잔을 내려놓으며 노인에게 물었다. 잠시 숨을 고른 노인이 바닷가에 선 두어 길 높이의 바위 두 개를 가리키며 경위를 말했다.

“저기 앞에 바위 보이죠? ‘노부부 바위’ 라우. 남편은 서서 바다를 바라보고 있고 아내는 앉아 길쌈을 하는 모양새지요. 내가 처음 집사람을 만난 게 바로 이곳이라오. 나는 해안을 경비하는 부대에서 군 복무를 했고 아내는 그때 오천 초등학교에 있었지요. 그래서 자주 이곳에서 데이트했다오. 그때 우리는 이 부부바위를 보며 오래오래 행복하게 이들처럼 살자고 새끼손가락을 걸고는 했더랬지요.”

“그런데 먼저 돌아가셨군요.”

“그래요. 술은 입에도 대지 않던 사람인데 간암으로 갔어요. B형 간염을 오래 앓은 게 원인이랍디다. 딸이 간을 제공하겠다고 했지만 암 덩어리가 너무 커 불가능했지요. 절제도 간 경화가 동반돼 할 수가 없었고…. 간 동맥 색전술이라나 하는 걸 받으며 2년을 버티다 그만 갔어요. 몹쓸 사람.”

말을 끊고 잠시 해무 짙은 수평선을 바라보던 노인이 띄엄띄엄 내게 부탁을 했다.

“오천 장에 가면 간자미 횟집이 있는데…, 함께 안 가시려우?”

말끝을 누그리며 노인이 내 눈치를 봤다. 해무 낀 수평선이 눈 속에서 아련하게 젖고 있었다.

3부

정육점

사나이로 태어나서 | 인연 | 정육점
톱밥 게 | 예쁜 여자 | 오심
오색 딱따구리 | 어린 이웃 | 성복 천
아랑이와 몽실이

사나이로 태어나서

"사나이로 태어나서 할 일도 많다만 짠 짜잔 -,"

술이 몇 순배 돌아 거나해지면 동규는 벌떡 일어나 의례 군가를 부른다. 그것도 딱 첫머리 한 소절만을 연거푸 부른다. 왼쪽으로 고개를 갸웃이 들어 돌린 채 꿈인 듯 취한 듯 어리바리한 표정으로 발 박자를 맞춰가며 낮게 군가를 부른다.

그럴 때면 그가 벌써 자기 주량을 다 채운 것임을 알고 더는 그에게 술을 권하지 않는다. 거기서 한두 잔만 더하면 동규는 곧장 고개를 푹 꺾고 앉아 코를 골아대는 게 정해진 코스여서 그냥 버려두고 우리끼리 술잔을 돌리며 된 소리 안된 소리로 회포들을 푼다.

군가를 부를 때의 친구의 눈은 몽롱하게 풀려 있다. 허공을 향해 고정된 눈에는 이미 우리도 없고 현재도 없다. 다른 곳 다른 시간 속을 배회하고 있는 모양새로 말을 해도 듣는 둥 만둥이다. 친구들은 그 순간 동규가 젊은 날의 군대 시절로 돌아가 있는 거라고도 하고, 홀어머니와 두 여동생과 함께 지내던 고향을 꿈꾸고 있을 거라고도 했다. 또 다른 친구는 지금 동규가 그의 첫사랑 댕기머리 애심이를 그리고 있는 거라며 키득거리고는 했다.

내가 그를 처음 만난 건 6·25 전란 통에 충청도 한 소읍으로 피란 내려가 그곳 야간 고등공민학교(중학과정)에 입학하면서였다. 나는 그때 그와 별로 가깝지 못했다. 열다섯 늦은 나이에 입학한 나보다도 두 살이나 더 많던 탓도 있었지만 앉아 공부하는 자리가 달라 접촉할 기회를 얻지 못했기 때문이다. 학교에서 거리가 꽤 되는 역에서 소사로 일하던 그는 거의 매일 지각하다시피 등교해 항상 뒷자리에 앉아 공부했고, 끝나면 곧장 교실을 빠져나가 말 한마디 나눌 틈이 없었다.

하긴 우리 모두 정규학교의 급우들처럼 그렇게 가깝게 지낼 처지들이 못 되었다. 대부분 낮엔 직장들을 다녀 개인적으로 사귈 겨를이 없었다.

야간학교를 졸업하고 공군에 자원 입대했다는 소식을 끝으로 우리들의 화제에서 사라졌던 동규를 다시 만난 건 오십 대 중반, 서울 사는 동기들을 중심으로 만들어진 작은 모임에서였다. 그때 동규는 법무사 사무실 사무장으로 일하고 있었다. 하지만 말이 사무장이지 실제 친구가 하는 일은 멀리 지방을 다니며 서류를 전달하는 따위 단순하고 궂은 외근이었다.

그렇긴 해도 친구는 자기 일에 자부심이 대단했다. 평소의 눌변 달리 지방에 가서 겪었던 일들을 조근조근 재미나게 이야기했다. 하지만 환갑을 지내고 얼마 뒤부터 능동적이고 활기차던 언행에 이상한 점들이 나타나기 시작했다. 몸놀림이 굼떠지고 목소리가 속삭이듯 가늘어졌다.

학생 때부터도 말이 없고 목소리가 작았지만 점차 더 약해져 한껏 주의를 기울여 들어야만 무슨 이야기인지를 알 수 있을 정도였다. 걸음걸이도 뚜렷하게 느려지고 등도 구부정하게 굽어갔다. 때로는 왼쪽 다리에 감각이 없다며 꼬집어 보라기도 하고, 점심을 먹고 나오면서 돈 계산을 못 해 쩔쩔매기도 했다. 어떤 날은 오줌을 지려 팬티를 갈아입어야 한다며 모임 중간에 일어나 집으로 가는 때도 있었다.

심할 때면 일상의 단어들을 잊어먹고 곧잘 재우쳐 묻기도 했다. 그럴 때마다 친구는 스스로 치매 초기나 아닌지 모르겠다며 애매하게 웃었다. 자기가 사는 동네 이름을 잊어버리고 "내가 사는 동이 무슨 동이지?" 하고 되레 우리에게 묻는가 하면, 아버지의 누나를 뭐라고 부르냐고 참 어처구니없는 질문을 해대기도 했다. 왼쪽과 오른쪽을 헷갈려 의아해한 적도 한두 번이 아니었다. 그럴 때마다 우리는 그가 우스개로 농을 하는 줄로만 여겨 대수롭게 여기지 않았다.

그런 것들이 뇌경색의 진행 때문에 나타나는 증상들이란 걸 알게 된 건 그 얼마 뒤 법무사 사무실에서 권고 사직을 당했다는 소식을 이웃 친구가 공개하고 나서였다. 그 뒤부터 동규는 모임에 더는 나오지 않았다.

연말을 맞아 친구 셋이 불암산 밑 그의 아파트로 병문안 간 날, 친구는 마침 오전 일을 끝내고 들어온 부인의 시중을 받으며 점심을 먹고 있었다.

몰골이 말이 아니었다. 일 년 남짓 못 본 사이 몸은 축이 날대로 나고 키도 볼품없이 짜부라들어 눈을 맞추기조차 민망했다. 머리만 그대로 컸다. 병약한 초등학교 저학년의 그것처럼 조붓해진 어깨 위에 얹혀 있는 어른 얼굴, 초췌하게 주름진 얼굴이 낯설고 서글펐다. 힘겹게 수저를 놀리다 말고 친구가 조그맣게 말했다.

"내가 몸을 너무 험하게 굴렸나 봐."

가는 목소리로 하는 자책이 듣기 면구했다. 하긴 우리가 알기로도 그는 우리 중 누구보다도 세상을 참 힘들게 살아온 건 사실이었다. 서울역 지게 품팔이를 시작으로 동대문시장 짐꾼에서 양말 공장 공장장을 하기까지, 그러다 투자한 공장이 부도나는 바람에 거리로 나앉은 일, 건축 공사장 인부로 새벽 추위에 떨던 많은 날들. 그중에서도 청소차 인부로 일하던 때의 끔찍했던 고생담은 들을 때마다 아팠다.

골목골목을 누비며 쓰레기를 수거해 난지도에 가면 대충 점심 때가 된다고 했다. 참기 힘든 시장기에 허겁지겁 도시락 뚜껑을 열면 어느 사이 파리들이 새카맣게 달려들어 밥을 덮는 바람에 밥알은 보이지도 않았다고, 그걸 쫓아내며 걸신들린 듯 걸터먹고 앉아

쉬노라면 그때야 발치 멀리 한강 물이 눈에 들어오더라고, 한낮 햇살 아래 유유히 흐르는 너른 강물과 그 너머의 아지랑이 일렁이는 아스라한 강변 정경이 마치 떠나온 전생의 한 때를 보는 것처럼 현실감이 사라지고 꿈을 꾸고 있는 듯 아리송해지더라고 했다. 그럴 때면 문득 이런 일을 하는 지금의 자기가 진짜 자기가 맞는 건지 아니면 전생에 지은 업 때문에 이러고 있는 건지 혼란스러운 기분이 되더라고 했다. 그러다 보면 썩어 악취 나는 쓰레기더미도 윙윙 날아드는 파리 떼도 그저 업 때문인 인연이거니 여겨지고, 언젠가는 다시 군대생활 할 때처럼 걱정 없던 날로 돌아갈 거라는 생각이 들더라고 때마다 되뇌어 말하고는 했다.

"난 군대 갔을 때가 젤루 행복했어. 군대는 밥그릇으로 따지잖아. 밥걱정도 없고. 신참으로 들어 온 대학 출신이 내게 경례를 부칠 땐 기분이 삼삼하데. 하긴 그런 것들보다도 신 나고 고마웠던 건 집사람을 만난 거지. 군복을 쫙 빼입고 병장 배지를 단 내가 그렇게 멋있어 보였던가 봐. 사회에 나왔을 때 나를 봤다면 어림 반푼어치도 없었을 일이지. 집사람은 일생 내게 참 일념 정성이었어. 덕분에 기죽지 않고 살 수 있었지. 이 집도 집사람과 나, 그리고 아들 며느리가 허리띠 졸라매고 8년 걸려 장만한 거야. 가난은 나라도 구제 못 한다고 했지 않아. 다 제 할 나름이지. 군대 갔다 왔겠다, 가정 이뤘겠다, 거기에 아파트까지 장만했으면 사나이로 태어나서 할 만큼 한 게 아니겠냐. 못 배운 게 한으로 남긴 하지만 어떻게 세상 다 이루고 살겠나. 근데 좀 걱정스러워. 애써 장만한 아파트값이 마구 곤두박질친다니 말이야. 마누라한테 남길 재산이라곤 이것밖에 없는데…."

말을 마친 친구가 밭은기침을 했다. 창 너머로 겨울해가 이울고 있었다.

인연

연세가 얼마쯤일까.

인사동 끝머리, 종로경찰서 쪽으로 돌아서는 모퉁이에 앉아 쉬고 있는 여스님을 보자 불현듯 나이가 궁금해졌다. 등이 꼬부장하게 굽은 회색승복의 이승 尼僧, 세수 90은 족히 넘겼을 성싶은 스님 곁에 앉으며 우선 여쭸다.

"어느 절에 계셔요?"

숙이고 있던 얼굴을 천천히 들어 올려 흘낏 날 쳐다보며 스님이 건듯 답한다. "내 절에 있지."

구순한 인상과는 달리 말씨가 꼴꼴하다.

내 절이라. 의아하여 그게 어디냐 재우쳐 묻는 내 질문엔 대꾸 없이 곁에 놓인 바랑에서 부스럭부스럭 종이 한 장을 꺼내 건넨다.

당신이 직접 그려 프린트한 거라는 A4 용지, 해가 그려지고 용이 날고 용 등에 토끼가 올라타고 거북이 있고 연꽃이 피어있다. 밑에는 주소와 전화번호가 적혀있다. 사주나 관상을 보는 분인가? 고개를 돌려 다시 나를 보더니 홀연 묻는다.

"띠가 어찌 되시는가."

"?"

"뭔 띠냐고."

"아, 네. 호적은 기묘지만 원래는 병자생 계유월입지요."

장난기가 발동해 대충 둘러댔다. 생일 생시까지 묻고 나서 바로 말씀한다. "힘들었겠네."

"뭐가요, 왜요?"

"사주엔 문곡성文曲星이 있어 글을 써야 하는데 관상을 보아하니 칼 쓰는 직업으로 살았을 것 같아 그래. 게다가 양차살陽差殺까지 끼어 있으니 그렇지."

"어떻게 알아요, 사주가 그래요?"

"사주가 그렇게 나와. 직업이고 사람이고 모두가 다 인연이야. 인연을 따라야 세상살이가 순탄한 법이지."

저런, 이렇게 유식한 분인 줄 알았으면 제대로 댈 걸. 참 잘못했다. 아쉬워하는 내 표정 따윈 아랑곳없이 스님이 인연풀이를 이어간다. 부처님이 "옷깃만 스쳐도…."하며 인연을 우선하여 말씀하신 건 만나고 마주치는 세상 만물, 만사가 다 그냥 생겨나고 이루어지는 게 아니란 걸 강조하신 거란다. 생물이고 무생물이고 할 것

없이 세상 사물이 이리저리 연결되어 모두가 하나라는 뜻이요 남이 아니라는 뜻이니 직업도 사람도 서로 돌보고 아껴야 한다며 자비의 당위성을 푼다.

남이 반드시 남이 아니기에 험한 짓 하지 말고 어렵고 힘든 이웃 외면하지 말고 품어야 한다며, 좋은 인연도 나쁜 인연도 아픈 인연도 다 인연이니 만나는 모든 인연을 소홀히 하지 말아야 한다고 말씀한다.

내생에 바른 인연 찾아 살고 싶으면 지금 인연들을 잘 챙겨야 한다는 말을 남기며 일어서는 여스님, 앉은키나 선키나 별반 다르지가 않다. 돌아서는 노승의 굽은 등을 보면서 나는 문득 근자에 나를 우울하게 한 불쾌한 인연 하나를 떠올린다. 벤처기업가 C.

10년 연하인 C를 나는 지역 테니스모임에서 처음 만났다. 근 20년이 됐다. 하지만 공이 뜻대로 맞지 않을 때마다 내뱉는 듣기 역한 막말과 별나게 승부에 집착하는 게 부담스러워 될수록 그와 한 조로 플레이하는 걸 피할 정도로 가깝게 지내지는 않았다. 그런 그가 두어 해 전부터 수필을 쓰고 발표도 하는 게 반가워 시내에 나갔던 길에 일부러 그의 사무실을 찾았었다. 따라 들어간 그의 집무실 벽, 거기엔 그의 사업체가 속한 협회 기관지에 발표한 자신의 글들과 그곳에서 받은 상장과 수상 장면을 찍은 사진들이 빼곡히 전시되어 있었다. 마주 앉아 차를 마시며 그가 뜬금없이 물었다.

"선배님, 진짜 문학상을 받고 싶은데 어떻게 하면 되죠?"

"?"

"글 쓰는 걸 직원들이 다 아는데 상을 좀 받아야 면이 설까 싶어서요."

아연했다. 수필도 그는 공명심으로 쓰는가. 하긴 상이란 누구나 받길 바라고 좋아하기는 하지만 그야말로 과시하기 위해 글을 쓰고 상을 타기 위해 글을 발표하는가 싶어 슬그머니 역정이 났다. 수필상隨筆賞은 인간상人間賞이라며 사람됨을 중시하는 수필, 어느 장르보다 더 엄격하게 작가정신이 요구되는 수필이 그에게는 이름을 얻는 수단일 뿐인가 싶어 속이 뒤틀렸다.

수필 쓰기는 인간이 되어가는 가장 바람직한 도정이요 그런 인간이 된 연후라야 제대로 된 수필이 쓰인다고 한다. 혹자는 수필 쓰기를 인간으로서 마땅히 하여야 할 도 道 닦기라고까지 말한다. 문학으로서의 가치는 차치하고라도 수필상은 지극히 바람직하게 닦여진 인격人格에 주어져야 옳다고 평소 여겨오던 터였다. 무슨 이런 친구가 다 있나 싶어 그냥 일어나려다 그래도 이곳에선 윗사람인 그의 체면을 생각해 참고 앉아 차를 마시고 나왔다.

공명심 가득한 후배, 여스님의 말씀을 되새겨도 여전히 그가 싫었다. 밉고 역겨운 인연이었다. 하지만, 미운 인연도 인연이라는 말씀이 새삼 나를 돌아보게 했다. 나라고 달랐던가.

유명 일간지에 글이 실리자 그걸 오려 붙이는 아내를 나무라지 않았고, 문학상 수상 사진들을 액자에 넣어 거실에 거는 걸 그대로 눈 감은 나는 C와 무엇이 다른가. 책을 출간할 때마다 수상 경력을 자랑스럽게 나열해놓던 건 또 어떻고. 지금도 수상에 대한 자부심은 여전하지 않은가. 나도 C와 오십 보 백 보로 별다를 게 없었다.

걷는 듯 마는 듯 조촘조촘 멀어져가는 스님을 바라보며 앞으론 보다 넉넉한 가슴으로, 어련무던 어울려 살아야겠다고 마음을 먹어보지만 그래도 선뜻 그를 품지는 못할 것 같다. 다만 마음의 평온을 위해서라도 미움만은 거둬야 하지 않을까 싶기는 하다.

수필을 쓰는 덕에 그나마 사람이 좀 된 듯싶은 내 경우에 비추어 C도 계속해서 수필을 쓰는 한 조만간 객기를 잠재우고 성숙한 인격을 갖출 것이고 감명 깊은 글도 다수 엮어낼 것이다. 그때쯤이면 나도 흔연히 그를 품을 것이고 그의 글에 박수를 보내게 될 것이다. 이런 것이 바로 다른 장르보다 탁월한 수필의 독보적 기능이 아니던가. 한유韓愈의 지명잠 知名箴 한 구를 빌어 다시 스스로를 경계한다. '내면이 부족하면 남이 알아주기를 조급해한다. 넉넉하여 여유가 있으면 소문이 널리 사방으로 퍼져나간다.'

정육점

“당신 좋아하는 육개장을 끓이려는데…, 양지 좀 사다 줄래요?”

TV 앞에 앉아 채널 바꿈질을 하는 내게 아내가 고기를 사오란다. 에둘러 하는 아내의 명령(?)에 대충 챙겨 입고 집을 나섰다.

“당신이 좋아하는….”은 아내가 나를 심부름시킬 때면 으레 써먹는 18번 공식 레퍼토리다. 어쩌다 꾀를 부려 뭉그적거릴 양이면 주방에서 그릇 소리가 급작스레 요란해진다. 하여 나는 아내의 말이 떨어지기 무섭게 냉큼 일어나는 게 습관이 되었다.

어디로 갈까. 마트로 갈까 후문 앞 정육점으로 갈까 잠시 망설이다 정육점을 지나쳐 마트로 향했다. 마트를 가려면 5, 6분을 더 걸어야 했지만 정육점에는 들어가고 싶지 않았다. 지난번 일 때문이었다.

보름 전 그날도 아내는 "오늘 저녁엔 당신이 좋아하는…,"으로 운을 떼어 오늘처럼 내게 고추장찌개에 넣을 고기 심부름을 시켰었다. 곧장 일어나 정육점으로 달려간 시간도 오늘과 똑같았다.

그날도 역시 주인은 들어서는 내게 인사는커녕 뭘 드릴까요, 하고 묻지도 않고 빤히 쳐다보기만 했다. 물으나 마나 양지 반 근이 아니겠느냐는 듯 넘겨짚는 주인에게 나도 질세라 고개를 외로 꼬아 딴전 부리듯 주문했다. "양지 반 근, 좀 넉넉하게요."

주인은 그러면 그렇지, 하는 시큰둥한 표정으로 진열대에서 어른 큰 주먹만 한 고기 한 덩이를 꺼내 저울 위에 올려놓더니 값을 말했다. "만 이백 원인데요."

'만 이백 원? 만원이면 만원이지 이백 원은 또 뭐람' 나는 혼잣말로 구시렁대며 지갑을 꺼냈다. 지갑에는 달랑 만 원 한 장뿐.

"만원밖에 없는데…. 되겠죠?"

당연한 듯 양해를 구하는 내 말이 떨어지기 무섭게 주인은 불문곡직, 봉지를 다시 풀어 고깃덩어리를 꺼내더니 얄팍썰기로 한 점을 싹둑 베어내 곁에 치워놓는다. 두께 2mm 사방 3cm, 어이가 없었다. 던지러워라. 아무리 이문을 바라고 하는 게 장사라지만 이렇게 이악할 수가 있나. 샤일록이 따로 없었다. 돌아서 나갈까 하다 참고 건네받았다. 아내의 심부름인데다가 그렇게 하면 까칫하기가 주인이나 다를 게 뭘까 싶어서였다.

머리 간판에 〈산지 직송 소비자 직거래〉라고 쓴 이 후문 앞 정육점을 우리는 이곳으로 이사한 이래 단골 삼아 다녔다. 거리도 가까웠지만 우선 값이 쌌다. 등심 이만 사천 원, 양지 만 오천팔백 원을 받았다. 그렇다고 질이 떨어지는 것도 아니었다. 상급의 한우만을 취급했다. 다만 한 가지, 주인의 불친절이 흠이었다. 마른 중키에 하관이 빠른 주인은 나는 물론 어떤 손님이 들어와도 어서 오세요, 하고 인사를 하거나 아는 체 웃지 않았다. 나갈 때도 마찬가지, 잘 가라든가 또 오시라는 말을 주인은 절대 하지 않았다. 항상 무표정했다.

벌써 세 해, 한 주 한번 꼴로 찾긴 해도 정육점 주인은 언제나 낯선 사람 대하듯, 아파트 위층 이웃 대하듯 서름하게 대했다. 본래 그런 건지 일부러 그러는 건지 모를 표정이 때로 살천스럽기까지 했다.

낮고 건성진 목소리로 주인이 하는 말도 언제나 틀에 찍은 듯 똑같았다. "무얼 드릴까요?"와 "얼마치나 드릴까요.", 그리고 고기를 꺼내 싹둑 썰어 저울에 올려놓은 뒤 "얼맙니다." 하는 세 마디가 고작이었다. 어떤 날은 앞의 두 마디도 생략한 채 손님이 주문하기만을 말없이 서서 기다리는 때도 있었다. 과일가게니 세탁소니 문방구니 치킨집이니 하고는 이사 하고 한 달이 채 지나지 않아서부터 단골이 되어 친근하게 지내고 있지만 정육점 주인만은 영 가까워지질 않았다. 그런 대접(?)을 받으면서도 그래도 나는 그 정육점을 꾸준히 찾았었다.

육개장으로 저녁을 먹고 나서 TV 앞에 앉았다. 뉴스 시간이었다. 정부의 친親 대기업정책을 업고 재래시장과 동네를 파고드는 대형 마트들과 위기에 처한 소형 점포들의 실상을 현장 취재로 방영하고 있었다. 그 뉴스를 보면서야 나는 겨우 그 정육점 주인이 왜 그토록 야박하게 장사를 하는지, 왜 그리 건삽한 얼굴로 손님을 대하는지를, 그가 처한 정황을 대충이나마 짐작하게 됐다.

열 개 가까운 중 · 대 단위 아파트로 이루어진 동네 가운데에 자리 잡은 작은 정육점, 단지마다 중 · 소형 마트가 있는 이곳에 얼마 전 대기업에서 운영하는 대형마트가 들어섰다. 그렇잖아도 경쟁이 심한 터에 통 큰 세일이니 뭐니 하면서 저가 공세를 하는 바람에 판매량이 현저히 줄어들었을 건 사실. 살아남으려면 그들보다 실감 나게 싸게 팔 수밖에 없을 터였다. 그러기 위해서는 산지에서 직접 구입해 오는 방법밖에 없었을 테고, 그러다 보니 근량을 후하게 준다거나 값을 깎아주는 따위 여유는 엄두조차 내지 못했을 게 뻔했다. 대형마트와의 경쟁과 운영에 대한 불안으로 항상 긴장할 수밖에 없으리란 것을, 그것이 그에게서 말과 웃음을 빼앗았으리란 것을 짐작하기란 그리 어려운 일이 아니었다.

바람으로 부풀린 '뻥 과자'를 만들어 파는 대기업처럼 큰 이득을 남길 생각은 언감생심 하지도 못하고, 중간유통 마진을 없애 저렴하게 판매하고, 항상 질 좋은 고기를 마련해 놓는 것 모두 생존을 위한 고육지책이 아닐까 싶었다. 마장동 시장에서 도매로 사도 한 근 만 사천 원하는 하는 양지를 만 오천팔백 원에 파는 걸 감안

하면 이문도 별반 보지 못하리란 것도 쉽게 짐작할 일이었다. 강팍하게 보일 만큼 융통성 없는 그의 상행위를, 이백 원을 깎아주지 않았다고 인심 사납다 매도한 건 물정 모르는 나의 이기적 독선이었는지도 모르겠다.

기업형 슈퍼마켓들을 월 2회 강제 휴무시켜 소형점포들의 매출을 유도한다지만 그게 과연 대안이 될까. 재래시장과 골목 상권이 얼마나 살아날지도 의문이다. 이 휴무가 후문 앞 정육점에는 어떤 영향을 미칠까.

대형 마트에도 문제가 생길 수 있다는 의견이 있다. 의무 휴무로 고용과 생산 농가의 납품 물량 감소, 소비자들의 불편과 협력 중소업체들의 피해는 어떻게 해결할지도 고민해야 할 문제일듯하다. 작금의 조령모개하는 정부시책으로 보면 과연 그 법이 제대로 지속할까도 또한 의문이다.

어이없어하며 고기를 받아드는 나를 물끄러미 쳐다보던 정육점 주인의 눈이 떠오른다. 그때 그 눈은 이렇게 말하고 있지 않았을까 싶다. "산지에서 좀 싸게 가져와도 기름 떼고 심줄 잘라내고 나면 끽해야 1할 장사라고요. 200원 땜시 그리 고까워하지 마쇼. 마트에 가 봐요, 10만 원어칠 산다고 10원 한 잎 깎아주나. 안 깎아준 게 아니라 못 깎아 준 거요."

다음번 아내 심부름을 할 때면 아마도 아니 틀림없이 나는 다시 그 정육점을 찾을 게 확실하다. 웃지도 않고 어서 오시라는 인사도 없을 주인에게 "양지 반 근만 주시오." 하고 천연덕스럽게 주문할 것이고, 그리고 값을 깎자는 말 따위는 꺼내지도 않을 것이다. 하긴 깎아주지도 않을 게 뻔하긴 하겠지만….

톱밥 게

추석 명절 엿새 전, 차례상 메를 햅쌀로 지어 올려야겠다는 아내 말에 함께 N마트를 찾았다가 쌀은 뒷전으로 나는 우선 먼저 수산물 코너부터 들렀다. 꽃게가 여태껏 있나 싶어서였다.

반갑게도 지난번 게를 팔던 코너에 꽃게가 담긴 종이상자들이 가슴높이로 두 줄이나 쌓여 있었다. 자석에 끌리듯 그 앞 매대로 다가갔다.

풀어놓은 상자 안에 버스럭대는 게를 만지작거리는 나를 보며 아내가 어이없다는 듯 꼬집었다. “또 게를 자시게? 먹은 지 며칠이나 지났다고….”

말은 그렇게 하면서도 아내는 가격표를 올려다보고 게들을 살핀다.

100g에 980원, 금어기가 풀린 직후 대량으로 출하된 지난번보다 값이 조금 오르긴 했어도 여전히 저렴했다. 계절 불문으로 킬로에 3, 4만원씩 하던 것에 비하면 반도 안 되는 값이 아닌가. 주저할 까닭이 없었다. 다만 지난번엔 수컷 만이던 게 아쉬워 판매원에게 암컷으로 좀 줄 수 없겠느냐고 조심스럽게 부탁했다. 전날과 달리 판매원의 나이가 꽤 들어 보이는데다 표정마저 굳어 말붙이기가 머뭇거려졌지만 노란 알이 가득할 암컷 게에 대한 유혹에 용기를 내어 말했다. 한차례 흘낏 나를 쳐다본 판매원이 의외에도 그렇게 하마 선선히 응낙하며 얼마나 담으면 되겠느냐고 수량을 묻는다.

"삼 킬로만 담으세요. 아니 4킬로!"

욕심을 내어 나는 그에게 한 상자분량이 넘게 주문했다. 판매원은 그 바로 쌓여있는 상자를 뜯더니 특별히 씨알이 굵은 암컷 게들을 골라 빈 상자에 거침없이 옮겨 담았다. 무뚝뚝하긴 해도 하는 품이 선선했다.

포장하는 동안 나는 간장게장의 그 짭조름 달착지근한 노란 알덩어리를 상상하며 즐거워했고 아내는 아내대로 자신이 손수 마련하는 무침 게장을 특별히 좋아하는 사위를 생각하며 기꺼워했다. 오면서 아내에게 주문했다.

"큰놈 두어 마리는 낮에 쪄먹었으면 싶은데…, 탕은 저녁에 끓이고."

입속에서 포슬포슬 부서지며 씹히는 삶은 게의 고소한 알을 떠올리며 하는 내 말에 아내도 동감인 듯 고개를 끄덕인다. 고향이 같은 해주 출신이어서인지 우리는 음식에 대한 기호가 아주 비슷해 아내도 나나 한가지로 꽃게를 유별나게 좋아했다.

집에 돌아와 게를 씻어 아내에게 넘겨주고 거실에 나 앉아 나는 지난봄 안면도 갔을 때 먹었던 삶은 게의 달큼 짭조름하던 맛을 떠올리며 입맛을 다셨다. 6~8월 산란철을 앞두고 알이 꽉 차 있던 5월 게.

반 식경 뒤, 아내가 쟁반에 담아 내온 삶은 게를 씹다가 나는 아연실색하고 말았다. 멀쩡한 겉과는 사뭇 다르게 속이 완전 허방이었다. 발과 몸통이 연결된 부분에만 살이 감질나게 붙었을 뿐 속은 온통 흐물흐물한 내장과 빈 알집만으로 텅 비어 있었다. 발에도 속살이 하나도 없었다. 알이 배기에는 때가 너무 일렀던가. 그제야 나는 오십 줄의 나이 듬직한 판매직원의 굳은 얼굴에 잠시 떠올랐다 사라진 희미한 웃음의 의미를 겨우 알아챌 수 있었다. 가을이 되기도 전에 암컷 게를, 그것도 톱밥 상자에 담겨 열흘은 실히 묵었음직한 게를 횡재한 듯 들고 돌아서는 나를 그는 속으로 얼마나 웃었을까. 그것도 물경 4kg씩이나 처분하게 되어 속으로 얼마나 쾌재를 불렀을까.

속이 쓰렸다. 게장을 담그느라 쓴 간장이 아까운 것도 그렇거니와 그 간장을 세 번씩 끓이며 정성을 들일 아내의 수고가 별 의미가 없을 것 같아 안타까웠고, 게 발을 씹다가 실망할 사위의 얼굴이 떠올라 마음이 영 편치 않았다. 속이 비었거나 말거나 팔기에만 급급했던 판매직원이 야속하긴 했지만 어쩌랴 상황은 이미 끝나 물을 건넌 것을. 손님이 요구하는 대로 준 그를 정직하지 못하다 나무랄 수도, 상자에 갇혀 열흘 나마를 굶고서도 왜 활기차게 산 체 하느냐며 꽃게에게 죄를 물을 수도 없는 노릇이니 생각 없이 성급하게 구매한 나의 어리석음이나 속 쓰려 할밖에 별도리가 없었다. 가을에 암게라니.

그 순간 무슨 일로, 속 빈 몸뚱이를 해 가지고도 사납게 집게발을 휘두르던, 다른 게의 발을 물고 한사코 놓지 않던 톱밥 게와 무표정하게 그걸 골라 담던 판매원의 얼굴에 겹쳐, 사사건건 트집을 잡아 헵뜨고 깐죽대는, 별 설득력도 없는 주장을 끈질기게 되풀이하며 반대만을 일삼는 어느 의원의 지겨운 얼굴과, 아전인수의 그 뭐라나 하는 단체들과 협의회 사람들의 얼굴이, 익고 차지도 않은 인품으로 수필을 씁네 하는, 목소리 괄괄한 한 후배의 우쭐대는 얼굴이 왜 동시 영상으로 떠올랐는지 참 알다가도 모르겠다. 공자가 말씀한 표리부동의 사이비자란 톱밥 게보다도, 그를 팔던 판매직원보다도 이들이 아닐까 싶은 생각이 문득 든다.

예쁜 여자

소매 끝에 드는 바람이 차다. 꽃샘추위에 봄도 겨울도 아니게 차려입은 입성이 영 어정뜨다. 손마저 시리다.

응달진 정류장에는 내 나이쯤일 중로中老한 사람이 어깨를 움츠린 채 서성이며 버스를 기다리고 있었다. 곁에 다가서며 흘끔 그를 본다. 깔끔한 차림이기는 했지만 그도 역시 나와 같게 유행이 지난 통 넓은 바지를 입고 있다. 주민 절반이 은퇴자인 동네, 헐렁한 바지가 바람에 감긴다.

10분 가까이 기다려 도착한 버스에는 평일 낮이라 한가하리란 예상과 달리 승객이 많았다. 두어 번을 두리번거리고서야 뒷문 두 번째 줄에 빈자리를 발견했다. 젊고 예쁜 아가씨가 곁에 첼로 케이스를 세워놓고 앉아 열심히 스마트폰을 눌러대고 있었다.

"좀 앉을까요?"

뜨악하니 고개를 들어 흘낏 나를 칩떠보며 아가씨가 또박또박 대답한다.

"악기를 못 치워요."

건성지게 말해놓고 다시 폰에 눈을 박는다. 기가 차다. 어른대접은 고사하고 그런 대꾸가 과연 가당한 것인가. 세대 간의 관계가 단절을 넘어 대립으로 치닫고 있다고는 하지만 예의가 말씀이 아니다. 보기 딱했던 듯 뒷좌석의 중년이 슬며시 일어나 내 팔을 잡아 자기 자리에 앉힌다. 어찌할까. 세상은 서로 배려하고 조금은 양보하며 사는 거라고, 공중도덕과 예의를 들먹이며 일장 훈시를 할까. 악기가 소중해 자리를 하나 차지할 양이면 자신은 일어서서 남에게 앉게 하고 가는 게 도리가 아니냐며 경우를 따져 소란을 피울까. 예쁜 얼굴이 아깝게 그녀가 참 경우 없고 몰지각해 보였다. 말을 해봐야 실언 失言만 될 것 같아 참으려 해도 부아가 콧마루까지 치민다.

그녀는 아침마다, 아니 하루에도 몇 차례씩 거울 앞에 설 때마다 오뚝한 콧날과 쌍꺼풀진 눈을 흐뭇해하고 날씬하게 가꾼 몸매를 자랑스러워 할 것이다. 예쁜 여자, 그러나 결코 예의롭지 못한 여자의 뒤통수에 대고 나는 가는 내내 연실 이죽거리며 다친 속을 달랬다.

예쁜 얼굴과 날씬한 몸매에 걸맞지 않게 차고 무표정한 첼리스트, 그녀의 가슴에도 사람의 피가 흐르고 있을까. 듣는 이의 심금을 울려 모르는 새 눈물 한줄기 주르륵 흘리게 하는 연주는 자크린느 뒤프레나 요요마, 정경화와 같이 혼이 담긴 손과 뜨거운 가슴으로 하는 연주가 아니냐고 묻고 싶어진다. 주어진 일에 정성을 다하는 여자, 가슴이 따뜻하고 예의를 중히 여기는 진정 아름다운 심성을 가진 이가 연주하는 음악이 참 음악이 아니냐고 묻고 싶어진다. 얼굴만 예쁠 뿐인, 가슴도 혼도 갖지 않은 마네킹 같은 여자가 기계적으로 연주하는 음악이 과연 음악일 수 있느냐고 묻고 싶어진다.

근래 들어 예쁜 여자들이 넘쳐나는데도 도시 매력을 못 느끼겠더라고, 예쁘면 마음도 고울 거란 선입견은 완전 착각이더라고 씁쓰레 웃던 벗 박 교수의 말이 새삼 공감된다.

죽전역에서 갈아탄 전철, 공교롭게도 예의 여자가 뒤따라 타더니 내 곁에 앉는다. 그리고 또 역시 자기 옆 빈자리에 악기를 세워놓고 다시 스마트폰을 꺼내 든다. 여전히 무표정한 얼굴, 보통 철면피가 아니고서야 어떻게 내 곁에 앉는담. 고개를 돌렸다.

전철 안의 정경은 평소나 별반 다르지 않다. 젊은 사람들 대부분이 스마트폰에 코를 박고 열심히 자판을 두드리거나 눈이 빠지게 화면들을 들여다보고 있다. 탤런트들과 자매나 되는 것처럼 비슷비슷하게 예쁜 여자들과 지친 표정의 청년들, 개성 없고 무표정한 닮은 얼굴들이 스마트폰을 두드리며 의자에 얹혀 가고 있었다. 과학의 발달로 사람 사이 소통이 단절된, 아인슈타인이 예고한 천치들의 시대가 이미 오고 만 것인가.

스마트폰에 열중하며 가는 맞은편 젊은이를 보다 취업이 하늘의 별 따기라는 현실에서 그들은 얼마나 불안해하며 살까 하는 생각이 문득 든다. 일자리가 줄어들고 희망을 주지 못하는 사회가 많이 원망스러울 수도 있겠다는 생각이 든다. 공연히 허전하고 불안해서, 잠시만이라도 현실을 잊고 싶어 스마트폰에 몰입한다던 어느 젊은이의 절규가 가슴을 친다. 긴장한 표정도 남을 배려하지 않는 언행도 절박한 자신의 처지 때문에 여유를 잃은 탓일 거라 이해해보기로 마음을 돌린다.

이래도 저래도 속은 여전히 불편했다. 이해관계가 없는 한 타인과는 시선도 관심도 얽지 않으려는 젊은 세대, 나이와 공로를 내세워 대접만을 받고자 하는 노년세대. 그 둘의 접점은 과연 어디쯤일지 곤혹스럽다.

네 정류장이 지날 때쯤, 여자가 폰을 접더니 뜻밖에 내게 말을 건넨다.

"불쾌하셨죠? 이해하세요. 실은 이 안에 좀 비싼 바이올린이 들어있어서 그랬어요."

버스 안에서와는 다르게 상냥한 표정으로 하는 공손한 사과, 다정하게까지 느껴지는 말투에 그만 어리둥절해지고 말았다. 그렇다고 부아가 금세 삭혀지랴. 불퉁 맞게 대꾸했다. "흥, 과르네리라도 되시는가."

"그건 아니지만 악기점에서 빌린 고가품이거든요. 지금 오디션 받으러 가는 길이에요. 혹 흠집이라도 나면 변상금이 만만찮아요.

제겐 너무 벅차거든요."

여자가 증명이라도 하듯 첼로케이스를 연다. 깜찍해라. 그 안엔 앙증맞게 작고 까만 바이올린 케이스가 머플러와 스웨터 따위에 감싸여 뉘어져 있었다. 마치 마트료시카의 가장 안쪽 작은 인형처럼, 엄마 품에 안긴 젖먹이처럼 불빛 아래 귀엽게 빛나고 있었다.

오심

제67회 청룡기 고교야구 8강전 덕수고와 광주일고의 경기 TV 중계. 경기가 시작되고 얼마쯤 지나는 사이 나는 모르는 새 광주일고를 응원하고 있었다. 방금 타석에 들어선 보통 몸집의 2학년 학생 때문이었다. 중학교 1학년 때부터 수석을 놓치지 않은 면학파라고 아나운서가 감동 어린 목소리로 선수 소개를 했다. 얼마나 기특한가.

운동 선수로서 전국 대회에 출전할 만큼 기량을 키우면서 수석을 한다는 게 어디 보통 일인가. 나의 지난 경험으로 미루어 봐도 그건 어지간한 노력으로는 이룰 수 없는, 거의 불가능에 가까운 엄청난 일이었다.

중학교 시절 나는 축구를 했다. 지금처럼 프로를 목표로 하는 운동이 아니어서 대체로 우리는 수업을 빼먹고 운동하지는 않았다. 다만 전국체전이나 중요한 도내 대항전을 앞두었을 때에 한해 두 주일 정도 단축 수업을 했다. 오전 수업이 끝나면 점심을 먹고 바로 운동장에 나가 늦게까지 공을 찼다. 처음엔 남들과 달리 특별 대우를 받는다는 생각에 기분이 좋았지만 차츰 불안해지기 시작했다. 반에서 1, 2등을 다투던 석차는 5등으로 밀려났다. 하지만 코치 겸 지도교사인 체육 선생님이 무서워 운동하지 않겠다고는 말하지 못했다. 프로선수가 될 것도 아닌데….

같은 고민에 빠져있던 레프트 윙 영규가 어느 날 내게 슬며시 제안했다. "우리 밤에 공부하면 어떨까?"

그날부터 우리는 저녁을 먹고 난 다음 몰래 빈 교실에 들어가 빌려온 노트를 베껴가며 늦도록 공부했다. 물론 잠은 저 광주일고 선수처럼 3시간 정도밖에 자질 않았다.

인근엔 겨룰 상대가 없을 정도가 된 우리 축구팀은 3학년 가을 드디어 지역 대표로 전국체전 예선전을 치르게 됐다. 하지만 결과는 참패. 체육 선생님은 나와 영규가 공부를 한답시고 체력을 소모하고 운동에 전념하지 않은 탓이라며 우리 둘을 무지막지하게 벌줬다. 그를 계기로 축구부에서 발을 빼게는 되었지만 뒤처진 공부가 문제였다. 밤을 새워 아무리 열심히 해도 벌충하기가 만만치 않았다. 결국, 나는 반 석차 4등으로 중학교를 졸업했다.

그런 지난날의 경험을 돌이켜 견줄 때 그 광주일고 선수는 수재 이상의, 대단한 노력형의 학생임을 나는 어렵지 않게 짐작할 수 있었다. 어린 그가 무척 대견스러웠다.

4회 덕수고의 공격에서 문제가 생겼다. 1사 3루의 득점 찬스, 스퀴즈 작전에 따라 타자는 번트를 댔고, 3루 주자는 번개같이 홈으로 질주했다. 성공이었다. 하지만 주심은 아웃을 선언했다. 명백한 오심이었다. 흔히 일어나는 심판의 단순한 실수였다. 분명히 세이프인데….

아웃 선언을 받은 3루 주자도 감독도 심판 판정에 승복하고 그대로 경기에 임했다. 다행히 그 4회 공격에서 덕수고는 상대 광주일고의 실책으로 한 점을 얻고 그 점수를 잘 지켜 4강에 오르기는 했다. 사필귀정 事必歸正, 하지만 모든 운동 경기가 모두 그렇게 사필귀정으로 결론지어지지는 않는다.

우리가 운동 경기에 심취하고 선수들의 일거수일투족에 열광하는 건 승리를 향한 그들의 열정과 투혼, 그리고 완성도 높은 경기력 때문이다. 부단히 연마하여 몸에 익히는 것은 실수 없이 승리하고자 하는 의지요, 혼신을 다하고 머리를 써 꾀를 내는 것은 성취를 향한 정직한 열망이다. 이런 성실성에 오심이 있게 되면 선수에게는 치명타요 응원하는 관중에게는 분기탱천의 배신이다.

운동 경기에서 오심은 인간의 눈으로 하는 판단인 이상 누구라도 범할 수 있는 실수고 약점이기는 하다. 하지만 자기의 오심을 인정하지 않고 옳다 고집하는 건 용납 못 할 독선이다. 그로 인해 패자가 승자가 되고 각고의 노력으로 오랜 기간 준비한 선수가 패자가 되는 경기는 정의로운 현상이 아니다. 작금의 사회에서 가장

절실하게 요구되는 덕목인 정직과 신뢰가 그나마 남아있는 곳이 운동 경기장뿐인 터에 오심은 단연코 지양되어야 할 일이다. 결국, 덕수고는 오심에도 불구하고 4강에 오르고, 4강에서 전년도 우승팀인 북일고를, 결승에서 신일고를 누르고 청룡기를 거머쥐었다.

그 며칠 뒤, TV로 런던올림픽을 관전하던 중에 나는 또 똑같은 오심을 보게 됐다. 여자펜싱 에페의 신아람 선수는 준결승에서 계시計時 장치의 한계와 타임키퍼(시간 계측자)의 조작 미숙으로 억울하게 패했다. 분명한 오심이었다. 한 시간 동안 신 선수는 피스트(펜싱 경기대)에 남아 울음을 삼켰다. 심판은 오심을 인정하려 하지 않았고 판정은 번복되지 않았다.

그 순간 나는 한 정치인을 부지부식 간에 떠올렸다. 애국가를 인정하지 않으면서, 주체사상을 신봉하면서, 북을 찬양하면서도 편법으로 국회에 입성해 많은 수의 국민들이 물러나기를 외쳐도 후안무치로 버젓이 버티는 의원. 자기만이 옳다고 믿는 일부 권위주의자들처럼 민심을 아전인수로 오판하여 국민 가슴에 찬물을 끼얹고, 분란을 일으키고, 국가 안위를 위태롭게 하는 정치인. 경기에서의 오심 · 오판은 한 개인의 이해와 소속단체의 명예에 국한하는 소아적 일일수도 있겠다지만 정치 지도자의 오심 · 오판은 국민의 생활과 국가 안위에 관계되는 중대사라 그대로 넘겨서는 안 될 일이다.

길고 긴 '1초 오심' 으로 눈물을 흘렸던 신아람 선수가 심기일전하여 단체전에서나마 은메달을 딴 것은 덕수고의 우승과 더불어 칠전팔기七顚八起의 참 기분 좋은 일이다. 이어 축구에서 일본을 꺾고 동메달을 딴 것이야 말해 무엇하랴. 하지만 방송에서 18명 선수의 병역 면제 혜택을 거듭 운위하는 건 본말이 전도된 불유쾌한 일이다. 병역 의무는 어떤 경우에도 지켜져야 하는 국민의 신성한 의무이기 때문이다.

오색 딱따구리

책이 왔다. 등산동호회에서 결성 10주년을 맞아 낸 기념문집 20권이 택배로 배달됐다. 들뜬 마음으로 얼른 상자를 뜯어 책을 꺼냈다. 30여 명 회원이 글 두 편씩을 내어 만든 책이어서 두툼하니 꽤 무게감이 있었다. 우선 나의 글부터 읽었다.

읽어가는 중에 어딘가 애초에 보낸 원고와는 다르다는 느낌이 들었다. 기왕의 원고를 펼쳐놓고 하나하나 대조해 봤다. 글의 여러 군데가 고쳐져 있었다. 현재형으로 쓴 조사들은 과거형으로, 현장감을 살리고자 쓴 구어체 문장은 문어체로 모두 손질되어 있었다. 그뿐이 아니었다. 본문과 구분키 위해 1포인트 작은 글자로 삽입한 인도 신화도 본문과 같은 크기의 글자로 바뀌어 있었다. 누가, 왜 그랬을까. 그 표현들이 하자로 보였던가? 아니면 필자에게 전화 한 통화 하지 못할 만큼 출판이 급박했던가.

그 글은 여러 해 전 전북 장수에 갔다 경험한 일을 쓴 글로 두세 군데 문학지에 연이어 올리느라 토씨 하나까지도 수십 번 손볼 정도로 정성들인 글이었다.

편치 않은 마음으로 잠을 설치고 일어난 다음 날 아침, 10시를 넘겨 동호회 회장에게 전화했다. 회장은 모 준종합병원 원장으로 전화하여 시간을 빼앗는 것도 송구할 정도로 바쁜 몸, 수인사를 마치고 조심스럽게 물었다.

"이번 책에 실린 글들은 누가 교정을 보았나요? 원고가 꽤 많이 고쳐져 있던데…."

놀란 목소리로 회장이 답했다.

"그럴 리가? 우린 그냥 원고들을 출판사에 넘겼을 뿐인데요. 게다 물어보지 그래요."

회장이 즉각, 빠르게 답했다. 재우쳐 이야기하는 음색이 굳고 사무적이었다. 왜 그럴까. 대기 환자가 밀려 있었던가? 아니면 치료 중이었던가. 나 같은 사람이 또 있어 거듭 듣게 된 이의에 기분이 언짢았던 걸까. 더는 말을 잇지 못하고 서둘러 전화를 끊었다. 편치 않았다. 이런 때 마음을 다스리기엔 산길 걷기가 제격, 바로 완만한 경사의 뒷산에 올랐다.

늦가을 산이 을씨년스러웠다. 곱던 단풍은 모두 마르고 잎 진 나무들은 11월의 하늘 아래 헐벗은 가지들을 앙상하게 드러내고 있었다.

갑자기, 길옆 잎마름병으로 고사한 졸참나무 가지 위에서 딱, 딱, 나무 쪼는 소리가 들려왔다. 오색딱따구리였다. 깃 고운 수놈 한 마리가 열심히 마른 나무껍질을 쪼아대고 있었다. 대여섯 번씩 연거푸 쪼는 대로 마르고 썩은 나무 부스러기들이 땅 위로 흩어져 떨어졌다. 4, 5년래 보이지 않던 딱따구리가 병으로 죽은 참나무들이 늘어나자 나무 속 벌레를 찾아 날아든 모양이었다. 한참을 조용히 서서 녀석을 올려다봤다.

한 마리의 벌레를 잡기 위해 백번이 넘게 나무를 쪼아대는 녀석의 수고가 너무 과한 듯 보였다. 수고에서 소모되는 에너지가 벌레 한두 마리로 보충이 될까. 문득 그의 수고와 얻음이 마치 요즘의 수필 쓰기와 같다는 생각이 들어 피식 웃었다. 글 한 편을 얻는 노고와 수십 번을 퇴고하는 정성에 비해 음으로 양으로 받는 대접이 초라한 현실, 어딘가 서로 닮았다는 느낌이 든다. 거기에 이런 경우까지 생겨 영 석연치 않았다.

경위를 알고 싶었다. 출판사 전화번호를 찾아 다이얼을 눌렀다. 부글거리는 속을 누르고 목소리를 차분하게 다스려 전화받는 여직원에게 예의 차려 물었다.

"며칠 전 등산 동호회 문집을 내셨지요?"

"네."

"어느 분이 교정을 보셨나요?"

"주간께서 보셨는데요. 바꿔 드릴게요."

이어 전화를 바꿔 받은 주간에게 거듭하여 물었다.

"주간께서 원고를 고치셨나요?"

"네, 우리 편집진에서 조금 손을 보았습니다."

"왜 필자에게 양해도 구하지 않고 원고에 손을 대었는지요?"

"아, 네. 일일이 전화할 수도 없고 해서…."

말문이 막혔다. 자사自社 잡지에 등재할 글이라면 혹 위상을 고려해 그럴 수도 있겠다지만 이 글은 출판이 의뢰된 사설단체의 문집일 뿐이 아니던가. 지난해 창간호를 낸 신생 출판사라 의욕이 넘쳤던 건가 아니면 전문 문학인들이 아닌 등산 동호인들이어서 문장이나 맞춤법에서 많이 부족할 거라는 선입견에 과한 친절을 베푼 건가. 그렇다 하더라도 작가의 동의나 허락 한마디쯤은 구하는 게 도리가 아니었을까 싶었다. 토씨 하나에도 몇 날 며칠 밤을, 때로는 한 달 한 해를 고뇌하는 작가의 인고를 그는 정녕 모르는 걸까. 더는 말 섞는 게 부질없을 듯 생각되어 전화기를 접었다. 편치 않다. 주간도 수필을 쓰는 사람이 분명할 텐데….

어린 이웃

네 살 꼬맹이와 다투느라 발끝까지 지쳤다. 바로 아래층 젊은 아낙 아들과의 소음 전쟁, 편할 날이 없다. 혼자 살던 노파가 이사하고 대신 젊은 가구가 들어온 날부터 전쟁은 시작됐다.

이곳 아파트에 입주한 지 4년 남짓, 산 바로 아래에 지어진데다 찻길도 멀어 조용하기가 숫제 절간이다. 전에 살던 아래층 노파도 그간 있는 듯 없는 듯 보살처럼 지내 우리는 이곳을 '사찰 콘도' 라 부르며 전원생활이나 하듯 흡족해하며 살아왔다.

보름 전이었다. 아래층에 이삿짐이 들어오나 싶던 날 저녁 늦게, 현관 벨소리에 나가보니 30을 갓 넘겼을 젊은 아낙이 어린 사내아이를 데리고 서 있다가 상냥하게 인사하며 시루떡 접시를 내민다. 오늘 아래층에 이사왔다며, 앞으로 잘 부탁한다는 인사말에 더하여 한 가지 양해를 구한다며 배시시 웃는다.

"아이가 셋이라서요. 좀 시끄러울 거예요. 잘 부탁합니다."

"아니. 어떻게 벌써?"

"네, 얘까지…." 하며 볼록 솟아오른 자신의 배를 가리킨다.

저출산이 사회 이슈가 된 마당에 참 기특한 아낙이구나 생각하며 흔쾌히 떡을 받았다. 소음도 위층이면 몰라도 아래층이니 시끄러워 봐야 소리가 얼마나 올라오랴 싶어 아낙의 말을 달리 마음에 담지 않았다. 하지만 완전 오판이었다. 아이의 뛰는 소리가 첫날부터 요란했다.

첫 하루 이틀이야 갓 이사했으니 아이도 새 환경에 들떠 그러려니 했지만 그게 아니었다. 사흘이 지나고 닷새가 되도록 아이는 낮이고 밤이고를 가리지 않고 종일 뛰었다.

아이 엄마도 참기가 힘들었던 모양으로 부랴부랴 낮에 아이를 어린이집에 보냈다. 하지만 오후 4시가 되면 아이는 어김없이 집으로 돌아오고, 그때부터 아래층의 소음이 봇물 터지듯 몰려 올라왔다. 끊임없이 이어지는 뜀박질 소리, 공 굴리는 소리, 세발자전거 바퀴 소리, 아이 엄마의 야단치는 소리, 아이의 울음소리.

지치지도 않는 모양으로 뜀박질은 예사로 자정을 넘겼다. 웬 기운이 저리 남아돌까. 떡 한 접시의 정리는 차치하고라도 아이를 셋이나 키우겠다는 애국충정이 갸륵해 참아오기는 했어도 더는 아니란 생각이 들었다. 바로 내려갔다.

거친 노크 소리에 문을 여는 아낙, 전과는 딴판 다른 건삽한 얼굴로 뜨악하게 쳐다보며 누구냐고 묻는다.

"위층 사는 사람이요. 애들이 너무 뛰네요. 좀 조용하게 살면 안 될까요? 타이르든지 어떻게 좀 해봤으면 좋겠습니다."

짜증 섞인 표정으로 마뜩잖게 날 쳐다보며 아낙이 불쑥 불퉁 맞게 내뱉는다. "아이가 말귀를 못 알아들어요."

미안하다는 말도 없다. 더는 말하기 싫다는 듯 매몰차게 몸을 돌려 문을 닫는다. 첫 대면 때의 공손한 언동과는 영 딴판이다. 어찌 이리 무례한가. 헛소리인 줄 알면서도 닫히는 문 틈새로 한마디를 서둘러 끼워 넣었다.

"말귀를 못 알아들으면 다른 조치라도 취하셔야죠. 남 생각도 좀 해가며 삽시다."

도대체 예의니 도덕심이니 하는 건 다 어디 갔단 말인가. 남이야 시끄럽거나 말거나, 불편하거나 말거나 자기만 좋으면 그만이란 말인가. 자기 아이들, 자기 식구들만 소중하고 이웃은 안중에도 없단 말인가.

말귀 못 알아듣는 건 엄마도 매한가지인 듯 여겨져 앞으로가 걱정스러웠다. 애꿎게 닫힌 문에다 대고 구시렁구시렁 속말을 쏟아부으며 울근불근 올라왔다. 제기랄, 이웃사촌이라니!

올라와 분을 삭이기 반 식경, 아래층이 의외로 조용했다. 타이른 건가 아니면 아이가 지쳐 그만 잠이 든 건가. 갑자기 조용해지니까 되레 내가 너무했나 싶어 미안한 생각이 든다. 말 그대로 아래 위층 사는 이웃사촌지간에, 자신도 딸 아들 손자 다 키운 늙은

이가, 더더구나 전직이 소아과의사였던 처지에 왜 더 너그럽지 못했을까 잠시 뉘우쳐지기도 했다. 하지만 곧이어 나는 나의 그런 뉘우침을 머리를 흔들어 떨쳐버렸다. 남을 배려하지 못하는 이기적인 사람들, 관용의 테두리를 벗어난 폭거를 용납할 생각은 추호도 없었다.

기실, 분쟁의 원인인 층간소음의 책임은 우선 입주민 이웃보다는 방음처리를 제대로 못 한 건설회사와 이를 묵과하고 건축 허가를 해준 행정 당국에 물어야 옳지 않을까 싶기는 했다. 뒤늦게 층간소음 피해 기준을 두 배로 강화하여 규제한다지만 실제 시행이 가능할지도 의문이고-.

당장 내일부터가 걱정스러웠다. 생각할수록 난감했다. 소음을 피해 이사할 수도, 그렇다고 지금 와서 시공회사에 방음 설치를 새삼 요구할 수도 없는 이 노릇을 과연 어찌해야 한단 말인가. 무슨 뾰족한 수가 없을까 궁리궁리하다 잠든 그 밤 꿈을 꾸었다.

아파트 입구에서 어린이집 차를 기다리는 아낙을 마주쳤다. 생뚱맞게도 아낙이 아는 체 웃으며 인사를 한다.

"많이 힘드셨죠. 그동안 죄송했어요. 아이들에게 큰방을 내주고 방음 매트를 깔았어요. 진즉 그렇게 해야 하는 건데…."

갑작스러운 아낙의 해명에 무어라 선뜻 대꾸를 못 하고 어정쩡하게 서 있는 내게 차에서 내리던 어린 이웃이 고사리손을 흔들며 환하게 웃는다. 참 야무진 일장춘몽을 꿨다.

"만약 무지막지한 사람들에게조차 절대적 관용을 베풀어야 한다면 사회는 그들의 공격을 피할 수 없을 것이며, 그러면 관용의 사람들은 절멸될 것이며, 당연한 결과로서 관용도 그들과 함께 절멸될 것이다."

– 카를 포퍼 《열린 사회와 그 적들》 중 '관용의 역설' 에서

성복천

65세 이상 무료 독감 접종 마지막 날, 동 洞에 관계없이 구내區內에 거주하는 접종 누락자면 누구나 맞도록 배정한 날이지만 고약하게도 마감 시간을 3시간 남겨놓고 그만 준비한 약이 동나고 말았다.

예상 접종인원을 2만 5천 명으로 넉넉하게 추산해 준비했지만 예측과 달리 노인 인구가 급격히 늘어 부족하게 되었다고, 제약회사에도 재고가 없어 어째 볼 도리가 없다며 담당자는 속수무책, 난감해만 했다.

시간에 대어 왔다 헛걸음을 하게 된 사람들은 그런 사정을 알 리 없어 도저히 납득 못하겠다며 거세게 항의했다. 그중 한 노신사는 책임자의 멱살이라도 잡을 듯 다가서며 막무가내로 역정을 냈다.

"뭐? 약이 떨어져? 무슨 일을 이따위로 하는 거야. 어이 박 기사, 청와대 민원실에 전화 좀 해라. 엉터리 같은 것들!"

약이 없으면 내 임무도 끝이어서 나는 노신사의 고함을 뒤로하고 그 바로 보건소를 나왔다. 마지막 날 근무가 참 민망하게 끝났다. 집으로 가는 성복천 둑길에 올라서자 그제야 두 주간의 근무가 끝난 게 실감되고 긴장이 풀렸다.

지역 보건소에 2주간 임시로 근무하게 되었을 때 나는 출퇴근을 어떻게 할까 잠시 고민을 했었다. 오전 9시부터 3시까지인 독감 예방주사 예진 업무가 그리 고단한 일도 아닌데다 집에서 3km 남짓인 짧은 거리여서 출퇴근이 애매했다.

걸어서 40분, 마을버스를 타면 15분쯤, 차를 몰고는 10분밖에 안 걸리는 근거리라 어쩔까 망설이다 결국은 걸어 출근하기로 마음을 정했다. 마침 보건소가 평소 아내와 함께 아침 산책코스로 자주 걷는 성복천 변에 있어 만만하기도 했거니와 지름길이기도 했다. 천변 산책로는 요 몇 년 사이 나에게 많이 친숙해져 있었다.

처음 이곳에 대단위 아파트 단지가 들어서던 때만 해도 자연 그대로의 구불구불하던 성복천은 이명박 정부 때 대대적으로 정비되어 서울을 비롯한 지방의 다른 하천들과 대동소이로 도시적으로 바뀌었다. 물길을 따라 자전거길, 쉼터가 만들어지고 가벼운 운동기구들이 설치돼 주민들이 즐겨 찾는 산책로가 됐다.

주변 정경도 달라졌다. 봄이면 버들개지가 피고 넝쿨장미가 축대를 타고 올라 흐드러지게 꽃을 피워 멋을 내는가 하면, 여름엔 물가를 따라 여뀌가 무더기로 피고 달맞이꽃 금계국이 피고 광교산을 타고 불어 내리는 바람에 갈대가 서걱서걱 철 앞선 가을 소리를 냈다.

하지만 그런 겉모습과는 달리 속살은 그리 바람직하지 못했다. 폭이 넓어지고 수량이 늘어나기는 했어도 가문 가을과 겨울에는 바닥 전체에 물이끼가 미역줄기처럼 엉켜 자라 언짢게 구저분했다. 여름 들어 장맛물이 한차례 휘돌아 쳐 흘러내리고 나서야만 물이 맑아지고 바닥이 깨끗해졌다.

이렇듯 상반되는 모습이기는 해도 그런대로 이끼 위를 흐르는 물은 맑아 검둥오리들이 터를 잡아 살고 해오라기가 찾아오고 아랫녘 깊은 곳엔 잉어들까지 올라왔다.

성복천엔 오늘도 여전히 오리들이 물 위를 떠다니며 검은 이끼를 헤집어 미꾸라지를 찾고 있었다. 문득 아까의 그 사람, 청와대 운운하며 성을 내던 노신사의 일그러진 표정이 물 위에 어른댔다. 씁쓸했다. 어이없는 사람, 그것이 꼭 청와대에까지 직소해야 할 절박한 민원이었던가.

세련되게 차려입고 기사를 대동해 등장한 그가 외양과는 달리 인품은 저 이끼 낀 내川처럼 별스럽지 않으리란 생각이 들었고, 복지가 외형뿐으로 내실 있게 이루어지지 못하고 마구잡이로 행해지고 있지 않나 하는, 65세 이상이면 무조건 다 무료로 접종하는 게 과연 옳을까 하는 의구심도 들었다.

그들은 이미 '지하철 공짜'라는 큰 혜택을 받고 있으니 저들보다는 생활 일선에서 수고하는 3, 40대의 산업 일꾼들을, 더하여 생활 보호 대상자와 장애인, 국가 유공자와 저소득층을 대상으로 삼아 접종한다면 세대 간 복지의 균형도 이루고 꼭 필요한 곳에 혜택을 주는 복지 정신에도 맞지 않을까 싶은 생각이 든다. 무료 접종이 아니더라도 경제적으로 아무런 어려움이 없을 사람들에게까지 복지의 폭을 늘리는 것은 재정의 낭비가 아닐까 싶기도 하고…. 복지가 절실하게 필요한 계층에 효과적으로 행해지지 않아 민의 불만이 생기고, 엄정하게 시행·관리되지 않아 온갖 부정과 비리, 잡음이 이는 것이 마치 저 성복천의 외형과 냇바닥 같다면 잘못된 비견比肩일까.

하기야 내실 없이 잡음뿐인 게 어디 복지뿐이던가. 나라의 장래야 위태롭거나 말거나 이현령비현령의 독선으로 아귀다툼하는 정가政街가 그렇고, 공기업이 그렇고, 조령모개朝令暮改로 우왕좌왕하는 교육 또한 그러하지 아니한가. 눈과 귀가 답답하다.

장마가 져 큰물이 나면 나는 대로, 가물어 물이 더러워지면 더러운 대로 천연덕스럽게 헤엄치며 살아가는 오리들. 어서 내실 있게 정비되어 물이 예전처럼 다시 맑아졌으면 좋겠다.

아랑이와 몽실이

산책길에 강아지 한 마리를 얻었다. 단골로 다니는 유황오리집 주인아주머니가 기르는 백구가 새끼를 낳았다며 한 마리를 덥석 안겨주는 바람에 엉겁결에 받아 안고 왔다. 순백색 털에 까만 눈동자를 한 한달배기, 사랑스럽고 귀여웠다. 어미를 볼 때마다 나중 강화에 가 살게 되면 저런 녀석 한 마리쯤 키우리라 생각하던 터여서 여간 고맙지 않았다.

뿐만이 아니었다. 발등의 불을 끄게 되어 더 다행스러웠다. 지금 아파트에서 키우고 있는 시추, 일곱 살배기 아랑이가 지난해부터 부쩍 활동량이 적어진데다 종일 잠만 자는 게 걱정되던 참이었다. 아무래도 혼자여서 그런가 싶어 어서 동료를 구해줘야겠다고 벼르던 중에 공짜로 얻었으니 어찌 기쁘지 않겠는가. 두 달이 채

안 되었을 때 젖을 떼고 데려온 털북숭이, 주인을 잘못 만나 데이트 한 번 못하고 그만 중년이 된 아랑이는 지금도 몸무게가 3kg으로 왜소하다.

어릴 때의 아랑이는 애교만점의 귀염둥이였다. 길을 가다 사람을 만나면 아이고 어른이고 할 것 없이 먼저 달려가 살래살래 꼬리를 흔들고 몸을 비벼대며 스스럼없이 안겼다. 다른 개들을 만나도 마찬가지였다. 싸우기는 고사하고 으르렁거린 적 한 번 없고 짖어본 일도 없다. 집에서의 행실도 얌전해 무얼 물어뜯거나 망가뜨리는 일도 없었다. 대소변도 잘 가렸다. 작은 몸집으로 연출하는 애교스런 탯거리와 커다란 둥근 눈망울로 아랑이는 이웃과 식구들의 귀여움을 독차지했다. 어디 하나 나무랄 데가 없었다.

그러던 아랑이가 나이를 먹으면서 행동거지가 달라졌다. 놀기보다는 잠자는 시간이 많아지고 간식과 산책하러 나가는 것 외엔 매사 흥미를 잃은 듯 몸놀림이 굼떠졌다. 불러도 시큰둥이 쳐다보기만 할 뿐 얼른 달려오지도 않았다. 개도 주인을 닮는다더니 내가 조용한 걸 너무 찾는 탓에 그렇게 된 건지 아니면 우울증이라도 생긴 건지….

강아지를 안고 오면서 나는 녀석에게 몽실이란 이름을 붙여주었다. 아랑이가 얼마나 좋아할까.

하지만 예상은 처음부터 빗나갔다. 몽실이를 거실에 내려놓는 순간부터 아랑이는 목울대를 울려 낮게 으르렁거리며 곁에도 오지 못하게 했고, 몽실이는 몽실이대로 떨어진 어미를 찾아 낑낑대며 주변을 번잡스럽게 휘돌았다. 그뿐이 아니었다. 응가도 거실 곳곳에 실례해놓고 소변도 아무 데나 지렸다. 젖을 잃은 허기를 먹는 걸로 달래려는 듯 때도 시도 없이 먹어댔다. 불과 일주일 만에 몸집이 아랑이를 웃넘었다.

덩치가 달라지면서 전세마저 역전됐다. 지치지도 않고 아랑일 쫓아다니고 몸을 비벼대고 밥그릇에 머리를 들이밀고 잠자리를 파고들었다. 제 딴엔 함께 놀자고 그러는 모양이었지만 그럴수록 아랑이는 더 몽실이를 멀리했다. 같이 놀아주기는커녕 구석을 찾아 숨어들어 불러도 나오려 하지 않았다.

답답했다. 혼자 지내다 어린 동료가 생겼으니 데리고 놀아주어도 좋으련만 아랑이에게선 전혀 그럴 기미가 안 보였다. 아랑이에게 몽실이는 귀찮고 버거운, 피하고만 싶은 대상인 듯 곁을 주지 않았다. 너무하다 싶어 야속하기도 했으나 달리 어째볼 도리가 없었다. 그네의 감정을 알 수 없으니 그저 자기 영역이 침범당하는 게 싫어서거나 아니면 올드미스 심사로 샘을 부리는 걸로 짐작만 해볼 뿐 속수무책으로 방관할 수밖에 없었다.

날이 갈수록 몽실이의 장난은 점점 더 심해갔다. 신문지나 바닥에 떨어진 휴지를 갈가리 찢어 놓기에서부터 양말짝 물어뜯기, 발가락 깨물기 등 잠시도 가만있지를 않았다. 현관 밖에서 사람 소리가 날 때마다 앙칼지게 짖어댔다. 이웃에게 미안했다.

하루가 다르게 커가는 몸집과 활동량을 보자니 은근히 걱정됐다. 계속 아파트에서 키울 수 있을까. 걱정은 그 바로 현실이 됐다. 데려온 지 열 나흘째 되던 날 그예 일은 벌어지고 말았다. 기왕에 계획되어 있던 2박 3일 남도여행을 마치고 돌아와 마주친 집안 정경은 그야말로 목불인견 目不忍見, 앞뒤 베란다와 거실이 온통 몽실이의 배설물과 찢어진 휴지조각과 걸레쪽들로 난장판이 되어 있었다. 어질더분하기 파장 직전의 쇠전이요 큰물 끝의 대청호였다.

뒤따라 들어서던 아내가 어마지두에 질겁하여 코를 싸쥐며 비명을 질렀다. 아내의 얼굴을 나는 똑바로 바라볼 수가 없었다. 내일 당장 돌려주겠다고 아내에게 거듭거듭 애먼 사과를 하며 허겁지겁 오물들을 치웠다.

정신이 번쩍 났다. 불견시도不見是圖, 다 자라 성견이 되었을 때의 모습은 상상만으로도 끔찍했다. 몽실이는 아파트에서 키울 개가 아니었다.

다음 날 아침 몽실이를 안고 오리집으로 갔다. 안마당에 들어서자 어미 백구가 아는 체 겅중대며 성기게 짖는다. 기척에 현관문을 열고 나오던 주인이 사태를 짐작한 듯 씩 하니 웃는다.

"못 키우겠지요? 그럴 거예요. 암요, 아파트에선 못 키워요. 집사람이 드릴 때 말렸어야 하는 건데…."

사람 좋게 웃는 주인에게 마주 웃어주며 얼른 몽실이를 내려놓고 몸을 돌렸다. 민망하면서도 홀가분했다. 그래, 분수에 맞지 않는 건 인연이 아니지. 만물이 물각유주 物各有主요 유유상종 類類相從하는 것이 세상 이치인 것을. 녀석의 귀여운 외모와 진돗개라는 친근하고 구하기 쉽지 않은 타이틀에 현혹되어 잠시 앞뒤를 가늠 못 한 경거망동이 뒤통수를 긁적거리게 했다. 둘레길로 접어들며 올려다본 늦가을 아침 하늘, 솔숲 너머 멀리 몽실 구름 하나가 인수봉을 넘고 있었다.

4부

아버지의 팡세

유년의 바다

나의 유년은 바다가 키웠다. 연이어 태어난 동생들에게 엄마의 품을 빼앗기고 울먹이던 나를 보듬고 잠재운 건 바다였다. 어머니의 뱃속 열 달 바다는 나를 자장가로 다독였다. 모래톱을 오르내리는 파도의 낮은 콧노래에 잠들고, 바다와 더불어 꿈을 꾸며 자랐다. 바다는 나를 키운 품 너른 어머니였다.

어쩌다 먹는 엄마의 젖에서는 언제나 바다냄새가 났다. 비릿한 젖을 삼키고 난 뒤 혀끝에 감돌던 찝찔한 맛, 바다에서 불어오는 해풍에서도 매양 젖 냄새가 짭조름하게 났다.

걸음마를 익히고 문밖을 나서 처음 마주한 세상도 바다였다. 바다 위에 빛나던 햇살이었고 수평선 가득 피어오르던 아련한 해무였다. 굼실대는 물결 위에 현란하게 빛나던 금린金鱗 무늬는 수평선 너머 신비한 미지의 세계로 이어지는 황홀한 다리였다. 엄마의 젖과 해풍과 금빛 물결과 파도, 수평선의 해무와 장엄한 일몰은 나의 유년을 키운 바다의 얼이고 진정이었다. 그리고 아버지.

물가를 무리 지어 헤엄치는 송사리를 막대로 튕겨내고 밴대미를 쫓고 게를 잡던 여름이 가고나면 나는 바다를 가슴으로 맞았다. 둔덕에 턱을 고이고 바다를 향해 앉아 용광로의 시뻘건 쇳덩이 같은 해가 수평선으로 져 내리는 장엄한 정경에 넋을 빼앗기고, 곧잘 눈물을 흘리고, 숨을 삼켰다. 수평선 위에서 뒤웅박 같은 해가 점차 물속으로 녹아내리며 주위를 온통 핏빛으로 물들이고, 짙은 장밋빛 노을이 하늘 가득 피어나는 장관에 나는 언제나 숨이 멎었다. 그것은 바다의 무쌍한 변주곡이고 하루를 마감하는 대자연의 화려한 진혼곡이었다.

수평선 가득 피어오르는 해무는 끝 모를 그리움이었고 어두워지는 바다 위 높게 포물선으로 나는 한 마리 갈매기는 까닭 모를 외로움이었다.

네 살 언저리에 벌써 나는 바다아이가 됐다. 스물여덟 젊은 아버지의 강건한 어깨에 얹혀 들어간 물속에서 헤엄을 익히며 나는 바다의 거친 사내아이로 자랐다. 아버지의 어깨에서 파도 속으로 던져지기를 반복하면서, 짠 바닷물을 꼴깍꼴깍 두세 모금씩 삼키며 허위단심 아버지에게 다가가 허겁지겁 구릿빛 어깨에 기어오르면서 나는 헤엄을 익히고 바다를 배웠다. 겁에 질린 눈으로 원망스럽게 바라보는 나를 아버지는 다시 떼어내 더 멀리 파도 너머로 모지락스럽게 내던졌다.

두 길 깊이의 바다는 아장거리며 달리던 갯벌과는 무섭게 달랐다. 고운 백사장 위에 사르륵 스르륵 여린 소리를 내며 남실대는 잔물결이 아닌, 검푸른 빛으로 출렁이는 두 길 바다는 음험하게 신비롭고 낯설고 두려웠다.

어째서 아버지는 세 돌이 겨우 지난 당신의 맏이를 그렇듯 매몰차게 훈육하셨을까. 아마도 그건 지극히 실리적이던 아버지의 현실적 우려 때문이 아니었겠느냐고 돌이켜 추측한다. 철없는 어린 아들에게 바다는 1순위의 위험 대상일 수밖에 없는 일. 혹 어떤 불상사로 바다에 빠진다 해도 헤엄을 칠 수 있다면 살아나올 확률이 높을 수밖에 없지 않겠는가. 헤엄을 배운 뒤 바다와 나는 친구가 되었다.

원려遠慮도 있었으리라. 아들에게 세상살이의 험난한 실상을 일찌감치 알려주고, 두려움을 이겨내게 한 지혜로운 배려도 겸했으리라. 세상을 살아가다 힘들 때마다 나는 그날의 바다와 아버지를 떠올린다.

이런 아버지의 실리적 훈육 덕분에 나는 감성적 우뇌 기질의 어머니를 닮아 태어났으면서도 이성적 좌뇌 기질을 부족하나마 발전시킬 수 있지 않았을까 여겨진다. 실제로 그때의 훈육은 굳게 체화되어 나중 성장하여 맞은 젊은 날의 역경을 의지로 극복하는 강한 힘이 되었다.

네다섯 무렵부터 나는 아이들과 어울려 개펄에 들어가 돌을 들춰 게를 잡고 조개를 캐고 망둥이를 낚았다. 전쟁놀이를 하고 자치기를 하고 연을 날렸다. 병정놀이도 했다. 갯벌에는 우리가 전쟁놀이를 할 때 진지로 삼던 폐선이 한두 척씩은 언제나 엎혀있었다.

폐선들은 장마로 물이 불면 썰물에 밀려 곧잘 바다 깊은 곳으로 천천히 떠내려갔다. 그런 때면 우리는 파도와 맞서는 거친 놀이를 즐겼다. 물에 잠겨 주춤주춤 떠내려가는 배에 올라타고 우리는 서로의 헤엄 실력과 담력을 겨뤘다. 누가 더 오래 배에 남아 있는가를 겨루고, 누가 더 빨리 헤엄쳐 뭍에 닿는가를 두고 내기를 했다. 그런 날일수록 하늘은 더 음산하게 흐리고 바다는 더 검푸른 빛으로 신음하여 우리를 윽박질렀다. 우리는 처음의 호기를 모두 파도에 빼앗기고 결국엔 채 50m도 못 간 곳에서 물로 뛰어들고, 물살을 거스르며 헤엄쳐 쫓겨나왔다.

언제 어디서나 바다는 호락호락하지 않았다. 지극히 평온하다가도 일순에 광폭하게 날뛰곤 하는 불가해한 변덕이었다. 바람과 빛과 소리와 냄새를 무시로 변조하여 호기심 많은 아이의 넋을 혼란스럽게 빼앗았다. 바다는 아이에게 두렵고도 친근했다. 친구이면서 폭군이고 어버이면서 공포였다. 백 개도 넘는 얼굴로 아이를 겁주고 천 개도 넘는 가슴으로 아이를 끌어안았다.

유년의 바다를 떠올릴 때마다 지금도 나는 스스로에게 묻는다. 갯벌에서의 생활과 실재에 흥미를 느끼지 못하고 타는 노을과 수평선의 몽환적 향연에만 심취했더라면 그래도 의사가 되었을까 하고. 우뇌적인 어머니를 닮아 감상적이고 몽환적이었을 내가 과연 실제 보이는 것만을 믿고 과학적 데이터를 중시하는 의사가 될 수 있었을까 하고. 아마도 나는 지혜로운 아버지의 현실적 훈육 덕분에 이성적이고 실제적인 좌뇌 기질의 인간으로 평형을 이루어 성장하지 않았을까 자신을 진단한다. 그에 더하여 진실을 벗어날 수 없는 의사 생활로 닦여진 인성 때문에 상상과 영감으로 창작하는 시인이 아니 되고 정직하고 체험적인 글을 쓰는 수필가가 되지 않았을까 미루어 생각한다.

유년의 바다에서 몽환적이던 아이. 갯벌을 뛰놀며 삶을 배우고 노을 붉은 수평선에서 몽상을 익히며 자란 바다의 사내아이. 지금도 어쩌다 고향 바다를 꿈꿀 때면 언제나 꿈속에 갈매기가 날고, 그리고 또 언제나 그 한 마리의 갈매기는 해가 지고 난 저문 바다를 높게 포물선으로 난다.

그 유년의 바다를 떠나오면서 나는 몽상을 그치고 세상을 배웠다. 그래도 가끔은 꿈을 꾼다. 아련하게 피어나는 수평선의 그리움을, 홀로 나는 갈매기의 외로운 꿈을 꾼다.

냉면

“이 추운 날씨에 냉면이라니, 못 말릴 사람들이네.”

남대문시장 1번가 숙녀복 골목, 부원면옥 계단을 오르면서 김 국장이 한심하다는 듯 지청구를 하자 앞서 오르던 김 사장이 뒤를 돌아보며 가볍게 면박을 준다.

“모르시는 말씀, 냉면은 말복이 지나 찬바람이 나야 더 제맛이 난다네. 원래 겨울철 시식時食이지.”

입구에서 부침개를 부치는 아주머니의 눈인사를 받으며 들어선 홀 안은 손님들로 가득했다. 다행히 창가에 빈 테이블이 있어 가 앉으며 막걸리와 부침개부터 시켰다.

냉면집답게, 홀 한쪽 구석 테이블에선 머리 허연 노익장 여섯이 부침개와 제육무침을 안주 삼아 막걸리를 마시며 꺽센 평안도 사투리로 왁자하게 떠들고 있었다.

반세기도 훨씬 전, 군복을 염색해 입느라, 수명이 긴 해군 단화와 싸구려 남방셔츠를 사느라 곧잘 드나들던 남대문시장 골목에 넘쳐나던 서북 사투리. 그들의 생생한 사투리를 들으면서 나는 어제인 듯 아버지를 따라 처음 이 집에 들어서던 날을 새삼스럽게 떠올렸다.

졸업을 앞둔 1964년 12월 초, 마지막 기말시험을 치룬 날 쫑파티에서 마신 술로 다음 날 한낮이 되어서야 일어난 나를 데리고 아버지가 찾은 집이 바로 이 부원면옥이었다. 마침 아버지도 전날 약주를 하신 터라 당연히 청진동 해장국집이려니 따라나선 나를 엉뚱하게도 이곳 남대문시장 안의 냉면집으로 데리고 오셨다. 냉면 두 그릇을 주문하고 난 아버지가 의아해하는 나에게 말씀했다.

"원래 우리 이북 사람들은 술을 먹고 난 뒤엔 냉면으로 해장은 했단다. 시원한 냉면 육수를 한 사발 들이키고 나면 속이 확 풀리지."

고등학교 합격 축하로 나는 아버지와 명동의 한일관에 가서 처음으로 냉면을 먹었다. 불고기 2인분을 먹어치우고 배가 불러 식식대는 내게 아버지는 냉면 육수가 고기를 먹고 텁텁해진 입과 속을 개운하게 해준다며, 메밀이 소화를 도와준다며 냉면을 시켜주셨다. 시원한 육수와 쫄깃하게 씹히는 면발의 구수한 맛에 나는 그 당장 반해버리고 말았다.

냉면을 아버지는 당신 나름의 일정한 격식을 갖추어 드셨다. 메밀이 속을 훑을 수 있어 고명으로 얹어 나오는 반쪽자리 삶은 달걀을 먼저 먹는 게 순서라지만 아버지는 면을 우선 풀어 드시고 달걀은 맨 나중에 잡수셨다. 다른 걸 먼저 먹으면 육수의 참맛과 메밀향이 반감되기 때문이라는 게 아버지의 해명이었다. 식초와 겨자도 타지 않았다. 냉면에 식초나 겨자를 타는 건 육수를 만든 정성을 모독하는 짓이라며 내온 그대로 드셨다. 곁에서 가위로 면을 자르는 사람들을 보면 못 볼 것을 본 듯 성급하게 외면했다.

냉면의 유래에 대해서도 아버지는 당신 나름의 참 설득력 있는 견해를 가지고 있었다. 임진왜란으로 국토가 많이 황폐해져 크게 기근이 들자 인조는 기후가 냉하고 척박한, 산지가 많은 함길도와 강원도는 물론 평안도에도 메밀을 널리 심게 해 구황을 했다고, 그 뒤로 소출이 많아진 메밀을 평안도 주민들은 국수로 뽑아 동치미 국물에 말아 겨울에 먹었다고 했다. 이 메밀 찬국수가 홍경래의 난 이후 지금의 냉면으로 발전했으리라고 아버지는 추정했다.

순조 조에 들어 안동 김씨의 세도 정치로 관의 수탈이 극에 달한 데다 가뭄으로 흉년이 계속되자 홍경래는 '세도 정치 타도와 서북 도민 차별 대우 철폐'란 기치를 내세워 난을 일으키고, 난이 평정된 뒤 나라에서는 정책적으로 평야 지대에서 생산되던 쌀과 조 등 거의 전량을 징수해 민중들이 먹을 거라곤 메밀밖에 없게 되었다고. 이에 사람들은 영양의 균형을 취하기 위해 꿩이나 닭고기를 꾸미로 쓰고, 생활 형편과 형세가 나아짐에 따라 소고기를 삶아 육수를 만들고 고명으로 돼지 편육을 얹어 먹는, 평양 지방의 으뜸가는 향토

음식으로 자리 잡게 되었다는 것을 아버지는 일사천리로 피력했다.

1900년대에 들어 발명된 냉장고와 근대적 제빙 기술, 그리고 아지노모도의 출현으로 동치미국물을 쓰지 않고도 육수를 만들 수 있게 되면서 겨울철 음식이던 냉면이 여름철에 더 찾는 기호식이 되어 장안에까지 진출하게 된다. 서울에 냉면집이 많이 늘어난 건 6·25 전란으로 북에서 피란민이 대거 남하하면서부터였다. 대부분 평양 사람이 가게를 열었고, 이름도 향토음식임을 부각하기 위해 '평양냉면' 이라고 했다.

하지만 부원면옥 창업자는 엉뚱하게도 비금도 사람이었다. 전란이 끝난 뒤 서울에 올라온 김 여사는 남대문시장에 평안도 사람들이 많은 걸 알고 그곳에 가게를 차린다. 음식도 평양 본고장 맛을 살려 사골로 육수를 내고 돼지 편육도 두툼하게 썰어 두어 조각을 꾸미로 올리는 등 음식을 인정 있게 만들어 냈다. 이렇듯 정성 들인 냉면을 피란민들의 주머니 사정을 고려해 다른 어느 곳보다도 저렴하게 상에 올렸다. 김 여사가 문을 연 지 어느새 반세기가 지났다.

이 집에 오면 언제나 기분이 좋다. 마음도 편하다. 처음 문을 열었을 때나 지금이나 냉면의 품격을 한결같게 지켜온 집, 맛이 정직하고 값도 착하다. 토씨 하나 고치지 못하고 사투리를 쓰는 실향민들이 50여 년 긴 세월을 고향 찾듯 찾아와 냉면을 먹으며 향수를 달래는 이 집이, 4대째 이어오는 이 집이 10대에 가서도 여전하기를 바라며 면발을 푼다.

흰 철쭉

곱게도 피었다. 아파트 앞 작은 화단에 무리 지어 핀 흰 철쭉, 삐죽삐죽 뻗은 가지들과 무성한 잎들을 온통 덮듯 피어난 꽃잎들. 눈이 부셨다. 화단 한 곁에 놓인 어머니의 분에도 흰 철쭉이 그들에 질세라 화사하게 피었다.

중풍으로 누워 지내던 아버지를 돌보며 어머니가 가꾸던 꽃, 아버지 가신 뒤 마음을 의지하여 허전함을 달래던 꽃. 막내딸을 찾아 춘천으로 떠나면서 두고 간 꽃, 흰 꽃 속에 어머니가 다정하게 웃고 계셨다. 저승에서 어머니는 평안하신가.

월남전이 한창이던 1967년 봄, 전장으로 떠나기에 앞서 나는 동대문시장에서 옥매화 한 점을 구해 어머니께 드렸었다. 꽃을 받아 들고 향을 맡으며 어머니가 홀연 물었다. "장에 흰 철쭉은 없든?"

의아했다. 꽃의 품격으로 보나 값으로 보나 비교가 안 되는 터에 어째서 어머니는 옥매玉梅를 마다하고 굳이 흰 철쭉을 찾으시는가. 뜨악하여 여쭸다. "왜 맘에 안 드세요?"

내 눈길을 피하며 어머니가 답했다.

"꼭 그런 건 아니다만 네가 흰 꽃을 들고 들어오기에 갑자기 흰 철쭉이 생각나서 그랬다."

정원 한 모퉁이 볕 바른 곳을 골라 매화를 심는 동안에도 어머니는 멀찍이 떨어져 서서 덤덤하게 바라보시기만 했다. 결국, 나는 다음날 다시 장에 나가 흰 철쭉 한 분을 따로 사 들고 왔다. 미안해하면서도 어머니는 전날보다 훨씬 흡족해하며 화분을 받아 안았다.

"옥매가 흰 철쭉보다 백배는 귀하고 향도 좋은데 그래도 어머니는 이 꽃이 더 좋으세요?"

못 들은 척 꽃잎을 매만지던 어머니가 한참이 지나서야 지나는 투로 답했다.

"다 좋긴 하지. 그래도 난 흰 철쭉이 더 좋더라. 깨끗하고 꾸밈없고 소박한데다 크지도 작지도 않으면서 넉넉하고…. 새하얀 게 참 순수하지 않니? 난 흰빛 중에서도 흰 철쭉의 흰빛이 제일 좋더구나."

그 철쭉 분을 거실에 들여놓은 뒤로 어머니는 돌아가시기까지 마치 늦게 얻은 자식이나 되는 것처럼 고집스러울 정도로 귀애했다.

어머니가 흰색을 선호하는 거야 진즉부터 알고 있었지만 이토록 흰 철쭉을 편애하리라고는 상상도 하지 못했다. 무슨 연유일까. 우리가 모르는 무슨 사연이라도 있는 걸까.

까닭은 12년이 지나 아버지가 타계하신 뒤에야 알게 됐다. 거실에 앉아 고향 이야기를 하는 중에 문득 어머니가 당신의 옛이야기 하나를 들려줬다. 여학교 때 이야기였다.

어머니 나이 열일곱, 당시 어머니는 서울에 올라와 친척 집에 기거하며 C여학교에 다니고 있었다. 그때 어머니는 봄 가을에 있는 재경 학우회에서 한 학년 위의 동향 남학생을 알게 되었다고 했다. 깊게 사귀거나 한 건 아니고 방학이 되어 귀향하거나 개학을 맞아 서울로 돌아갈 때 여럿이 함께 기차를 타고 가며 이야기하는 게 전부였던, 별로 특별할 것도 없는 사이였다고 했다.

여름방학이 끝나 귀경하던 열차 안에서 어머니는 그 남학생으로부터 작은 화첩 하나를 받았다고 했다. 흥미로운 이야기였다. 성급하게 여쭸다.

"뭘 그린 거예요? 사랑도 고백한 거예요?"

"얘도, 남우세스럽게 무슨 사랑 타령이냐. 스무나무 장쯤 되는데 하나같이 모두 꽃만 그려 있더구나. 다 흰 철쭉이야. 방금 핀 것들 같았어. 놀랍더라."

하지만 그 한 달 뒤 갑작스럽게 외할머니가 돌아가시는 바람에 어머니는 학업을 중단하고 귀향하여 집안일을 돌보게 되었다고, 인연은 거기에서 그쳤다고 했다. 다음 해 미술학도가 졸업했다는 것도, 동경으로 유학을 떠났다는 것도 모두 풍문으로 들어 알게 되었다고 했다.

"이듬해 새어머니가 들어오고 나는 직장엘 나갔지. 그리고 중매로 아버지를 만난 거야. 그 남학생은 원하던 대로 화가가 되어 돌아왔다더라. 대학에도 나가고…."

수첩은 어쨌느냐고 여쭙자 별걸 다 궁금해한다며 어머니가 심드렁하게 밝히셨다.

"없애버릴까 하다 그냥 가지고 있었지. 하지만 널 낳고 바로 없애버렸다. 죄진 건 아니지만 어쩐지 아버지에게 미안하단 생각이 들어 지닐 수가 없더구나."

젊어서부터도 어머니는 흰색을 유별나게 좋아하셨다. 옷도 대부분 흰색 계통이어서 여름에는 모시 적삼을, 겨울에는 명주 저고리를 입으셨다. 목둘레에 깃을 달고 단추를 덧달아 살품을 가리게 모양을 조금 변형시켜 적삼을 지어 입으신 어머니는 진정 한 떨기 흰 꽃처럼 해사하고 은은했다.

흰빛을 좋아하는 성정에 어울리게 어머니는 조용하고 정갈했다. 일곱 자식을 낳아 키우고도, 3 · 8선을 넘어 월남하여 힘든 서울살이를 하면서도, 1 · 4후퇴에 쫓겨 충청도로 내려가 어려운 피란생활을 하면서도 어머니는 한결같게 조신했다. 내향적 성정 탓에 교제 범위가 좁아 세상 물정에 어둡기는 했지만 오히려 그 덕에 별다른 허물을 짓지 않으신 게 아닐까도 싶다.

몸을 움직이지 못하는 아버지를 10년 넘게 수발하면서도 불평

은커녕 힘든 내색 한번 안 하신 어머니, 일생을 통해 아버지에게, 가족에게 헌신적이었던 어머니, 흰 철쭉에 담긴 어릴 적 향수를 늘 그막에까지 지니고 계셨다고 해서 아버지에 대한 사랑이 순수하지 못했다고 어찌 감히 폄훼할 수 있으랴.

흰나비 한 마리가 꽃잎 위에 날아와 앉는다. 혹시, 잠시 외출하여 날 찾아온 어머니의 혼령은 혹 아닐까 싶어 가까이 다가서 보지만 나비는 무심하게도 사뿐히 날아올라 너울너울 어깨너머로 날아가고 만다. 저승에서 어머니는 평안하신가.

집

밖이 뿌옇다. 미세먼지 농도가 평소의 아홉 배라는 예보에 나가려던 생각을 접는다. 가시거리가 2km라더니 앞산도 흐릿하게 윤곽뿐이다. 예전엔 집이 한설과 풍우를 막아주고 외부로부터 가족을 보호하는 기능만이더니 이젠 미세먼지까지 차단하는 방진 역할도 한다. 열린 곳이 혹 없을까 창문 단속을 하고 TV 앞에 앉는다.

뉴스들이 어수선하다. 비방을 중지하자는 북의 제의를 남쪽에서는 거부했다 하고 고창의 한 오리 농가에서는 고병원성 AI가 발생하고, 성추문 검사 뇌물 검사에 이어 이번엔 해결사 검사가 구속수사를 받게 되었다는 뉴스. 어느 하루 평온한 날이 없고 어디 한 군데 말썽 없는 곳이 없다. 그나마 집이 제일 안전하고 조용하다.

한적한 환경을 찾아 이곳으로 이사 온 지도 어느 사이 6년이 돼 간다. 아파트이긴 해도 조경이 잘 된데다 차 소리도 들리지 않아 조용하고 한적하다. 이웃 간 오작가작 정이 없는 게 흠이긴 하지만 그거야 아파트의 생리이니 그러려니 여겨 접고 산다.

서 현 한양대 교수가 그의 저서 "빨간 도시"에서 해학적으로 밝혔듯 '이웃과 말 섞을 필요 없는 아파트는 가장 편안한 곳' 이란 말처럼 이웃 간 데면데면하게 지내는 것도 그리 나쁘지만은 않다. 이해관계가 얽혀있는 사회생활을 할 때면 모를까 그런 관계들에서 비켜선 은퇴 후의 지금 생활에서는 취향과 정서가 다른 사람들, 모르던 남들과는 모르는 척 사는 게 차라리 편하다. 새롭게 깊이 엮여 예의 차리고 사는 것도, 마음이 담기지 않은 인사나 겉도는 대화로 쓸데없이 헛웃음을 웃고 시간을 축내는 것도 그리 달가운 일은 아니다. 요즘의 젊은 세대들이 우리보다 더 아파트를 선호하는 것도 이런 이유에서가 아닐까 싶다.

편리함을 추구하는 것 외에도 간섭받기를 싫어하고 쿨한 그들의 생리에 아파트 생활이야말로 가장 적격이지 싶다. 아파트에 살면서 나 또한 이런 젊은 세대의 생리를 적지 아니 닮아가는 듯하다. 이웃과 거의 단절되다시피 사는 덕에 사생활이 비교적 완벽하게 보호된다는 점과 편리함이 몸에 배어 안팍으로 편하다.

하지만 정은 그리 붙지 않는다. 음악을 한껏 성량 높여 듣지 못하는 때는 가슴이 답답해지고 층간소음으로 언짢은 일이 생길 때면 속이 끓는다. 계절 변화에도 둔감해지고 바깥 날씨도 잘 가늠하지 못한다. 하여 외출할 때 옷을 잘못 챙겨 입고 나가 자주 낭패를 보기도 한다.

소속감도 희박하다. 외출했다 돌아올 때 내가 사는 아파트 동이 보이면 나는 내 집이 어딘가를 가늠하면서 층수부터 센다. 아래서부터 층수를 세고 옆으로 몇 번째인가를 세고, 그리고 나서야 불이 켜져 있나 없나를 확인한다. 그럴 때면 자주 저 십팔 층 건물의 한 칸이 갑자기 낯설어져 서먹해지고는 한다. 윗집도 옆집도 다 똑같은 무분별의 획일성, 비가 내려도 젖지 않고 눈이 와도 쌓이지 않는 무감하고 건조한 아파트에 서름해지는 때면 문득 단독주택에 살던 옛날이 생각나고, 아버지와 어린 날의 형제들이 홀연 그리워지고는 한다. 불빛 따뜻하게 나를 맞아주던 집.

광복의 해 겨울 단신 3 · 8선을 넘은 아버지가 서울에 마련한 사직동 집 다음으로 구한 집이 현저동의 서향집, 인왕산 자락 경사면에 지어져 전망이 활연하고 여름 바람이 시원했다. 마당도 넓고 방도 많아 살기에 편했다. 비탈진 뒤꼍에는 옹달샘이 있어 졸졸 물이 소꿉장난처럼 흐르고, 명아주가 자라고 까마중이 익었다. 하지만 그 집에서의 생활도 겨우 3년, 1 · 4후퇴로 경황없이 쫓겨나고 말았다.

충청도에서의 피란생활과 인천에서의 직장생활 내내 셋집을 전전하던 아버지가 9년 만에 다시 서울에 장만한 집이 서강의 감나무집. 시골 정서가 고스란히 배어 있는 전원주택이었다. 낮은 언덕 아래 남향받이 그 집에는 300여 평의 텃밭이 딸리고 커다란 감나무가 두 그루나 있었다. 형제 모두 편안했고 식구 모두 행복했다. 한강이 겨우 반 마장 거리여서 시간이 날 때면 곧잘 식구들이 함께 강둑길을 걸었다. 바람에 스치고 물을 따라 걷고 노을에 젖었다. 절두산 성지를 지날 때면 잠시 멈춰 묵도를 드리기도 했다. 성지 아래 강물에선 노을도 경건하게 물들었다.

실향민이던 우리에게 그 집은 고향처럼 안온했다. 그 집에서 사는 동안 나와 동생 셋이 대학을 마치고 여동생 둘이 혼례를 올렸다.

아버지는 특히나 더 그 집을 만족해했다. 오가는 사람이 적고 조용하고 한갓진 것을 흡족해했다. 감나무 위로 노을 피는 저녁이면 자주 평상에 나앉아 한가한 한때를 즐기시고는 했다.

평상에서 아버지는 고향을, 둔덕 아래 바다를 면하고 있던 고향집에서 지내던 일들을 들려주고는 했다. 가끔은 인왕산 아래의 현저동 집과 충청도 피란 시절 세 들어 살던 고욤나무집을 말씀하기도 했다. 일부러 변두리 중에도 변두리를 찾아 이 집을 구한 것도 어쩌면 그 고욤나무집의 마당을 겸한 너른 텃밭이 부러웠던 때문이 아니었나 싶다.

밭도 부지런히 가꾸셨다. 주말은 온종일 밭에서 사셨다. 그 너른 텃밭에 아버지는 온통 마늘이며 무 · 배추 · 고구마 따위를 심고 계사를 크게 지어 닭을 키웠다. 하지만 꽃은 심지 않았다. 피란지에서 겪은 현실이 너무 힘들어 꽃을 감상할 여유까지는 되찾지 못하신 모양이었다. 두 번째 봄에서야 어머니가 이웃에서 구근을 얻어와 심은 덕에 그 여름 우리는 붉은 칸나를 볼 수 있었다.

아파트의 생활이 편안하다가도 문득 단조롭게 느껴지거나 변화 없는 공간에 식상해지는 때면 나는 자주 서강의 그 노을 물들던 집을 떠올린다. 그 시절의 아버지를, 형제들을 떠올린다. 우애와 낭만이 있던 추억 깊은 집, 지금도 그 집이 그대로 있을지는 모르겠다. 혹 산다면 어떤 사람들이 살까 궁금해지기도 하고.

고난의 계절

새해 첫날 아침, 흐린 하늘에 눈발이 어지럽다. 눈발 속에 까치가 운다. 고즈넉하다. 아내는 주방에서 늦은 아침을 준비하고 있다. 두 식구 사는 공간이 오늘따라 휑뎅그렁하니 넓다.

예기치 못한 서설에 잠시 흐뭇해하다가 나는 문득 먼 전날의 그 곤고했던 겨울을 떠올린다. 폐허 위로 몰아치던 눈보라의 피란길을, 음산하게 흐린 하늘에서 흩날려 떨어지던 눈발을, 머물 곳을 찾아 기웃거리던 가난한 마을을, 4년을 전전하며 살던 옹색한 단칸방들을 떠올린다.

1·4후퇴 엿새 전, 아버지는 문간방에 세 들어 살던 한 씨의 트럭에 식구들을 태우고 피란길에 올랐다. 장호원, 충주, 청주, 조치원을 거쳐 대전에 이른 아버지가 부산으로 가지 않고 논산 쪽으로

방향을 튼 건, 거기서 H 읍으로 거슬러 오른 건 순전히 그 느릿한 충청도 사투리 때문이었다.

광복 이듬해 월남하여 눈 감으면 코 베어 간다는 서울에 살면서 항상 긴장해야 했던 아버지로서는 어쩌면 당연한 결정이었으리라 여겨진다. 느긋한 말 품새만큼이나 그 고장 사람들은 정도 넉넉하리라 여기셨을 아버지, 하지만 예상과는 달리 H읍의 인심은 그리 넉넉하지 않았다. 사람과 물자가 집결하는 교통의 요지가 아니어서 상업도 발달하지 않았고 농작물 외에는 달리 생산도 없어 지역경제는 18세기 수준을 벗어나지 못한 낙후된 고장이었다. 봉건적 정서가 여전한 촌리에서 도시생활에 익숙해 있던 아버지가 할 일은 아무것도 없었다.

수중에 가진 것 없고 할 수 있는 일이 아무것도 없을 때, 일가친척도 친구도 한 사람 없는 타지에서 여섯 남매를 거느려야 하는 가장의 심중이 어떠했을까는 본인이 아니고는 짐작하기조차 면구스러운 참담한 일.

호구지책으로 삼을 일거리가 없던 아버지는 한 씨의 트럭에 조수로 일하면서 구차스럽게 하루하루를 버텨나갔다. 나와 아버지는 주로 갈산, 삽다리 장을 도는 오일장의 장꾼을 실어 나르는 한 씨 트럭에서 수금원 노릇을 했다. 간간이는 수덕사가 있는 덕숭산 그 너머 가야산으로 들어가 벌목한 나무를 실어 나르기도 했다.

아이들이 많던 탓에 우리는 자주 셋집에서 쫓겨났다. 네댓 달이 멀어라 옮겨 다녀야만 했던 거처가 그나마 안정된 건 사글세가 헐

한 변두리의 고욤나무집으로 이사하고 나서였다. 더더구나 우리가 세든 방은 안채와는 별도로 동쪽 모퉁이에 곁대어 따로 지어져 별채처럼 외졌다. 덕분에 안집 식구들과는 얼굴을 마주치지 않아도 되었다. 문도 뒷골목에 접해 따로 나 있어 어른들도 마음 편하게 드나들 수 있었다. 외돌아 앉은 별채는 형제 많은 우리에게 십상으로 좋았다. 한 칸 반 그 방에서 외할머니와 부모님, 우리 남매 여섯이 복대기며 열세 달을 살았다.

그 겨울 초입 아버지는 그 알량한 조수직도 잃고 말았다. 말 한마디 때문이었다. 마지막 장꾼들을 내려주고 식당에 들어가 저녁을 먹는 자리에서 아버지가 평소 하지 않던 시국에 대한 불평을 터뜨렸다. 이승만 대통령이 물정을 너무 몰라 전쟁에서 밀렸다고, 그래서 많은 백성이 피란을 나와 이 고생을 한다고, 6·25가 나자 자기만 살겠다고 내빼면서 한강 다리를 끊어놔 장안에 남게 된 바람에 석 달 동안 죽을 고비를 얼마나 넘긴 지 아느냐고, 그런 사람을 대통령으로 믿고 살아야 하는 이 백성이 얼마나 불쌍하냐고 열을 올리셨다.

잠시 뒤, 곁에서 식사하던 한 남자가 일어나 우리 식탁으로 오더니 다짜고짜 아버지를 일으켜 세워 밖으로 데리고 나갔다. 아버지는 곧바로 H경찰서로 연행되어 갔다. 돌이 채 안 된 막내를 업고 어머니는 경찰서를 찾아가 문 앞에서 밤을 낮삼아 사셨다. 아버지는 고문에 가까운 조사를 받고 열흘 만에 거의 반죽음이 되다시피 해 풀려났다. 억울하고 분했지만 열네 살 어린 나는 아버지에게도 어머니에게도 아무런 힘이 되지 못했다.

겨우내 아버지는 방에 누워 지냈다. 그동안 한 씨는 보다 젊은 본고장 남자를 조수로 고용했고 나는 동네 총각들과 어울려 월산과 멀리 한티골로 나무하러 다녔다.

진달래가 필 무렵, 걸을 만큼 몸을 추스른 아버지가 하루는 내게 함께 나무하러 가자고 했다. 무료해서였는지 무언가라도 해야 하겠다는 절박함이었는지 아니면 당신의 체력을 시험하려는 의도였는지는 몰라도 아버지의 눈빛은 전에 없이 진지했다.

멀리 갈 필요가 뭐 있느냐며 바지게에 괭이를 얹고 근처 야산으로 올라가 5, 6년생 어린 소나무를 잘라내고 남은 고주박을 파내기 시작했다. 쉽지 않았다. 땀을 뻘뻘 흘리며 한나절이 걸려 겨우 두 뿌리를 캐고는 더는 못하겠다고 손을 들었다. 그리고 몸살로 사흘을 앓으셨다. 아버지는 서른일곱의 한창나이였다. 직업이 없는 가장, 할 일을 잃은 젊음처럼 비참하고 초라하고 속 쓰린 경우가 또 있을까.

그 며칠 뒤, 뜻밖에도 청주로 피란 내려가 사는 작은이모가 돈벌이 하나를 알선해줬다. 연초공장 여공들이 몰래 빼내온 담배를 다른 곳에 갔다 파는 담배 밀매, 수원이나 영등포의 소매상에 팔면 자그마치 세 곱 장사가 되었다. 옳고 그르고를 가릴 게재가 아니었다.

그 일을 하면서 나는 집을 떠나 수원의 한 말꾼(말몰이) 집 문간방에 혼자 세 들어 살았다. 한 달 뒤, 아버지가 불쑥 나를 찾아오셨다. 그리고는 바로 다음날로 병점의 미군 부대엘 나가기 시작했다. 일용직 노무자 일, 하지만 보수는 민망하게 초라했다. 담뱃값과 교통비를 겨우 웃도는 급료에 마른 수수나 콩 1kg이 하루의 일당이었다. 나는 그것들을 사흘을 불려 밥에 뒀다.

여름 볕에 얼굴이 반쪽이 되도록 애쓰고도 별 소득이 없자 아버지는 일을 그만두고 H읍으로 다시 되돌아가시고 말았다. 그리고 닥치는 대로 일을 했다. 미군 부대 암거래로 빼낸 군복을 어머니로 하여금 시장에 내다 팔게 하고, 농가를 돌며 숨겨둔 잎담배를 몰래 거두어 어머니를 시켜 한강을 도강하여 장안에 갖다 팔게 하는 따위 일들을 거침없이 했다. 어둠 속에서 아버지의 눈은 긴장으로 항상 불안하게 번들거렸다.

그해를 넘기고 다음해 말이 되어서야 아버지는 동창들과 연락이 닿아 그분들의 주선으로 제대로 된 직장에 취직해 인천으로 올라가셨다.

취업률이 30%대로 청년 실업이 심각하고 전국의 실업자 수가 70만이 넘는다는 보도와 함께 천안함 폭침을 부인하고 불바다 운운하는 북의 방송을 접할 때면 나는 그 시절의 아버지를 떠올리고 그 겨울 흩날리던 눈발을 떠올린다. 곤고했던 그 날의 아버지, 얼마나 막막하셨을까. 얼마나 견뎌내기 힘드셨을까.

아버지의 광세

중학교를 졸업하고 진학한 서울의 고등학교에는 한 주에 두 시간의 특활 시간이 있었다. 모든 학생은 각자 자의로 선택해 그 시간 운동을 하거나 취미 활동을 했다. 중학교 시절 정구선수 급우들이 부러웠던 나는 망설임 없이 바로 정구반에 들었다.

금요일 3시 수업을 마치고 나면 두 개의 정구코트에는 각 학년 합해 2, 30명쯤 되는 남녀 반원들이 모여 공을 쳤다. 네 개뿐인 학교 비품 라켓은 상급생들의 차지여서 하급생들은 다른 한 코트에서 개인적으로 라켓을 소유한 사람들만이 교대로 공을 쳐 나를 비롯한 몇몇은 기회가 오기를 기다리며 구경이나 하는 게 고작이었다.

동일계 중학 출신이 아닌 신입생이라서 받는 은근한 따돌림에 더하여 자존심이 겹겹으로 상했다. 궁리 끝에 아버지에게 말씀드렸다. 당장 라켓이 필요하다고. 당시 아버지는 모 석유회사 인천 출장소 소장으로 계셨고 나는 서울에서 하숙하고 있었다.

토요일, 아버지가 직접 라켓을 들고 학교에 오셨다. 본사에 일이 있어 올라왔던 길에 라켓도 전해주고 담임선생님도 뵐 겸 들렀다고 했다.

아버지가 준 라켓은 옛날 당신이 학생 때 쓰던, 볼이 유난히 좁은 케케묵은 구형이었다. 초등학교 때 집 다락에서 몇 차례 보았던, 컷이 끊어져 가지고 놀지도 못하던 구닥다리 고물이었다.

너무 실망스러웠다. 이런 걸 어떻게 학교에 가지고 간단 말인가. 더구나 여학생이 반이나 되는 코트에 이걸 들고 가서 친다고? 얼마나 웃음거리가 될 지 아버지는 짐작도 못 하시는 건가. 피란지에서 올라와 직장을 구한 지 겨우 3년, 아홉이나 되는 대식구의 가장으로 출장소 사무실 2층에 옹졸하게 얹혀사는 아버지의 곤고한 입장을 왜 모를까만 그래도 실망이 너무 컸다. 신품 라켓이야 못 사주더라도 중고품일망정 신형을 장만해줄 거라 여겼던 기대가 무참하게 무너졌다.

그날 아버지와 나는 서울역 건너편 남산 길을 함께 걸었다. 그 아래 판잣집과 작은 집들이 다닥다닥 밀집해 있는 양동을 내려다보면서 볼이 부은 내게 아버지가 말씀했다.

"높은 데만 보고 살지 말거라. 낮은 곳도 살펴가며 살아야 한다. 욕심이란 한이 없는 게야. 위만 보고 살면 족한 줄 모르게 된다. 만족을 모르면 감사할 줄도 모르고 행복도 모르게 돼."

라켓을 마련해주지 못한 민망함을 변명하려던 건가, 말씀하는 뜻이 이해는 됐지만 가슴이 영 받자 하지를 않았다.

그 구형 라켓을 나는 단 한 차례도 학교에 가져가지 않았다. 주말에만 근처 초등학교를 찾아가 벽에다 대고 공을 치며 한 주간 쌓인 스트레스를 풀었다.

아버지로부터 신형의 새 라켓을 받은 건 여름방학 시작 첫날이었다. 날아갈 것 같은 기분이면서도 죄송했다. 얼마나 어렵게 구하셨을까.

방학 내내 나는 인근 인천고등학교 선수들에 섞여 함께 연습했다. 그리고 그 가을 그 라켓을 들고 전국체전에도 참가했다. 비록 1회전에서 대구상고 선수들에게 패하기는 했지만.

그해 겨울, 방학이 되어 집에 내려가 있으면서 나는 아버지의 사교에서 이상한 점을 발견했다. 그날도 나에게 사무실을 지키게 하고 서울 본사에서 내려온 부장 두 사람과 다방을 다녀온 아버지가 사무실에 들어오자마자 서랍을 열더니 『팡세』부터 꺼냈다. 갑자기 무얼 찾아보실 게 있나 궁금해 다가서는 나를 흘낏 쳐다보며, "오늘도 30환 굳었다."라고 혼잣말씀이듯 하시며 지갑에서 십 환짜리 석 장을 꺼내 책갈피에 끼워 넣었다.

"뭐가요?"

의아해 묻는 내게 아버지가 해명했다.

"응, 이거? 난 오후엔 커필 안 마시거든. 마시면 밤에 잠을 못

자. 다방에서 보리차만 마셨으니까 커피값이 굳은 게 아니냐. 이렇게 끼워뒀다가 열 장이 되면 백 환짜리로 바꿔 넣고, 그러다 보면 어느새 너희 책값이 되고 용돈이 되지."

그 순간 나는 나의 새 라켓도 저 『팡세』에서 만들어졌다는 걸 대번에 알 수 있었다.

전란이 끝나고 재활과 복구가 활발하던 50년대 후반의 우리 사회는 다방문화라고 해도 좋을 만큼 거리 곳곳에 다방이 흔했다. 딱히 약속해서 만날 장소도, 갈 곳도, 만나서 이야기할 곳도 없던 당시에 사람들은 일상처럼 다방에서 만나고 일을 보고 시간을 보냈다.

하지만 내 알기로 아버지는 당신의 돈으로는 일 년에 단 한 차례도 다방을 출입하지 않았다. 공무로 들어가 남에게 대접을 해도 당신은 보리차만을 마셨다. 다방에 들어가 커피를 마시는 건 낭비요 분수에 안 맞는 사치라고만 여기셨다. 손님들 앞에서는 오후에 커피를 마시면 밤에 잠을 못 잔다면서도 비 오는 저녁이면 아버지는 창문을 열어 놓고 빗소리 속에 어머니와 마주 앉아 즐겨 커피를 드셨다.

그 겨울에 알게 된 아버지의 검약과, 커피 한 잔 값이면 짜장면이 한 그릇이라는 실질적인 계산에 지금도 나는 커피숍 앞에 서면 선뜻 들어서질 못하고 멈칫멈칫 머뭇거리다 등을 돌리기 일쑤다. 어쩌다 마지못해 사람들을 따라 들어가도 앉아있는 내내 불안하고 어색하다. 그리고 또 여전히, 어쩌다 헌책방에 들르기라도 할 참이면 나는 높게 쌓인 책들 사이에서 을유문화사판 연두색 양장본 『팡세』를 두리번두리번 찾고는 한다.

아버지의 찔레꽃

중국인들은 어디서나 마작을 한다. 작은 가게들이 밀집한 시장 거리의 한 귀퉁이에서, 상점들이 연이어 선 대로변의 건물 처마 밑에서, 낮이고 저녁이고 시도 때도 없이 마작놀이를 한다. 도교道教의 발상지인 학명산鶴鳴山의 황폐해가는 도관道觀도 예외가 아니었다. 찔레꽃 흐드러지게 핀 도관의 마당 한 모퉁이에서, 아침나절임에도 웃통을 벗고 앉아 중국인들이 마작을 하고 있었다. 마작과 찔레꽃, 관내를 둘러보기보다 나는 문득 돌아가신 아버지를 먼저 머리에 떠올렸다.

광복 이듬해 3월, 우리는 남으로 왔다. 징발을 피해 용당포 앞바다 모란섬 은밀한 곳에 숨겨 놓았던 똑딱선을 찾아 끌고 온 아버지는 한밤중 이웃들 몰래 도둑처럼 이삿짐을 배에 실었다. 조선操船업을 하면서 수리공과 부품의 운송수단으로 쓰던 작은 배, 가끔은 가족들과 낚시를 즐기던 발동선이었다.

곤한 잠에서 깨어나 영문을 모른 채 불안에 떠는 식구들을 아버지는 말도 없이 배에 태웠다. 뱃전에 부딪히는 파도 소리마저 두려워하며 마치 북극 바다의 유령선이기나 한 것처럼 밤안개 옅게 퍼진 빈 포구를 소리 죽여 빠져나왔다. 아버지와 어머니, 나와 여동생 둘, 겨울에 태어난 남동생에 할머니가 가족의 전부였다.

할아버지가 돌아가시고 난 뒤 큰아버지 댁에 기거하던 할머니가 뜻밖에도 월남행을 함께 했다. 가냘픈 몸매에 언제나 하얀 치마저고리를 정갈하게 입고 있던 할머니는 곁에만 있어도 매양 든든하고 흐뭇했다.

뒤늦게 낌새를 챈 로스께가 연안의 초소에서 몇 발의 총을 쏘아댔지만 배는 이미 사정거리를 벗어나 전혀 위협이 되지 못했다. 총알 몇 개가 배의 고물 훨씬 못미처에 퍽 퍽 하는 둔탁한 소리를 내며 물 위로 떨어져 박혔다. 아득히 총소리가 멀어지자 그제야 어머니는 품에서 간난 동생을 떼어내 할머니에게 내어드리면서 손바닥으로 놀란 가슴을 쓸어내렸다.

바깥 바다는 다행히 파도가 심하지 않았다. 그래도 얼마만큼의 풍랑은 있어 제법 자장가 역할을 할 정도로 배를 흔들어댔다. 아버지를 제외한 식구 모두 선실에서 모자란 잠을 덧 자고 아침 햇살에 깨었을 때는 배는 이미 한강 어귀의 훨씬 안쪽까지 들어와 너른 물길을 거슬러 오르는 중이었다. 강물을 길어 지은 하얀 쌀밥, 갖가지 젓갈 반찬에 곁들여 나는 밥을 두 그릇이나 비웠다. 볼에 닿는 강바람이 싸하게 찼다.

마포나루에 내려 바로 트럭을 타고 사직동 집으로 향했다. 지난 겨울, 아버지는 삼팔선을 몰래 걸어 넘어와 서울에다 살 집을 미리 장만해 두었었다. 기역자 형 기와집, 고향 집에 비해 마당이 옹색하게 좁았다. 앉은 자리 또한 북향이어서 해가 오래 머물지도 않았다. 겨울은 견디기 힘들게 추웠다.

두 해 터울로 동생들이 태어나다 보니 마당에는 언제나 기저귀가 널렸다. 배릿한 아기 똥냄새가 집안 어디에나 배었다. 짧은 햇살에 기저귀를 말리기 위해, 자잘한 집안 살림에 할머니는 이른 아침부터 바쁘게 동동거렸다. 기저귀가 태반인 빨랫감들을 펌프 곁에 쌓아놓고 할머니는 아침마다 빨래를 했다. 잠이 덜 깬 눈을 비비고 나가 펌프질을 해 드리면 할머니는 똥물이 노란 기저귀를 빨랫돌에 안차게 비벼내어 몇 번이고 몇 번이고 헹궈냈다. 내가 대문을 나설 쯤이 되어야만 커다란 양은솥에 빨래를 삶으며 겨우 허리를 펴고 서서 나와 동생이 하는 "학교 다녀오겠습니다." 인사를 웃으며 받았다.

학교에서 돌아오는 골목에서도 우리 집은 금세 눈에 띄었다. 장대로 높게 받쳐진 빨랫줄에는 하얀 기저귀들이 무슨 깃발이나 되는 것처럼 담장 위로 펄럭펄럭 휘날렸다. 비가 오는 날만이 예외였다. 기저귀를 걷어내려 기름하게 접어 아랫목에 쌓아놓는 건 나와 바로 아래 여동생의 몫이었다.

뽀송뽀송하게 마른 새하얀 소청 기저귀에서는 더는 동생의 똥 냄새도 지릉내도 나지 않았다. 코에 갖다 대면 따뜻한 햇볕 냄새만 났다. 손바닥에 닿는 감촉도 산뜻해 쨍한 날씨라도 만져지듯 기분이 새침했다. 새로 산 공책 종이처럼, 바삭바삭하면서도 부드러워 한 차례씩 뺨에 대고 문지르면 마음마저 환해졌다. 기저귀에서는 갓난 동생의 냄새, 어머니의 냄새, 할머니의 냄새들이 모두 섞인 그리운 냄새가 났다.

두 해가 지난 2월, 할머니는 몸이 불편한데다 큰집이 걱정된다며 다시 삼팔선을 넘어 해주의 큰아버지 집으로 되돌아가셨다. 할머니가 가시고 난 뒤로는 어둠이 짙게 내려앉는 마당을 가로질러 들려오는 다듬이소리가 낯선 듯 달라졌다. 어머니의 그것이 빠르고 낭랑하긴 했지만 할머니의 하얀 치마저고리가 지어내는 방망이 소리와는 사뭇 달랐다. 한동안 나는 골목에 들어서는 때면 느릿하고 안여한 할머니의 다듬잇소리가 혹 들릴까 귀를 쫑긋 세우고는 했다.

할머니가 가신지 두 달 뒤 우리는 영천으로 이사했다. 이사한 뒤로 아버지는 월남하기 전에나 가끔 하던 마작을 다시금 시작했다. 밖에서 하루 이틀씩 밤을 새우고 들어오는 날도 더러 있었다. 집에는 새로 사귄 친구분들이라며 낯선 어른들이 찾아와 밤을 새우고 가는 날도 생겼다. 출근도 매일같이 하지 않았다. 이모부와 하던 자동차 사업도 시들해가는 눈치였다. 결국, 아버지는 사업을 접고 친구분이 하는 회사에 경리로 취직했다.

5월의 어느 화창한 일요일에 아버지는 나를 데리고 임진강변으로 낚시를 갔다. 자전거 뒷자리에 나를 태운 아버지는 가는 내내 북으로 간 할머니와 고향 이야기를 했다. 지나는 길가에는 하얀 찔레꽃이 흐드러지게 피어 사방에 꽃향기가 진동했다. 찔레넝쿨 앞에 자전거를 세운 아버지가 나를 뒷자리에 그대로 둔 채 무더기로 꽃이 핀 넝쿨로 천천히 걸어갔다. 허리를 구부려 꽃 냄새를 맡던 아버지가 뜬금없이 뜻 모를 말을 했다.

"네 할머닌 찔레꽃 같은 분이란다."

할머니가 찔레꽃 같다고? 궁금했다. 아버지에게 물었다.

"왜 할머니가 찔레꽃 같아요?"

얼굴을 들어 잠시 하늘을 올려보고 난 아버지가 나를 향해 고개를 돌리며 차분하게 말했다.

"언제나 흰옷을 즐겨 입으시는 데다 오죽 깔밋하시냐. 마음은 또 얼마나 온화하시더냐. 마치 찔레꽃 꽃말처럼 말이다."

"그래서 그래요?"

나는 할머니 이야기를 더 듣고 싶었다. 짐작한 듯 아버지가 말씀을 이어갔다.

"또 있지. 내 동생, 즉 네 삼촌이 아파서 열이 사흘씩이나 계속 펄펄 끓자 단지斷指를 해 피를 먹여 살리신 적도 있단다. 찔레 가시처럼 맵기도 한 분이지."

나도 광복군에 나가 싸웠다는 삼촌 이야기는 여러 번 들어 알고 있었다. 광복되고도 삼촌은 돌아오지 않았다.

"삼촌은 살아 있을까?" 혼잣말처럼 아버지에게 물었다.

"죽은 게야, 그러니 소식이 없지."

"할머니가 아픈 것도 삼촌 때문인가 봐."

할머니는 왜 다시 북으로 돌아가셨을까. 아파서만 돌아가셨을까? 혹시….

"삼촌을 기다리느라 고향으로 돌아가신 건 아닐까요?"

"그럴지도 모르지."

잠시 뜸을 두어 대답을 마친 아버지는 다시 또 멀리 북쪽 하늘을 한참 동안 바라보다가 굼적하게 자전거에 올라 페달을 밟았다. 진한 꽃향기에 취해서일까, 아버지의 자전거가 잠시 비칠비칠 흔들렸다.

강가에 닿아서도 낚시질에 신이 난 나와는 달리 아버지는 강 건너 멀리 산마루 위에 떠도는 구름만 자주 바라보시고는 했다. 돌아오는 길에 아버지는 가시에 손바닥이 마구 찔리고 손등이 심하게 긁히는 것도 아랑곳하지 않고 찔레꽃을 한 다발 가득 꺾어 자전거 핸들에 조심스럽게 묶었다.

"할머니도 찔레꽃을 좋아하셨어요?"

불쑥 아버지에게 물었다. 긁힌 손등에서는 피가 배어 나와 가로세로 가느다랗게 핏 금을 그렸다. 어눌하게 아버지가 대답했다. 들릴 듯 말듯 목소리가 젖어 있었다.

"그럼 좋아하셨지. 찔레꽃이 하얗게 핀 달 밝은 밤이면 자주 뒤

울안에 나가 혼자 서성이고는 하셨단다."

"아, 그게 찔레꽃이었구나."

"뭐가 말이냐?" 아버지가 궁금한 듯 물었다.

"큰 아버지네 집 뒤곁 울타리 말이어요."

"그렇단다. 할머니가 찔레꽃을 좋아하시는 걸 알고 할아버지가 찔레넝쿨로 울타리를 만드셨단다."

집에 돌아온 아버지는 가져온 찔레꽃을 작은 오지항아리에 몽땅 꽂아 대청마루 구석 뒤주 위에 곧바로 올려놓았다. 며칠이 지나 꽃잎이 떨어져 볼품없게 된 다음에도, 어머니가 곱지 않게 눈살을 찌푸려도 아버지는 시들은 꽃다발을 쉽게 치우려 하지 않았다. 그 해 겨울에도 아버지는 여느 때처럼 마작을 했다. 5월이 오자 다시 또 나를 데리고 임진강변으로 낚시를 갔다. 지난해와 똑같이 한 아름 찔레꽃을 꺾어왔다.

그 다음해 5월 끝 주말, 아버지는 밤이 깊어서도 들어오지 않았다. 벌써 이틀째였다. 영천으로 이사와 얼마 지나고부터 아버지는 집에서만은 마작을 삼갔다. 5학년이 되어 조금 철이 들자 비록 아버지의 친구분들이라고는 하지만 나는 낯선 사람들이 집에 와 밤을 새워 마작하는 게 참으로 싫었다. 마작도 마작이려니와 방에서 나는 진한 담배냄새가 역겹도록 싫었다. 밤참을 해내느라 힘들어 하는 어머니를 보는 것도 적지 아니 화나는 일이었다. 잦은 잔심부름도 짜증스럽기는 매한가지였다. 꾀를 냈다. 네댓 차례, 아버지의 마작 곽에서 몇 쪽을 훔쳐내어 몰래 아궁이 속 깊숙이 나 몰라라 던져 숨겼다. 물어도 모르는 척 시치미를 뗐다. 짐작이야 갔겠지만 증거를 찾지 못한 아버지는 몇 번 화를 내는 걸로 아예 마작 장소를 집 밖으로 옮기고 말았다.

학교에서 돌아오는 산길에 찔레꽃이 탐스럽게 피어있던 것에 생각이 미쳤다. 일어나자 밥도 먹는 둥 마는 둥 아버지를 찾아 나섰다. 윗동네의 한 작은집 문간방에서 간신히 아버지를 찾아냈다. 아버지는 핼쑥해진 얼굴로 무표정하게 나를 맞았다. 방안은 낸 내라도 든 것처럼 담배 연기가 자욱했다. 한쪽 구석에는 꽁초가 수북이 쌓인 커다란 재떨이가 세 개나 있었다.

나무라지도 않고 수굿이 따라 나오는 아버지는 꾸부정해진 허리를 제대로 펴지도 못했다. 홀쭉하게 살이 빠진 볼 아래로 뾰족해진 턱에는 염소 수염이 볼품없게 자라 몰골이 말이 아니었다. 그런 아버지를 보면서 나는 이다음 커서도 절대로 마작만은 배우지 않겠노라고, 근처에도 가지 않겠노라 굳게 마음속으로 맹세했다. 아버지에게 말했다.

"아버지, 찔레꽃이 폈어요. 낚시 안 가요?"

순간 아버지는 깜짝 놀라시는 듯했다. 노여운 듯 슬픈 듯 복잡한 표정으로 나를 쳐다보던 아버지가 부끄러운 듯 고개를 떨궜다.

그 다음주에 낚시를 갔다. 찔레 덤불 아래에는 벌써 꽃잎이 수북이 떨어져 있었다. 가지에 남아있는 꽃들도 색이 추레하게 바래 있었다. 아버지는 주섬주섬 꽃가지를 꺾었지만 그때마다 그나마 남아있던 꽃잎들도 힘없이 후드득 떨어져 사방으로 흩어져 떨어졌다. 몇 번을 되풀이 골라가면서 가지 몇 개를 꺾어 들기는 했지만 자전거를 세워놓은 곳까지 왔을 때에는 꽃잎은 대부분 떨어져 나가고 긁혀 피가 나는 손에 들린 가지에는 시들은 꽃잎도 겨우 몇 개 밖에는 남아있지 않았다. 가시 많은 두릅나무 가는 가지묶음처럼 그저 시굽게만 보였다.

그 뒤로 아버지는 더는 마작판을 기웃거리지 않았다. 마작 친구들도 더는 아버지를 불러내지 않았다. 단지하셨다는 할머니의 매운 성품을 물려받아서인지 한번 하고자 마음만 먹으면 행동에 옮기는 것쯤은 오뉴월 엿가락 구부리는 것보다도 더 쉽게 실천했다. 그러한 결단력은 윗대에서부터 이어져 오는 독자獨自한 유전처럼도 보였다. 그리고 12년이 흘렀다. 전란과 피란생활을 겪으면서 아버지에게는 그럴 겨를도 기회도 없었다.

셋째가 대학을 입학하여 나와 여동생 둘이 대학을, 그 아래로 고등학교 둘, 나머지 둘이 중학생이 되자 아버지는 내색은 안 하면서도 우리들의 등록금이 힘에 부치는 눈치였다. 당시 아버지는 이름 있는 개인회사의 영업부 부장으로 있었다.

겨울방학 내내 '돌체' 다 '르네상스' 다 하며 매일이다시피 음악감상실에서 살던 어느 토요일, 밤 9시가 다 되어서야 친구들과 헤어져 집으로 돌아왔다. 아버지는 오늘 들어오지 않을 거라며 어머니가 아랫목에다 저녁상을 차려줬다. 궁금했다. 가족밖에 모르는 소문난 애처가인 아버지는 단 한번도 토요일을 늦게 들어온 적이 없었다. 직장생활을 시작한 후로는 마작할 때에도 주말은 한사코 피하던 아버지였다. 숭늉을 떠가지고 들어온 어머니가 내 표정을 읽더니 이유를 말했다.

"응, 상을 당한 분이 있어 못 들어오신다더라."

"그래요? 누군지 아셔요?"

"몰라, 말씀 안 하셨다. 그런데 참, 너 내일 시간을 좀 내라고 그러셨다. 오후 4시쯤 회사 숙직실로 오라고 하시더라."

의아했다. 시장기에 밥을 걸터먹다말고 뜨악하여 물었다.

"왜요, 상갓집에 가셨다며? 아버진 숙직을 안 하실 텐데…."

"상가喪家가 회사 근처라 밤을 새우고 나서 숙직실에서 한잠 주무실 모양이지 뭐."

"무슨 일이 있어요?" 재우쳐 여쭸다.

"난들 아냐, 너도 컸으니까 뭘 좀 의논하고 싶으신 게지."

다음날 4시 회사로 갔다. 숙직실에는 한창 마작판이 벌어져 있었다. 마작하는 한 옆에서 아버지는 웅크린 채 새우잠을 자고 있었다. 담요 한 장도 덮여 있지 않았다. 나를 본 아버지가 언제 잠이 들었었느냐는 듯 바로 일어나 뒤를 따라 나왔다. 일부러 잠든 체하고 있었던 게 분명했다. 건물 밖 골목 어귀에 나오자 아버지가 한 움큼의 지폐 다발을 남이 볼세라 서둘러 나에게 건네줬다.

"이게 뭐예요, 마작하신 거예요?"

"가지고 가거라. 너희 셋의 등록금이다."

부끄럽고 창피했다. 어쩐지 떳떳지가 못한 느낌이었다. 따지듯 아버지에게 대들었다.

"그동안 안 하셨잖아요?"

대답 대신 아버지는 보일 듯 말 듯 고개만 끄덕였다. 언짢고 낭패스런 표정이었다.

"더 묻지 말고 어서 집에 가거라. 나는 좀 늦는다고 어머니께 말씀드려라. 나중에 설명하마."

입을 다문 채 아버지는 돌아서서 다시 숙직실로 들어가고 말았다. 구부정한 뒷모습, 눈물이 핑 돌았다. 그 순간만은 아버지도 마작도 미워할 수가 없었다. 무슨 수를 쓰셨을까, 마작을 모르는 나로선 알 길이 없다. 왜 다시 들어가셨을까.

그날 저녁 아버지는 약주를 한잔 걸친 불콰한 얼굴로 늦게야 들어오셨다. 나와 어머니를 보더니 손바닥으로 주머니를 털털 두드려 보이며 호탕하게 웃었다. 주머니가 비었다는 아버지만의 너스레였다. 얼마간 남겼던 돈을 모두 잃어주고 왔노라며 대수롭지 않은 듯 지나가는 투로 말씀했다. 가장이란 때로는 철석같은 자기와의 약속도 어겨야 하는 무거운 자리임을 뼈저리게 알게 된 아픈 날이기도 했다. 그 뒤로 먼 훗날 중풍으로 몸 져 눕기까지 아버지는 더는 마작을 하지 않으셨다.

나의 대학 입학을 그렇게도 고마워하던 아버지, 회사 내에서도 오랜만에 어깨를 한껏 펼 수 있었다며 아들을 무척이나 자랑스러워하던 당신. 마작판에서만은 잃고 따고를 마음먹은 대로 재량하면서도 과한 욕심을 경계하던 분. 돌아가시던 그 날까지 북으로 간 할머니에 대한 그리움을 끝내 접지 못하시던, 찔레꽃이 피는 5월이면 드러내 놓고 내색을 못 하는 채 속으로만 꽃 몸살을 하던 아버지. 지금은 나의 가슴에 진한 찔레 향으로 남아있는 아버지를 이국의 벽지에서 새삼스럽게 만나는 아릿한 한순간이었다.

조곤조곤 아침 비 내리는
낮은 산길
모롱이 돌다

찔레꽃
흐드러지게 핀 무더기
만나는 보셨는지요.

꽃빛만도 당신 그리움인데
코끝 아릿한 향은
어쩌란 건지

두고 오기 아쉬워 조금 걷다
돌아서
다시 갑니다

– 2004. 5. 27.

* 창작 배경

2005년 봄, 중국문학의 태두인 덕계 허세욱德溪 許世旭교수를 따라 이백李白 문화기행을 따라나선 중에 도교道敎의 발상지인 학명산을 관광했다.

도관의 건물은 낡고 유적 관리는 허술했다. 백여 평이 조금 넘을 듯한 도관의 마당 한쪽, 찔레 넝쿨이 꽃을 피운 그 곁에서 여자 하나에 남자 셋이 사각 테이블을 놓고 앉아 마작을 하고 있었다. 30 이쪽저쪽으로 나이들이 젊었다. 남자들은 예외 없이 모두 웃통을 벗었다. 도관의 신성한 기운은 찾아보기 힘들었다. 하얀 꽃은 만개를 지나 조금씩 시들고 있었다. 중국에 와서 자주 마주치는 생소한 광경이었다.

불현듯 타계하신 선친이 떠올랐다. 선친과 마작과 할머니, 그립고 아픈 기억들, 광복과 더불어 솔가하여 고향을 등진 아버지, 다시는 돌아가지 못하게 된 고향, 타향에서의 고된 삶을 이끌던 아버지, 그리고 삼촌이 걱정되어 이북으로 되돌아가신 할머니와 할머니를 향한 아버지의 그리움이 가슴을 적셔왔다.

찔레꽃이 피는 5월이면 아프게 꽃 몸살을 하던 아버지, 내색은 못하고 속으로만 할머니에 대한 그리움을 앓던 아버지를 통해 가족이란 걸 절절하게 느끼던 어린 날을 회상했다.

그나마 어렵게 구축한 삶도 6.25전란으로 그 모두를 잃고 힘들어하던 아버지, 수복이 되고도 한참이 지나서야 다시 일어서기는 했지만 많은 아이들의 학비 조달로 하루도 편할 날이 없던 아버지를 통해 나도 남자가, 아버지가 되어갔다. 찔레꽃 앞에서 새삼스럽게 떠오른 아버지의 한 면모를 가슴으로 옮겼다.

여행을 마치고 와서 글을 완성하고 가을에 《수필세계》에 게재가 되더니 11월, 나의 모교인 서울사대부속고등학교 총동창회가 주최하는 제1회 '선농 사이버문학상'에서 대상을 수상했다. 이어 나의 두 번째 산문집 《은빛 갈겨니》에 수록됐다. 아버지에 대한 그리움으로 이번 산문집에 한 번 더 상재한다.

행복 나이

일흔넷을 왜 인생에서 가장 행복한 나이라고 했을까. 그 나이에 몸에 큰 병 없고 의식주니 이런저런 걱정 없는 사람이 얼마나 된다고 그런 말을 할 수 있을까. 아마도 그것은 외적인 것 보다는 내면에 초점을 두어 한 말이 아닐까 싶다. 동료들을 따라 숲길을 걸으며 문득 나이를 생각한다.

40 초반부터 대학 동기 여덟이 시작한 주말산행이 어느 사이 30년이 됐다. 처음엔 백운산도 가고 태백산도 오르고 속리산도 찾았지만 50줄에 들어서는 청계산을, 50 후반부터는 관악산을 주로 올랐다. 그러다 60 중반 어느 순간 산행 코스가 대공원 삼림욕장으로 슬그머니 바뀌었다. 7년이 됐다.

높은 산 오르기엔 힘이 부치는 70줄 나이, 해가 갈수록 산은 나이에 비례해 고도를 더 높이고 더 멀리 저만치로 물러났다. 젊은 날의 산들을 우리는 아득히 추억으로만 걷는다.

삼림욕장 숲길 걷기가 굳어지는 사이, 큰맘 먹고 마련해 아끼던 중重등산화 두 켤레는 신발장 속 먼지 뒤집어쓰는 신세가 되고, 그러다 결국 용인으로의 이사 날짜가 잡히던 날 끝내 정리 해고되어 재활용 수거함으로 직행하고 말았다. 언제 다시 높은 산을 오를 거냐는 자조 섞인 변명으로 매몰차게 미련을 끊었다.

다음부터는 '버리기'가 힘들지 않았다. 차마 버리지 못하고 현관 한구석에 세워두었던 골프백을 골프채 째 내다 버리는 걸 시작으로 불요불급한 것들을 하나하나 치워나갔다. 끈이 느슨해진 구닥다리 아이젠들을 버리고 눈 쌓인 산길을 걸을 때 차는 각반을, 방한용 벙거지들을 버렸다. 견지낚시를 다니느라 마련했던 텐트를 버리고 매트들을 버렸다. 설치하기가 힘에 부친다는 핑계를 달아 미련 없이 버렸다.

버리기가 점점 더 쉬워졌다. 진료를 접으면서 거두어 두었던 것들도 과감하게 치웠다. 고물이 되어버린 현미경을 버리고 원심 분리기를, 자외선 소독기를 버렸다. 이어 옷가지들을 버렸다. 옷장 안엔 유행이 지나 입기 마뜩잖은 정장과 등산복을 비롯해 근래 3, 4년간 단 한 차례도 입지 않은 갖가지 일상복들이 가득히 걸려있었다. 한심했다. 한 몸뚱이 가리고 꾸미기 위해 나는 얼마나 많은 재화를 낭비했던가.

이렇듯 아끼던 물건들을 버려가는 중에 조금씩이나마 마음도

시나브로 단순하게 비워갔다. 주변이 간결해서 좋았다. 집착도 덜하게 되고 시비호오에서도 조금쯤은 비켜서게도 됐다. 하루의 해가 저물 때에 오히려 노을이 아름답고, 한 해가 저물려 하는 때에 귤橘이 다시 맑은 향을 낸다는 옛말대로 칠십 줄 나이란 세상 책무를 벗고 하고 싶었던 일을 하며 살기 가장 적절한 나이가 아닐까 여겨졌다. 지고 가던 한 섬 벼를 제 곳에 부려 놓고 빈 지게로 돌아서는 홀가분한 나이, 일흔넷이 인생에서 가장 행복한 나이라는 정의가 참 합당하구나 하는 생각이 든다.

겉으로야 조금쯤 외로워 보인다 해도 많은 추억과 사연들이 있어 혼자여도 쓸쓸하지만은 않은 나이, 성性에서, 다툼에서, 득得에 대한 욕망에서 놓여날 가장 가능성 높은, 이런 것들이 부질없음을 알게 되면서 오히려 자유로워지는 역설의 나이가 이쯤이 아닌가 싶다. 노자는 이런 경지를 담湛이라 풀었다. 일흔넷은 빈 듯 가득한 그런 나이인 듯싶다.

버리는 작업도 그리 순탄하지만은 않았다. 두 박스의 비디오테이프를 버릴 때만 해도 작업은 일사천리로 진행됐다. 하지만 책장 가득 꽂힌 책들과 천여 장이 넘는 LP판을 치울 때에 드디어 갈등이 불거졌다.

용돈을 쪼개고 이리저리 말을 보태 타낸 돈으로 한 권 한 권 구입해 읽었던 학창 시절부터의 손때 묻은 책들, 함께 일생을 동반한 책들은 차마 못 버리고 망설이기만 했다. 음반도 마찬가지였다. 월남전에 참전하여 전장에서 구한 판들, 충무로와 명동을 훑고 다니며 어렵게 구한 귀한 판들을 도저히 곁에서 떼어놓을 수가 없었다. 옛사람은 '자리 옆에 금서(琴書, 거문고와 책)가 있으면 이가 곧 신선의 집을 이룬다.' 며 그 둘을 아꼈는데….

그러나 어쩌랴, 이왕지사 정리하려 마음먹은 것을. 방법은 하나밖에 없었다. 회현동 지하상가 음반가게를 찾았다. 헐값일망정 처분할 곳은 그곳밖에 없었다. 하지만 가게에 들어서서 아무렇게나 쌓인 음반들을 보자 마음이 제 먼저 뒷걸음을 쳤다. 수십 년을 아껴가며 듣던 나의 음반들이 저렇듯 취급될 거란 생각이 들자 가슴이 떨렸다. 그러는 중 뜻밖에도 서성이는 내게 한 여인이 다가와 반갑게 인사를 했다. 이전 병원에 다니던 아기 엄마였다. 그를 인연으로 나의 음반들은 그분의 거실로 보물대접을 받으며 옮겨졌다. 더욱 고맙게도 나의 책들도 따라 그분 댁으로 고스란히 이주했다. 얼마나 큰 축복인가. 비우고도 가득 찬다는 것이 바로 이를 두고 이름인가 하여 기쁘고 흐뭇했다.

종심從心나이란 마음을 비우는 한편으로 채우는 나이라고 한다. 그릇도 비워야 다른 무엇을 채우듯 비어야 정의와 진리가 들어와 살고, 선善으로 차 있어야 물욕이 들어오지 못한다고 한다. 하지만 이 험한 세상을 살아가면서 그런 경지에 이르기가 말처럼 그리 쉬운가. 내일도 오늘처럼 걷고, 벗을 만나고, 먹고 싶은 것 먹고, 편히 잠자리에 든다면 비우고 채우고 따위 구태여 마음 쓸 것도 없겠다. 그런 지경이면 어느 나이인들 행복하지 않으랴.

5부
물망초

여자 동창 | 물망초
동행 | 오해
선배 · 후배 | 달빛
개선문 | 조화 | 송덕비

여자 동창

그릇 소리에 깨었을 아내가 방문을 열고 나오면서 또 설거지냐고 지청구를 한다. 거지반 끝나간다는 대꾸도 아랑곳없이 손에서 수세미를 빼앗으며 날 밀쳐낸다. 70 넘은 나이에 남자가 설거지 좀 한다고 뭐 그리 흉 될게 있냐 한마디 구시렁대고는 물러나 소파에 앉았다.

설거지하는 아내를 본다. 여전히 잽싸다. 약간 작은 키에 아담한 몸매, 배가 조금 나오고 종아리 살이 빠진 걸 제외하면 뒷모습이 처녀 때나 별반 달라 보이지 않는다.

아내의 뒷모습을 바라보다 뜬금없이, 정말 뜬금없이 여자 동창 P를 떠올린다. 키가 비슷해서인가 뒷모습이 같아서인가. 아니면 야무지고 바지런한 행동거지 때문인가. 이 고즈넉한 새벽 시간, 그것도 아내와 둘만이 있는 공간에서 아무리 동창이라고는 하지만 다른 여자를 떠올리다니 이 무슨 남우세스러운 망령된 연상인가.

문득 이번 목요일 같은 동창 김 국장과 만나는 자리에 P를 불러내야겠다고 마음먹는다. 지난해 연말 동창 송년모임에서 본 뒤 소식 두절이니 궁금할 만도 하지 않은가.

아침을 먹고 바로 전화했다. 소외계층을 돕는 여성단체에 간여해 봉사 활동에 바쁜 신분이라 늦으면 통화가 쉽지 않겠다 싶어 일찍 서둘렀다. 벨이 열 번을 울리고야 전화를 받는다. 동석하겠다는 흔쾌한 답을 들으며 나는 엊그제같이 선명한 고교 시절과 지난해 연말 모임 때의 일을 함께 떠올렸다.

고등학교 특활 시간에 나는 정구반에 들어 운동했다. 주 1회 2시간, 금요일 수업이 3시에 끝나면 20여 명 반원들은 장비를 챙겨 곧장 테니스코트로 달려갔다. 1, 2학년으로 구성된 반원들 대부분이 5시가 되면 집으로 돌아갔지만 몇몇은 시간을 넘겨 근 7시가 다 되도록 공을 쳤다. 흠뻑 땀을 흘리고 나면 한 주일 동안 쌓인 피로가 말끔하게 풀렸다. P도 그중의 한 학생이었다.

자그마한 여학생이 생긴 모양대로 참 담차게 코트를 뛰어다녔다. 하지만 우리는 한 코트에서 함께 운동하면서도 특별히 관심을 두거나 대화를 나누지는 않았다. 그러던 P와 가깝게 된 건 2학년에 올라가 내가 반장이 되고 그녀가 부반장을 맡으면서부터였다.

P는 일 처리가 완벽했다. 공을 치는 순서와 시간 따위를 공정하

게 다스려 불평이 생기거나 말썽이 일어나는 법이 없었다.

운동이 끝나 장비를 챙기는 건 반장과 부반장의 몫, 그 일도 P는 매번 아주 꼼꼼하게 마무리했다. 결벽증일 정도로 깔끔해 빈틈이 없었다. 참 옹골찬 여학생이었다.

마무리하고 나면 코트엔 둘만 남았다. 공교롭게도 P와 나는 집 방향이 같았다. 나는 서울법대 뒤에서 하숙했고 그녀는 내 하숙에서 10분을 더 가 문리대 뒤 교수 관사에 살았다. 그런 탓에 우리는 자연스럽게 함께 걸어 하교했다. 하지만 내 하숙집 앞에 오면 그녀는 당연한 듯 헤어져 혼자 갔다. 나 또한 단 한 번도 P를 바래다주지 않았다. 늦으면 따로 저녁을 차려야 하는 주인 아주머니에게 미안한 사정도 있었지만 우선 배가 고팠다. 게다가 운동하느라 흘린 시간을 벌충해야 한다는 조바심에 그런 생각은 아예 하지도 못했다.

그런 날이 거듭되면서 어느 사이 나는 금요일을 기다리고, 점점 더 P와 걷는 그 시간을 즐기게 되었다.

11월에 들어서였다. 선친의 강한 회유로 독문과를 포기하고 의대로 진로 변경을 하고 나서 수학과 화학 때문에 마음이 조급해진 무렵, 나는 갑자기 P가 공부에 방해물처럼 생각되었다. 마음을 빼앗기고 정신을 소모해서는 안 되겠다는 생각이 들었다. 그래서는 결코 원하는 대학, 학과에는 입학하지 못하리란 두려움이 나를 압박했다.

P와 헤어져 들어온 그 즉시 나는 입학식 날 아버지가 남녀공학임을 염려하여 주신 논어 중의 미언 『계지재색戒之在色』을 써 책상

머리에 붙여놓고 마음을 다잡았다.

다음 금요일, 아무것도 모르는 P는 여전히 내 곁에 바싹 붙어 하굣길을 따라 걸었다. 좋아한다는 말 한마디 해본 적이 없는 사이, 사랑 어쩌고 따위 말은 더더욱 어색하고 쑥스러운 학생 신분. 스스로도 확실치 않은, 확인하지 못할 서로의 미숙한 감정들. 말로 이야기할 그 무엇도 우리는 가지고 있지 않았다. 야무지고 조신한 P가 나를 멀리하게끔 하기에는 무언가 실망을 줄 행동이 제일 효과적일 것 같았다. 무엇이 있을까.

그녀와 나란히 서서 걸어오던 나는 느닷없이, 갑작스럽게, 시퍼런 가래침을 요란하게 끌어올려 우리가 걷는 길 앞쪽에 볼썽사납게 뱉어냈다. 속 쓰리게도 효과 백 퍼센트였다.

그 P를 나는 오랜 뒤 난대사숙(고 이응백 교수가 이끌던 고전문학 강좌)에서 다시 만났다. 물론 그 이전 동창 모임에서 여러 차례 보기는 했어도 무덤덤하게 고개나 끄덕일 정도로 서로가 딱히 아는 체도 반가워하지도 않았었다.

P는 변한 게 없었다. 여전히 말수가 적고 여전히 침착하고 따뜻하게 웃었다. 무엇보다도 그녀는 차림이 소박했다. 교수 집안의 훈육적 가풍 속에 자란 때문인지는 몰라도 사치하기로 소문난 대학 출신답지 않게 옷차림이 검소했다. 강의를 들으러 나오는 P는 동창회 모임 때나 한가지로 항상 평범한 캐주얼차림이었다. 단지 이웃의 혼사와 촉망받는 딸의 피아노 연주회장에서만은 정장차림을 했다.

5분쯤 늦게 모임 장소에 나타난 P는 여전히 캐주얼했다. 몇 차례 술잔이 오간 뒤, 나는 술기운을 빌어 지난날을 이야기했다. (그 더러운 가래침 이야기는 차마 못 하고 뺐다) 잔잔하게 웃으며 듣던 P가 뜻밖의 대꾸를 했다.

"그러네, 공부 잘하는 사람들은 다른가 봐. 시간 아끼기가 우리와는 다른 것 같아. 오 박과 같은 대학 동창인 시동생도 손에서 책을 놓은 적이 없대. 고3 한 해 동안은 제대로 자리를 펴고 잔 날이 채 열흘도 안 됐다고 애들 아버지가 지금도 가끔 옛말을 해. 하지만…."

"?"

"오 박 하숙에서 우리 집까지가 얼마나 된다고, 10분도 안 되는 거리였는데…. 남자들은 참 뭘 몰라."

유월의 설익은 개살구 같았던 내 감정보다 훨씬 구체적이었던 걸 짐작케 하는 한마디, 가슴이 아렸다. 곁에서 함께 이야기를 듣던 김 국장이 잔을 채우며 말했다.

"자 술이나 들자고. 다행이지 뭔가. 그때 그렇게라도 참고 절제했으니깐 다들 제대로 원하던 대학도 들어가고 가정도 훌륭하게 꾸린데다 자식들도 잘 키워낸 것 아냐. 인제 와서 뭘 어쩌겠다고. 자, 축배!"

김 국장이 들어 올린 술잔에 쨍그랑 잔을 부딪치며 나는 입 다문 P의 표정을 엇 스치듯 살폈다. 주기酒氣 오른 눈시울이 발그레 물들고 있었다.

물망초

지난 7월, 어렵게 신 동문을 봤다. 대학병원 구내 함춘회관 1층 로비. 재미 동문 채 동문의 고국 방문 환영 모임 조금 앞서였다. 환영 만찬은 2층 중식당에서 6시에 있을 예정. 20분을 남기고 회관에 들어섰을 때 로비에는 신 동문과 채 동문 부부, 삼성병원의 박 동문이 자리를 같이하고 앉아 한창 이야기를 나누고 있었다. 졸업 후 처음 만나는 채 동문도 반가웠지만 나는 이 자리에서 신 동문을 보게 된 게 여간 고맙지 않았다.

신 동문은 지난 1월, 같은 급우였던 남편을 사별한 뒤 전화조차 끊고 두문불출하며 힘들어하던 중이어서 모임에 나올지도 의심스럽던 차였다. 발병 불과 석 달 만에 당한 졸지의 불상사라 더 힘든 듯 보였다. 신 선생과 고 조 동문은 117명 대학 졸업 동기 중 유일한 클래스 커플이었다.

이야기를 주고받던 신 동문이 들어서는 나와 박병일 동문을 보자 까딱 고개를 숙여 인사하고는 그만 가야겠다며 몸을 일으켰다. 본 모임에 참석해야 하지 않겠느냐는 만류에 그녀는 동기들을 보면 더 조 동문이 생각나 힘들다며 말을 받지 않았다. 평소 신 동문의 매운 성정을 아는 터라 강하게 붙잡지 못했다. 짙은 회색 슈트 차림, 흐트러짐 없이 꼿꼿한 자세로 걸어가는 뒷모습에는 슬픔을 이겨내려는 강인한 의지가 여실히 나타나 있었다. 소아과 전문의 신 선생, 우리는 예과에 입학해서부터 오늘에 이르기까지 그녀를 '신 군' 이라 불러오고 있다.

신 군을 처음 본 건 대학 입학 시험장에서였다. 의과대학 캠퍼스엔 교실이 모자라 건너 성균관대 교실을 빌려 시험을 치렀다. 내 옆줄 서너 좌석 앞, 검정에 가까운 진감색 헐렁한 교복을 입은 비리비리한 여학생, 얼굴이 백짓장처럼 파리한 그녀를 가리키며 누군가가 E여고 수석이라고 했다. 그리고 입학해 예과 교실에서 다시 보게 됐다.

120명 정원인 의예과에는 여학생 둘이 입학했다. 신 동문과 산부인과 김 교수의 따님 김 선생. 피아노를 전공하려던 김 동문은 부친의 회유에 마지못해 의과대학에 입학한 예능 재원으로 두 사람은 항상 붙어다녔다. 교실에서도 교정에서도, 심지어 화장실까지도 함께 다녔다. 달걀형 얼굴을 한 마른 체형의 신 군과 아직 여드름 자국이 선명한 맏며느리 타입의 김 군, 동료들은 두 사람을 위하면서도 괴롭혔다. 여름이면 빈 코티분 곽에 두꺼비를 넣어 가지고 와 책상 서랍에 넣는가 하면, 때로는 종이에 싼 달걀을 가방에 넣어 놓는 등 짓궂게 놀려댔다. 그럴 때마다 몇몇은 기사도를 발휘해 범인을 색출해야 한다며 분을 내기도 하고, 그녀들을 위로하며 대신 용서를 빌기도 했다.

본과에 올라와서도 신 군은 항상 최상위권의 모범생이었다. 심심찮게 재시험에 걸리는 우리들 몇몇, 르네상스나 돌체 등을 돌며 주말을 보내거나 테니스를 치고 당구장을 전전하는 하위그룹과는 차원이 달랐다. 그녀만은 못했지만 조 동문도 신군이나 같은 상위그룹으로 모범 학구파였다. 모범생이거나 아니거나를 막론하고 우리들 어느 누구도 재학 중 그녀들과 염문을 만들지 않았다.

졸업 후, 우연찮게도 두 사람은 클리블랜드에서 재회했다. 대학병원에서 인턴을 마친 신 군이 졸업한 해 바로 미국으로 건너 간 조 동문이 있는 클리블랜드로 가게 되면서였다. 수련하는 병원을 달랐어도 만리타향 낯선 이국땅 같은 지역에 근무하면서 둘은 클래스메이트에서 짙은 우정 관계로, 그리고 연인 사이로 발전했다.

하지만 생각지도 않던 난관이 그들을 기다리고 있었다. 경북 상주가 고향인 조 동문은 풍양 조씨 종손 가문 태생으로 집안이 완고했다. 부모는 근본 모를 서울 태생 며느리는 못 맞겠노라며 둘의 결혼을 한사코 불허했다. 타도 사람과의 결혼도 허하지 못할 터에 연애결혼이 웬 말이냐며 완강하게 반대했다. 결국, 두 사람은 부모의 허락 없이 자기 둘만으로 결혼 날짜를 잡았다. 1967년 9월

30일, 마음이 편치 않았던 조 동문은 급히 같은 동문인 국내의 박 동문과 채 동문에게 편지를 띄워 도움을 청했다. 셋은 재학 시절 같은 산악회 회원으로 함께 산을 다니며 우정을 쌓은 돈독한 사이였다. 박 동문이 흔쾌히 앞장서 조 동문의 부모를 만났다.

박 동문이 누구인가. 항상 웃는 얼굴에 입심 좋고 인품 후덕한 내과의사, 차분한 어조로 조리 있게 풀어가는 그의 언변에 설득당하지 않은 사람이 이제껏 단 한 사람이라도 있었던가. 예의 바르게 상황을 말씀드렸다. S대 의대는 아무나 들어가냐, 초등학교에서부터 E여고 졸업까지 수석을 놓친 적이 없는 재원이다. 머리만 좋은 게 아니다. 전국의 수재들만 모였다는 의대 졸업을 수석으로 했다면 보통 노력형 인간이 아니지 않으냐. 재학 시절 단 하나의 스캔들도 없었다면 품행은 증명된 것 아니냐. 인물이 남만 못 하냐 몸 어디 모자라거나 흠잡을 데가 있냐. 그런 재원을 대한민국 어디 가서 맞아올 수 있겠느냐며 차근차근 신 군의 됨됨이를 밝혔다.

임무 120% 완수, 참으로 기이한 일은 부모님이 정해 통보한 길일이 같은 9월 30일이었다는 것. 둘은 지극히 편안한 마음으로 혼례를 올릴 수 있었다. 그리고 다음 해 군복무를 마친 채 동문이 미국에 들어가면서 시부모께서 마련한 예단을 조·신 부부에게 전했다.

전문의 과정을 마친 조 동문이 보증을 서준 국내 친척에 대한 신의를 지키고자 군복무를 위해 귀국하면서 함께 나온 신 군이 내가 수련중인 J병원 소아과에 입국入局했다. 3년 차 진급을 앞둔 내

위 수석 전공의 자리였다. 그리고 나는 신 동문이 근무를 시작한 같은 달에 국립의료원으로 자리를 옮겼다.

신 동문이 온다는 걸 미리 알았더라면 아마 나는 그대로 J병원에 남아 수련을 계속했을 것이다. 6 · 25전란으로 피란 가 3년을 허송한 나로서는 동기든 후배든, 그가 누가 되었든 배우는 걸 수치스럽다고 여기는 따위 사치스런 체면은 이미 버린 지 오래였다.

멀어져가는 신 선생을 배송하며 옛일을 더듬는 내게 그녀는 참 오상고절五常高節한 귀한 인격이란 깨달음이 새삼스러운 감동으로 다가섰다. 잘못하나 저지른 바 없는, 의사로서 선한 일만 하며 인생을 산 신 동문이 왜 저렇듯 슬퍼져야 하는지 마음이 아팠다. 대화중 버릇처럼 재킷 왼쪽 가슴에 달린 작은 물망초 꽃 브로치를 만지작거리던 모습이 아릿하게 가슴을 저몄다.

동행

"서 원장은 못 나온대?"

"응. 아무래도 힘든가 봐."

맞은편에 앉은 민 동문 물음에 회장이 무겁게 대답한다.

재미 황 동문의 일시 고국 방문을 맞아 동기 열넷이 음식점 '대장금' 에 모인 자리, 평소 참석 인원의 절반밖에 되지 않는 걸 뜨악해하는 좌중을 둘러보며 회장이 불참 회원들의 사정을 설명했다. 누구누구는 해외여행 중이고 누구는 지방 병원에 재취업해 근무하느라, 그리고 또 누구는 와병 중이라 참석 못 한다는 근황을 하나하나 알렸다.

"서 원장 수술한 지가 얼마나 됐는데?"

"응. 이제 꼭 두 달 됐어."

"그럼 인제 그만 좀 쉬어야 하는 것 아냐?"

걱정스러운 듯 하는 말에 그렇잖아도 공기 좋은 곳에 가 쉬겠다며 퇴원하고 곧장 강원도에 내려가더니 보름을 못 견디고 올라오더라고, 진료하는 게 백배 마음이 편하고 안정되더라는 서 원장의 속내와 저간의 사정을 회장이 아는 대로 전한다.

폐암으로 한쪽 폐를 거의 다 들어내다시피 한 서 동문은 진료는 하지만 모임에 참석하기는 힘이 부친다며 바깥출입을 삼가는 중이어서 오늘의 불참을 산우회원인 우리 몇은 미리 짐작하고는 있었다.

"담배도 피웠던가?"

황 동문 물음에 보은에서 방금 올라와 참석한 김 동문이 회장 대신 답했다.

"그럼, 학생 때부터 피웠지. 그래도 10년 전쯤 끊었기에 다른 장기에 전이가 안 됐었는지도 몰라. 덕분에 암환자들이 겪는 우울증도 없이 좌절 안 하고 이겨낸 듯싶어."

특발성 폐질환으로 호흡이 불편해 김 동문은 진료를 접고 지난해부터 공기 맑은 고향에 내려가 정양하고 있었다.

김 동문뿐이 아니었다. 대부분이 고혈압이나 당뇨, 허리 통증 등 한두 가지 질병은 다들 지니고 있었다. 무릎이 신통치 않아 산을 못 오른다는 동문도 여럿이었다. 가만히 앉아 동문의 병 타령을 듣던 B병원의 민 동문이 한탄 섞어 말했다.

"얼마 전까지만 해도 환자의 병과 치료 경험을 이야기하던 우리가 이젠 우리 자신들의 병을 말하게 됐으니 의사라고 해봐야 별수 없네. 인생 참 부질없네그려. 모임마다 빼놓지 않고 참석하던 서 동문이 못 나온 것도 그렇고…."

나이 들면 어김없이 찾아드는 병, 싫어도 다독이며 함께 갈 수 밖에 없는 필연의 동반자. 의사라고 예외일 수는 없다.

"자, 이제 병 이야기는 그만하고 술이나 들자고."

좌중을 제지하며 회장이 건배를 제의한다.

"나가자!"

제창하고 잔들을 든다. 하지만 선뜻 비우지는 못한다. 서넛만이 예전처럼 기세 좋게 마실 뿐 대다수가 주량이 눈에 띄게 줄었다. 참석한 동문 중에는 대장암이나 전립선암을 수술한 사람, 심장에 손을 댄 사람까지 있어 술잔을 주거니 받거니 하던 호기 어린 정경은 옛이야기가 되고 말았다.

장승배기에서 내과를 개원하고 있는 회장은 참 열성적이고 자상하다. 봉사직이기는 해도 회장이란 그냥 잘 차려입고 나와 말이나 번드르르하게 하는 자리가 아니란 걸 그는 실천으로 보여준다. 온종일 환자에 시달리면서도 수술을 받거나 아파서 입원한 동기가 있으면 진료를 끝내는 대로 바로 찾아가 문병하고, 모임 전에는 한 사람 한 사람 일일이 전화로 안부를 묻고 참석을 독려하는 통에 웬만하면 다들 모임에 빠지지 않는다. 하여 그가 회장직을 맡고부터는 시들해가던 모임이 보다 활기차고 화기애애하게 됐다. 그렇다고 공치사를 하지도 회원들 위에 군림하지도 않는다.

“난 이제까지 들은 건배사 중에 ‘고해’라는 게 제일 맘에 들데.”

곁의 이 동문이 잔을 비우며 말한다.

“고해? 그게 뭔데. 성당에서 하는 그 고해?”

동문이 웃으며 설명한다.

“고해 같은 이 세상 여태까지 잘 살아왔으니 이제부터 제명 다 살고 가는 ‘고종명考終命’ 하자는 것과 부부 해로동혈 偕老同穴하자는 말이래.”

듣고 보니 딴은 맞는 말이다. 열심히 살아 종심소욕의 나이가 되었으니 ‘고해’하는 것보다 더 바람직한 것이 있을까. 하늘이 부여한 천명을 다하여 죽음을 맞고, 부부가 함께 늙어 한 날 한 시 한 구덩이에 묻히는 것보다 더한 복이 어디 또 있으랴. 더더구나 여자의 수명이 남자보다 긴 걸 고려하면 아내와 함께 임종을 맞는다는 건 장수한다는 말과 같은 뜻이 아니겠는가.

하지만 고종명이 꼭 숫자적인 수명만을 이를까. 나는 잔을 비우면서 문득 교통사고로 20년 넘게 식물인간으로 있다가 지난해 세상을 뜬 김인수 동문과 10년도 훨씬 전 간암으로 타계한 박세식 동문을 아릿하게 떠올렸다. 그들이 살아 이 자리를 함께했더라면 분위기가 얼마나 더 활기차고 즐거웠을까.

비록 두 동문 다 고종명과는 거리가 멀게 일찍 세상을 뜨기는 했지만 그래도 자신들의 책무를 비교적 다 하고 가기는 했다. 입원해 있던 병원에서 잠시 나와 막내의 혼례를 주관하고 20일 만에 떠난 박 동문도, 의식불명으로 오랜 기간 누워 지낸 김 동문도 생전 뉘 못지않게 충실하여 남은 식솔들이 힘들지 않게 살아가도록 마련해 놓고 떠났다.

일찍 가든 늦게 가든 아쉬움이야 항상 남겨지는 게 세상 정이니 할 일을 다 하고 갔다면 고종명이 아닌들 그 무슨 큰 허물일까. 자부심을 가져도 좋을 만큼 자기를 이루고, 부여받은 임무를 다하고, 남들에 이롭게 세상을 살고 간 두 사람. 정성스럽게 살고 간 두 동문의 생애를 유추하노라면 고종명이란 숫자상의 수명으로만 정의할 일이 아니라는 생각이 든다.

어느 사이 윤기 스러져가는 얼굴들, 서리 내린 머리들, 점점 더 소중해지는 동문, 한두 개씩 병을 지닌 동문이 학창 때의 말투 그대로 웃고 마시며 멀쩡한 듯 소란을 떤다.

심신에 병 없이 고종명하는 천하제일 복이 만에 하나인들 쉬울까마는 그래도 바라기는 남들에 도움 되게 일생을 살았으니 모두 해로하여 동혈한다면 바랄 일이 더 없겠다. 도연해진 얼굴들을 둘러보고 잔을 채우며 나도 소란 속에 어물쩍 끼어든다.

오해

대학 동기동창 송년 모임자리, 회장 다음으로 일찍 도착한 벌(?)로 그날의 회비는 내가 걷게 됐다. 연이어 도착한 회원들은 회장과 나와 윤 동문이 앉아 있는 테이블로 와 인사를 나누고 회비를 내고, 빈자리를 찾아가 앉았다. 대충 장내가 정리될 때쯤, 묘한 헤어스타일의 한 동문이 감색 바바리 차림으로 회장에 나타나 장내를 삽시간에 술렁이게 했다. 누구지?

목덜미를 완전히 덮어 내린 희끗희끗 센, 치렁치렁한 머리를 어깨 바로 위에서 일자로 커트하고 중절모를 쓴 중로中老가, 현대감각 물씬 풍기는 부인을 대동하고 연회장에 나타났을 때 나는 어떤 예능인이 잘못 찾아든 줄로만 알았다. 졸업 후 처음, 자그마치 46년 만에 파격적 모양새로 나타난 최 동문은 그만큼 충격적이고 뜻밖이었다. 울산에서 외과를 개원하고 있는 동문, 졸업 후 처음 송년 모임에 참석한 그를 둘러싸고 장내가 한바탕 소용돌이를 일으켰다.

인사를 마친 동문이 상기된 얼굴로 우리 테이블로 와 내 건너 자리에 앉았다. 나는 동문을 바라보며 재학 시절의 기억을 더듬었지만 별반 건질 것이 없었다. 낯만 익을 뿐인, 나와는 서울과 울산이라는 거리만큼이나 먼 허울뿐인 동문에 불과했다.

재학 중 동문은 강의실에서도 항상 뒷자리를 고수하며 주위의 몇 사람과만 어울리던 원로(연상의 재수생)여서 나와는 거의 교제가 없었다. 말조차도 나눠본 기억이 없었다. 졸업하고 한참이 지나 발간된 동창회 명부를 받아보고서야 그가 울산에서 개원했다는 걸 알았을 정도로 소원한 관계였다.

나와 한가지로 학생 때 별로 교제가 없던 윤 동문이 그와 꽤 친근한 척 이야기 나누는 걸 의아해하자 곁의 이 회장이 사유를 설명했다. 윤 동문이 포항에 가있는 동안 자주 만났었다는 저간의 정황. K대학교 병원 원장을 정년으로 퇴임한 윤 동문이 포항의 한 해안 마을로 내려가 봉사 겸하여 진료실을 운영하면서 둘 사이가 가까워졌다는 사연이었다. 새롭게 쌓인 그때의 교분과 윤 동문의 권유로 그가 멀리 이 자리에 참석하게 되었다는 사정까지 자세하게 말해줬다.

두 사람의 대화 중에 간간이 회비에 관해 이야기하는 듯싶은 단어들이 언뜻언뜻 들려왔다. 하지만 동문은 별 관심 없다는 덤덤한 얼굴로 가까이 멀리 다른 테이블에 앉아 있는 동기들을 두리번두리번 살필 뿐 선뜻 회비를 내지 않았다. '왜 안 내지?'

나는 곁눈질로 그의 거동을 의아해하며 어서 내주기만을 기다렸다. 하지만 동문은 끝내 지갑을 열지 않았다. 외과 경기가 말씀이 아니라더니 2년 치 회비 20만 원이 부담될 정도로 형편이 어려워졌나? 아니면 나이를 먹더니 염치가 부실해진 건가. 그래도 그렇지 모처럼 온 친구가 그래선 안 되는데…. 끝내 그는 회비를 주지 않았다.

나는 그의 행태를 곱게 볼 수가 없었다. 하지만 태연한 척 표정을 관리해야 했다. 우리는 대부분 충분히 그럴 수 있었다. 그건 오랜 의사 생활을 통해 습득된 후천적 습성이었다. 환자가 아무리 똑같은 질문을 거듭 묻고 되풀이해도 싫은 내색 없이 열 번이고 스무 번이고 성실하게 답해줘야 하고, 불평을 말하고 힘들게 해도 아무렇지도 않은 듯 속을 감추고 받아내야 하는, 의사로서는 필히 갖추어야 할 부득불연不得不然의 필수 덕목이었다. 결국, 나는 회비 수금을 포기하고 그에게서 고개를 돌렸다.

모임이 끝나고 헤어질 때, 동문이 예상치도 못한 말 한마디를 해 내 속을 홀까닥 뒤집어 놓았다. "책을 출간했으면 한 권 보내야 안 되나. 한 달이면 500편이 넘게 수필이 쏟아져 나오는 판에 자기 글을 읽어주겠다는 사람이 있다카는 것만도 그게 어디가."고. 대꾸도 하는 둥 마는 둥 시큰둥한 표정으로 잘 가라는 인사도 거두고 등을 돌려 먼저 홀을 빠져나오고 말았다. 도대체 그는 누군가.

그 사흘 뒤 열린 의과대학 총동창 송년회 자리, 신 · 구 회장을 비롯해 몇몇 동문을 다시 만난 자리에서 나는 그날의 내 불편했던 속내를 콩 타작하듯 투덕투덕 털어냈다. 곁에 앉아 내 불만을 듣던 이 회장이 전혀 뜻밖의 사실을 공개했다. 그날, 모임이 끝나고 모두 일어나 나가는 와중에 동문이 외투를 찾아 걸치고 오더니 주머니에서 봉투 하나를 꺼내 내놓았다고. 그 안엔 백만 원짜리 수표 한 장과 5만 원권 두 장이 들어있었다고 했다.

부끄러워라, 내 편협한 소갈머리라니. 염치없이 오해했구나. 그깟 회비 20만 원이 뭐라고. "회비 안 내?" 하고 한마디 하지 않은 걸 다행으로 여기기에는 지은 허물이 너무도 민망했다. 그러면 안 되지 하는 생각에서 늦게나마 책이라도 부치길 잘했다 자위해 보고, 비틀린 속을 입 밖에 내지 않았으니 죄 될 게 없다 변명해 봐도 속이 영 께름했다. 전화로라도 사과할까. 하지만 그도 어정 떴다. 전화 한 통화로 간단히 용서될 성부른 가벼운 오해가 아니란 뉘우침이 가슴을 옥죄었다. 다음날 바로 윤 동문에게 전화했다.

전화 통화를 통해 나는 최 동문에 관해 좀 더 상세한 정보를 얻게 됐다. 고등학교를 졸업하고 그 지역 의대에 입학했다가 다음 해 다시 우리 대학에 입학하느라 동기들보다 한 살 위가 됐다는 것. 선택 과목으로 불어를 택해 입학한 사람은 유일하게 그뿐일 만큼 언어능력이 뛰어난 비범한 인재라는 것. 전문의 자격을 취득하자 곧장 부인의 고향 울산에 개원했을 정도로 향토애가 남달랐다는 것 등을 알게 됐다. 통화 끝에 윤 원장이 송년 모임 날 그와 가졌던 대화 내용을 덧대어 이야기해줬다.

그날 동문이 회비 이야기를 하기에 오늘 것만 내면 되지 않겠느냐고 조언했더니 그간 못 나온 것도 미안한데 그럴 순 없다며, 얼마 되진 않지만 가진 것만이라도 다 내놓고 가야 마음이 편하겠다고 한 말까지 고스란히 옮겨 전했다. 면목없어라. 무겁게 수화기를 내려 놓았다.

서재 책장에서 앨범들을 꺼내 펼쳤다. 졸업 앨범 속 젊은 동문이 날 쳐다보며 따뜻하게 웃고 있었다. 가족과 함께 찍은 졸업 20주년 기념 앨범에서도 여전히….

내년에도 동문이 참석할까. 마음속 진 천 냥 빚을 고두백배 사죄할 수 있게 그가 필히 참석해 주었으면 좋겠다.

선배 · 후배

지우는 붙임성이 남달랐다. 넉살도 좋았다. 대학에 갓 입학한 첫날부터 지우는 남녀 불문 누굴 보고도 먼저 인사하고 스스럼없이 손을 잡았다. 덕분에 출신 학교가 제각각인데다 여학생 둘에 재수 입학생까지 껴 화합이 어려울 것 같이 보이던 우리 실습 그룹이 채 두 주일도 지나지 않아 서먹한 기운이 가시고 점심 도시락도 함께 모여 먹는 사이가 됐다.

이름보다는 '꺽지' 라는 별명으로 더 자주 불린 그는 약방의 감초였다. 별명이라기보다는 애칭이라고 해야 맞을 만치 급우들은 모두가 그를 좋아했다. 바둑이면 바둑, 포커판이면 포커판, 술좌석이면 술좌석. 정구장이고 등산 모임이고 그는 안 끼는 데가 없었다. 옷차림만큼이나 입담도 털털해 누구와도 쉽게 친해지고 어디

에나 잘 어울렸다. 임기응변에도 뛰어났다. 재치문답이라도 하듯 지우는 단답형의 대화를 막힘없이 구사했다. 반면 어떤 일도 깊게 생각하거나 오래 고민하지 않았다.

누구에게나 허물없이 다가가고 유별나게 잡기를 즐기는 지우를 나는 처음엔 마뜩잖게 여겼다. 하지만 그것이 꾸밈을 모르는 밝은 성격 때문인 걸 안 뒤로는 남들 못지않게 그를 좋아하고 속을 열었다. 그와 어울리면서 나는 자연스럽게 당구를 배우고 술을 배웠다. 담배도 그에게서 배웠다. 우정에 관한 한 부평초처럼 뿌리를 못 내리고 살아온 나는 그의 사교성이 참 많이 부러웠다. 첫 학기 내내 나는 그와 가깝게 어울렸다.

몇 달이 지나자 재치로만 보이던 그런 것들이 조금씩 다르게 느껴지기 시작했다. 경망스러운 듯도 했고 진심을 감추기 위한 위선적인 행동같이도 느껴졌다. 명문 고등학교 출신임에도 자주 재시험을 치르는 것도 그의 불성실을 말해 주는 듯해 달갑지 않았다. 어리고 유치해 보이는 때도 있었다. 두 살이라는 생물학적 나이 차이 탓인지 나의 세상 나이 때문이지 아무튼 지우가 때로 철없어 보이고 눈에 거슬리는 경우가 잦았다.

6 · 25 전란이 나던 해 중학교에 입학했다가 1 · 4후퇴에 밀려 충청도 소읍으로 피란 가 만 3년을 학교도 못 다니고 갖가지 험난한 사회 경험을 한 나와, 초등학교부터 대학까지 정상적으로 진학한 지우가 어찌 같을 수가 있었겠는가. 그런 줄 알면서도 나는 그의 경망을 너그럽게 용납하지 못했다. 우정이란 동급생이라고 해

서 그냥 다 자연스럽게 생기는 건 아닌 모양이었다. 진정한 우정은 믿음을 바탕으로 하는 진실한 인격 사이에서만 생긴다는 말이 맞는 듯했다. 하지만 예과를 마치고 본과에 올라서도 나는 같은 실습 멤버로 지우와 겉으로만은 여전하게 지냈다.

본과 3학년에 올라가 처음 한일병원으로 임상실습을 나간 날, 나는 소아과 의국에서 꿈에도 예상 못한 뜻밖의 인물을 만났다. 우리 실습그룹 여덟 명을 앉혀 놓고 주임교수가 오늘 지도할 전공의라며 앞에 앉은 선배를 소개했을 때 나는 내 귀를 의심했다. 초등학교 때의 급우로 단 하나 기억하고 있는 이름, 박진구. 5, 6학년 내내 치열하게 경쟁하며 으르렁거리던 급우. 동명이인인가 싶었지만 얼굴 모습이 틀림없는 그였다.

5학년 내내 석차를 다투느라 밤까지 새우며 공부하고도 끝내 따라잡지 못한 공부벌레. 6학년에 올라와 한 표차로 나를 누르고 당선된 반장. 그 바람에 부반장으로 내려앉아 나는 얼마나 냉가슴을 앓았던가. 함께 지원했던 S중학 입학시험에서 고배를 마시고 났을 때, 나는 늑막염 탓이라고 애써 자위했지만 실제 그는 언제나 나보다 한 단 위였다. 소아과 전공의 1년 차, 그는 나의 3년 선배가 되어 있었다.

그를 따라 병실을 돌긴 했지만 초등학교 때의 기억에 사로잡힌 나의 눈엔 환자들이 제대로 보이지도 않았고, 그의 설명이 귀에 들어오지도 않았다. 어리바리하게 시간을 건성으로 흘렸다.

실습을 끝내고 돌아오는 내내 초등학교 때의 교실 정경과 진구 얼굴만 떠올랐다. 선배가 되고 지도선생이 되어 앉아 있던 모습이 자꾸만 어른거리며 나를 한없이 초라하게 만들었다. 전란을 겪고 3년을 고생하다 어렵사리 다시 공부를 시작해 의대까지 진학한 내가 그간 스스로 얼마나 대견하고 자랑스러웠던가. 하지만 지금 그 지나간 3년이란 세월이 속절없이 야속하고 원망스럽기만 했다. 불쑥, 곁에 섰던 지우가 말을 걸었다.

"쎈 형. 진구 선배 알아보겠어?"

쎈 형? 이건 또 무슨 귀신 곡할 호칭인가. 하지만 생각이 초등학교 때를 맴돌던 터라 그 호칭이 금세 기억에서 살아났다. 아니, 도대체, 지우가 어떻게 그걸 알지?

초등학교 때 나를 '쎈 형' 이라고 부르던 아이는 단 하나, 동생처럼 따르던 두 학년 아래 꼬마밖에 없었다. 골목 축구를 할 때 골키퍼를 보던 아이, 곧잘 내게 비스킷이랑 미루꾸를 갖다 바치던 길모퉁이 가겟집 아들. 맞아, 그 아이 이름이 지우였었지. 그 지우가 지금의 이 지우란 말인가.

"너 지금 나보고 '쎈 형' 이라고 부른 거냐? 날 알아? 진구 선생도 알고?"

지우가 태연하게 대답했다.

"그럼, 처음부터 알고 있었어. 내가 박 선배 막냇동생 가정교사를 했거든. 초등학교 때 앨범도 봤어. 그래서 쎈 형과 진구 선배가 동기라는 것도 알고 있었어."

어이가 없었다. 어떻게 예전의 나를 알고 있으면서 몇 년 동안이나 모른 척했단 말인가. 속이 깊은 건가 의뭉한 건가. 재우쳐 물었다.

"그런데 왜?"

"왜 모른 척했느냐고? 그거야 간단하잖아. 발설하면 곤란해질 게 뻔하잖아. 옛날엔 선배였지만 지금은 동기생인데 형이라고 부르자니 그렇고 그렇다고 야자 하기도 뭣하고…."

지우의 해명에 고개를 주억거리기는 했지만 속은 영 개운치 않았다. 어쨌든 지우가 보기보다 훨씬 속 깊은 친구인 건 확실했다. 상대를 배려하고 현명하게 대처하는 사려 깊은 친구임을 모르고 경박한 인격이라 매도한 자신이 부끄럽고 미안했다.

뒤죽박죽 되어버린 선후배, 함께 만나 술로 속 풀이라도 할까 했지만 그럴 기회도 없이 세월이 흐르고 말았다. 이제는 다들 일선에서 물러난 지금, 박진구 선생은 끝내 타인으로 남아 거래조차 없는 사이가 됐고, 자칫 범상한 동료 관계에 그쳤을 지우와는 선배도 후배도 아닌 가까운 벗으로 흔연하게 지내고 있다.

달빛

인왕산 자락에 자리잡은 학교 아래 사직공원에는 벚나무가 많았다. 여름이면 무성한 잎들의 짙은 그늘로 인근에 사는 노인들이 모여 잡담을 하거나 장기를 두면서 쉬고, 버찌가 한창 까맣게 익는 철에는 황학정 활터패들은 물론 먼 동네 아이들까지도 모두 몰려와 연일 버찌 쟁탈전을 벌였다.

나의 매동초등학교 시절은 4학년 때 짝이 된 기민이와 2학년 때 한 반이던 금숙이만 빼면 모든 게 좋았다. 5월이면 산과 경계를 이루는 운동장 서쪽 울담 옆에 높게 자란 아카시아 나무 흐드러지게 핀 꽃의 하얀 빛깔이 좋았고, 열린 교실 창문을 통해 싱그러운 향이 미어지게 몰려 들어오던 것이 좋았고, 입안에서 달착지근하게 씹히던 그 꽃 맛이 좋았다. 운동장이 넓어 마음껏 공을 찰 수 있던 것이 좋았고, 술래잡기 할 때에도 두 바퀴를 채 돌지 못하고 숨이 턱에 차 그 자리에 멈춰 서서 서로 붙들어 잡고 깔깔대며 놀던 것은 또 그것대로 단조해서 좋았다.

태평양전쟁 말기와 8 · 15 광복으로 공부도 하는 둥 마는 둥 시골에서 1학년 한 학기만을 마친 나는 이듬해 봄 서울로 올라와 곧바로 2학년에 편입학을 했다. 다음날 첫 시간에 산수시험을 치렀다. 담임선생님은 큰어머니보다도 더 어른처럼 보였다. 웃지도 않으셨다. 수업 시간 중 오줌이 마려워도 말도 꺼내지 못하게 무서웠다. 채점을 끝낸 선생님이 시험지를 들고 교탁 앞에 섰다.

"금숙이 너 2점이다. 이것도 점수니? 병아리한테 보래도 이보다는 낫겠다."

"집에선 공부를 못해서 그래요."

뾰로통해진 금숙이가 당돌하게 대꾸했다.

"2점 받은 주제에 뭐가 잘났다고 말대꾸냐, 집에선 왜 공부를 못하냐?"

"애 보느라고 그래요, 엄마가 또 동생을 낳았거든요."

할말을 잃으셨는지 선생님은 팩하니 언성을 높여 금숙이를 불러냈다.

"앞으로 나와 무릎 꿇고 앉아!"

억울하다는 표정으로 금숙이가 찔끔거리며 앞으로 나갔다.

"다음은…."

교실 안이 쥐죽은 듯 조용해지면서 숨소리 하나 들리지 않았다.

"흥, 세윤이 나와. 4점이다, 4점…. 부끄럽지도 않냐!"

금숙이 다음으로 재수 옴 붙게도 시골뜨기인 내 이름이 불렸다.

"나와! 나와서 금숙이 옆에 앉아 손들고 있어."

벌게진 얼굴을 푹 숙이고 금숙이 옆에 앉았다.

'무릎 꿇고 두 손 들어'로 벌은 끝나지 않았다. 선생님은 무슨 생각을 하셨는지 잠시 뒤 둘 다 손을 내리게 하고는 무릎을 맞대어 바싹 다가앉게 했다. 남세스러워라! 그러더니 글쎄 서로 상대방의 귀를 잡게 하고는 '귀 잡고 뽀뽀'를 시키시는 게 아닌가!

그 뒤로 창피스럽기도 한데다 오기까지 나서 남보다 더 열심히 공부하게는 됐다. 그래도 졸업하는 날까지 두고두고 전교생에 회자하는 '신랑 각시'가 되어 놀림감이 되었던 건 어쩔 수가 없었다.

'에이 참 그 기집애'

4학년 시작 첫날부터 기민이와는 티격태격 앙숙이 됐다. 우선 녀석에게서 풍기는 퀴퀴한 몸냄새가 싫었다. 시궁창에서나 날듯한 냄새였다. 도시락이라곤 싸오는 법이 없는 녀석이 점심시간이면 으레 그 구수한 대용식 빵을 으스대며 배급받는 것도 꼴 보기 싫었다. 여유가 좀 있는 집 아이들이 한 달 치씩 미리 돈을 내고 먹는 걸 녀석이 무슨 수를 쓰는지 꼬박꼬박 타 먹었다. 콩자반뿐인 나의 도시락을 흘끔흘끔 곁눈질하며 먹어보란 소리 한마디 없이게 눈 감추듯 후딱 먹어 버리는, 얄밉게 오물거리는 고놈의 얇은 입술은 더한층 밉살맞았다. 콩자반이나 깍두기뿐인 도시락 반찬에서 흘러나온 국물로 나의 교과서와 노트는 흉하게 얼룩이 지고 부풀어지기 일쑤였고, 녀석은 그런 나를 비웃으며 더러운 뭐나 보듯 눈살을 찌푸리며 고개를 외로 꼬고는 했다.

6월, 공원에는 벚나무마다 버찌가 잔뜩 열려 까맣게 익고 있었다. 수업이 끝나고 집으로 돌아오다 버찌를 따 먹으러 나무에 올라간 나를 발견한 녀석이 벗어 놓은 하얀 내 운동화를 보더니 무슨 억하심정에서인지 성큼 집어 들고는 그 길로 냅다 뛰어 멀리 도망을 쳐 버리고 만다. 그 바람에 서둘러 내려오다 마침 근처를 지나던 공원지기 아저씨한테 붙잡혀 공원 관리실로 끌려 들어가 손바닥을 여섯 대나 맞았다.

무릎을 꿇고 앉아 벌을 받고 있는데 갑자기 문이 열리면서 여자애 하나가 들어오다가 나를 보더니 멈칫 그 자리에 멈춰 섰다. 창피해서 고개를 푹 숙였다. 여자애가 아저씨한테 말했다.

"아빠, 걔 우리 학교 애야. 그만 놔 줘."

말소리에 놀라 후딱 얼굴을 들었다. 어렴풋하게 낯이 익은 여자애 하나가 내 운동화를 들고 문 앞에 서서 빤히 나를 쳐다보고 있었다. 그제야 생각이 났다. 맙소사, 뜻밖에도 2학년 때 한 반이던 바로 그 금숙이였다.

"어, 금숙이 왔구나. 느이 학교 애라구? 알겠다."

아저씨는 엄하던 얼굴을 풀고 나를 일어나게 했다.

"금숙이랑 같은 학교라니깐 그만 용서한다. 다신 나무에 올라가지 마라, 알겠냐? 가 봐라."

공원 입구에서 기민이한테 뺏어 왔다며 금숙이가 신발을 건네줬다. 신을 신고 나오는 내 뒤통수에 대고 기집애가 생뚱맞게 말 한마디를 공깃돌 던지듯 탁 던졌다.

"너 요즘 산수 시험 잘 보냐?"

다음날 나는 녀석에게 정식으로 결투 신청을 했다.

방과 후 집에 돌아오자 바로 숙제를 서둘러 마치고 저녁을 먹은 뒤, 녀석과 결투하기로 약속한 광교 다리를 향해 발바닥에 힘을 실으며 육탄 십 용사(1949년 5월 4일 38선에 있었던 의로움)처럼 꺽세게 걸어갔다. 어둑어둑해지는 골목길을 나와 국제극장 앞을 지나칠 때쯤 주위가 갑자기 환해졌다. 어느 샌가 하늘에는 보름달이 둥실 떠올라 있었다.

다리 아래 물가에는 싸움하기 딱 좋은 공터가 여러 군데 있다고 했다. 달빛이 환한 다리 위에 녀석은 벌써 나와 있었다. 검정 보퉁이처럼 난간에 웅크려 기대선 녀석은 아래를 물끄러미 내려다보면서 내가 온 것 따위에는 조금치도 관심을 두지 않는 듯했다. 손가락 뼈마디 꺾는 소리를 우두둑 내고 주먹을 웅그려 쥐면서 목에다 힘을 넣어 으르렁거리듯 낮게 "나 왔다."고 해도, 녀석은 들은 척도 않고 계속 아래만 내려다보면서 돌아보지도 않았다.

띄엄띄엄 다리 위로 사람들이 지나가면서 흘끔거리는 사이, 나는 녀석과 서너 발자국의 간격을 유지한 채 가만히 서서 녀석의 동태를 조심스럽게 살폈다. 한동안 을러 봐도 녀석에게는 전혀 싸울 의사가 없어 보였다. 달빛 때문이었을까? 녀석과 한가지로 나 역시 어느새 전의를 상실하고 있었다. 긴장이 풀려 느슨해지자 나는 그러는 녀석이 무척이나 궁금해졌다. 결투 약속 따위는 애당초 있지도 않았던 것처럼, 아니면 화해라도 한 뒤인 것처럼 녀석의 옆구리로 슬그머니 다가섰다. 그러고는 녀석의 눈길을 좇아 녀석처럼 몸을 기울여 아래를 내려다봤다.

다리 아래에는 가지나물 어슷 썰듯 저며진 달빛을 가볍게 튕겨내며 흐르는 검은 물과, 물 폭이 겨우 2~3m 정도일 얕은 물 속에 둥글게 잠겨 있는 보름달 외에는 보이는 거라곤 달리 아무것도 없었다.

"너, 물 속에 뜬 달을 몇 번이나 봤냐?"

뜻밖에 차분하고 따뜻한 녀석의 목소리에 나는 대답은커녕 입도 뗄 수가 없었다. 이 녀석이 정말 나와 오늘 저녁 싸우기로 한 기민이가 맞나?

"빨리 장마가 왔으면 좋겠다. 장마가 지면 물이 빠지기까지 인왕산에 가서 살게 되거든. 그땐 길 위까지 물이 차올라 함께 가는 집들이 많아. 산에 가면 그냥 산에서 살았으면 할 때가 종종 있어. 난 산이 참 좋다. 잔대도 캐 먹을 수 있고 다람쥐도 많고…, 요즘은 물이 줄어 냄새가 더 심해. 하기야 여기라고 다 나쁘기만 한 건 아냐. 낮에는 물이 시커멓고 더럽지만 밤에 달이 뜰 때 보면 저 물도 제법 그럴듯해 보이거든. 장마가 끝나고 돌아와 보면 물이 맑아져서 어떤 땐 버들치도 보인다구, 너 버들치가 뭔지 알아?"

장마가 끝난 무더운 여름날 수표교께 청계천 둑길을 지나다 보면 옷가지와 이불 홑청을 빨아 볕에 널어 말리는 아주머니들과 그

옆에서 뭔가를 잡기도 하고 물장구치며 노는 아이들을 자주 볼 수 있었다. 다리 밑 조금 컴컴한 곳에서는 벌거벗고 목욕하는 어른들도 심심치 않게 보고는 했다.

곁눈질로 슬쩍 나를 한번 쳐다보더니 네까짓 게 뭘 알겠냐는 듯 대답도 기다리지 않고 하던 말을 계속했다.

"여긴 벨거 벨거 다 있다. 두꺼비도 있고 미꾸라지도 있고 지렁이도 무지무지 많다. 다음에 나랑 같이 낚시하러 한번 가자. 그래 낚시보다는 넉 더듬이가 좋겠다. 장마가 끝나고 동대문 옆 오간수 다리 아래 가면 붕어도 잡을 수 있고 어떤 땐 메기도 잡힌다구. 멀리 가지 않아도 돼. 얼게미 못 쓰는 거 하나만 가지고 가면 된다. 어때?"

"그럼 그 아래 동묘 앞에 있는 영미永尾 다리나 검정 다리(일명 검은 다리)아래 가면 고기가 더 많이 있겠다?"

저만 다 아는 것처럼 말하는 게 아니꼬워서 나도 한마디 아는 체 해봤다. 뜻밖이라는 듯 흘끔 나를 한번 쳐다보더니 고개를 돌려 달빛이 들지 않아 더 껌껌해 보이는 다리 아래로 시선을 돌린다. 어두워진 제 표정을 털어내기라도 하려는 듯 머리를 세게 두어 번 흔들더니 다시 입을 연다.

"거긴 장마 때 말고는 물이 더러워서 고기가 없어."

모르면 구구루(국으로) 가만히나 있지 뭘 아는 체를 하냐는 듯 짤막하게 내뱉고는 잠깐 뜸을 들였다 다시 말을 잇는다.

"그럼 그 아래 살곶이 다리는 어떤데?" 나도 오기가 났다. 자존심 문제다.

너무 무시한 듯 말한 게 미안했던지 녀석의 말투가 조금 누그러진다.

"거기두 더럽긴 마찬가지야, 물두 더 적구."

그 사이 훌쩍 높게 떠오른 달은 제기차기 동전만큼이나 작아져 있었다. 둑 위에 내리는 달빛도 푸르스름 기운을 잃어 주위가 저녁참보다 훨씬 더 어둑해 보였다.

"여기 사는 사람들 이래 보여도 알건 다 안다, 너. 함부로 보면 안 돼. 애들이 깡통에 밥을 얻어 와도 왕초한테 먼저 바치고 왕초가 먹고 난 다음에야 지네들도 먹는다구. 알구 보면 다들 착한 애들이야. 너 거지라고 함부로 건드리지 마, 게네들 참 무섭다. 하나가 맞고 오면 모다들 몰려가서 반드시 복수하고야 만다구. 의리가 대단한 애들이야. 너 김두한 알지? 깡패 오야붕 말야. 그 사람두 여기 출신이다. 여기 애들이 다 그 사람 꼬붕이야, 알겠냐?"

어깨를 한번 으쓱해 보이면서 녀석이 다짐까지 한다.

"그나저나 물고기가 좀 살았으면 좋겠다. 저번 날은 오리 같은 게 한 마리 날아와서 온종일 물가에 서 있다가 고기가 없으니깐 쫄쫄 굶고 그냥 날아가 버리고 말더라. 안 됐더라구. 많이 날아오면 한 마리쯤은 잡아도 될 텐데…. 고무줄 새총으로도 잡을 수 있을 거야. 할아버지가 요즘 들어 기운을 잘 못 차리셔. 방울 빵 아주머니가 그러는데 고기를 먹으면 좀 괜찮아질 거라고 하면서 대신 미꾸라지라도 자주 좀 잡아다가 잡숫도록 해 드리래."

“니네 집이 어딘데?” 잠깐 녀석의 말이 끊어진 틈을 타서 나도 한마디 궁금하던 걸 물어봤다.

“응, 저기 저 다리 아래 두 번째 집이 보이지? 어, 마침 할아버지가 문을 열고 나오시네.”

거적대기를 들치는 바람에 새어나온 불빛에 등이 구부정한 할아버지가 요강인 듯싶은 그릇을 들고 나오는 게 뚜렷이 보인다.

말 상대 한번 잘 만났다는 듯 녀석이 계속 말을 끌어간다.

“2학기에는 나도 공부를 좀 잘해야 할까 봐, 점심 빵 값을 대신 내 주시는 선생님한테 너무 미안해서 말야….”

달빛 푸른 개천 위로 초여름 밤바람이 시원하게 불어왔다. 웅그려 쥐었던 나의 주먹은 어느새가 이미 풀려 있었고 둘의 어깨는 한 치의 틈도 없이 딱 붙어서 한 덩어리 두루뭉술한 검은 보퉁이가 되어 있었다. 기민이의 빡빡 깎은 짱구 머리에선 청계천 물속에 뜬 달빛 냄새가 환하게 났다.

개선문

어둠에 싸인 인적 드문 다리, 흐릿한 가로등 불빛 아래 안개 낀 강이 적막하게 흐른다. 스멀스멀 피어오른 안개가 다리 주위를 암울하게 감싼다. 2차 대전 직전의 파리, 센 강.

무기력하게 걸으며 다리를 건너던 중년의 남자가 난간에서 막 물로 뛰어들려는 여인을 팔을 잡아 제지한다. 두 사람의 사랑은 그 순간에서 시작된다.

영화 《개선문》은 루이스 마일스톤 감독 제작으로 1948년 3월 개봉한 미국 영화다. 잉그리드 버그만이 여주인공 조안 마두 역을, 샤를로 부와이에가 남자 주인공 라브익 역을 맡아 열연했다. 에리히 마리아 레마르크의 소설 《개선문》이 원작이다.

나치에 쫓겨 파리로 도망 온 외과의사 라브익은 정식 외국인 등

록증도 얻지 못한 채 청부의사로 의식을 해결하며 하루하루를 무의미하게 보낸다. 수술 솜씨가 좋긴 해도 면허증이 없는 그는 프랑스에선 어쩔 수 없는 돌팔이다. 수술대 위에 누운 환자가 마취 상태에 들면 숨어 대기하다 나타나 본래의 병원 의사 대신 집도하는 청부의사. 얼마간의 보수로 하루하루를 의욕 없이 살아간다. 그는 희망 없는 나날과 고독과 좌절감을 술로 달래며 지낸다.

여주인공 역시 다를 게 없다. 한 남자에 정착하지 못하고 남자들 사이를 전전하던 무명 여배우 조안 마두, 그녀가 다리 위에서 시도하던 자살을 단념한 건 라브익의 섬세하고 따뜻한 눈빛 때문이었을까 아니면 그의 한마디 말 때문이었을까.

"Who can live without forgetting?"

열렬한 사랑으로 두 사람은 삶의 의욕을 되찾는다. 하지만 불법입국 사실이 탄로나 라브익은 스위스로 추방된다.

3개월 뒤 라브익은 다시 파리로 돌아와 조안과 재회한다. 하지만 그도 잠시, 독일에서 그를 고문하고 가족을 죽게 한 게슈타포가 지나가는 것을 발견하고 뒤를 따라가 숲속에서 타살한다. 한편, 조안은 라브익이 추방되어 절망에 빠졌을 당시 알게 된 청년에게 질투의 총격을 받는다. 소식을 듣고 달려온 라브익의 팔에 안겨 조안은 숨을 거둔다. 개선문의 검은 그림자가 어두운 밤하늘에 마성魔城처럼 떠오른다. 마치 임박한 전쟁을 예고하듯—.

전쟁의 암울한 시기에는 사랑이 꽃을 피울 수는 있어도 열매는 맺지 못하는가. 장래를 계획할 수 없는 전쟁 상황에서 희망이란 한

갓 허울뿐인 낱말인가.

예과 시절 이 영화를 본 뒤 나는 잉그리드 버그만에 매료되어 '누구를 위하여 종은 울리나?', '카사블랑카'를 비롯해 그녀가 나오는 영화라면 거의 빼놓지 않고 봤다. 물론 레마르크에도 심취하여 '개선문'과 더불어 그의 다른 소설 '서부전선 이상 없다', '사랑할 때와 죽을 때'를 구하여 읽고 영화화된 그들을 몇 번씩 연거푸 봤다.

대학을 졸업하고 전공의 과정을 밟고 있을 때 나는 국가의 보건시책에 따라 6개월간 무의촌에 파견되어 근무한 적이 있었다. 보령군 주포면 보건지소, 그곳에서 나는 오지 어촌에서 진료 활동을 하고 있던 한 한지限地의사를 사귀어 가깝게 지내게 되었다. 나보다 10년 연상으로 내가 있는 곳에서 30리를 더 들어가는 오천에 개원하고 있었다. 관후한 인상에 말씨가 부드러워 첫 대면부터 호감이 갔다.

선생은 사귐이 진실했다. 꾸미는 것도 감추는 것도 없이 순수하고 겸손했다. 그분과 마주하면 마음이 편안하게 열렸다. 비록 작은 어촌의 의사이기는 해도 선생은 범사에 감사하며 환자에게 최선을 다하는 참 기독교인다운 모범적인 삶을 살고 있었다. 존경스러웠다.

주말을 이용해 장고도나 고대도 등 낙도로 순회 진료를 나갔다 돌아올 참이면 전마선 뱃머리에 해 설피는 너른 바다를 마주하고

서서 선생은 '오~쏠레 미오'를 바리톤으로 불렀다. 한바탕 노래를 부른 뒤엔 뱃전에 앉아 술잔을 기울이며,

"오 선생, 이 물결 좀 봐. 금빛이야 금빛 비늘, 얼마나 멋져. 기가 막혀. 그렇지 않아?"

하며 마냥 흥겨워했다.

선생에겐 낭만과 여유가 있었다. 나는 그분의 성실하고 낙천적인 처세가 좋았다. 하지만 선생의 젊은 날은 모습처럼 그렇게 순탄했던 게 아니었다. 광복 전 평의전(평양의학전문학교) 에 입학한 선생은 1946년 공산 치하에서 학제가 바뀐 평양의과대학에 전입을 거절당한다. 부르주아라는 출신 성분 때문이었다. 선생은 그다음 해 단신 삼팔선을 넘어 월남한다. 하지만 남쪽에서의 운신은 만만치 않았다. 생존도 어려운 형편이어서 학업은 꿈도 꾸지 못했다. 결국 개인의원에 취직해 청부의사 노릇을 하며 간신히 의식주만을 해결했다.

다다음 해 6 · 25전쟁이 발발하자 선생은 군에 입대해 전방에서 의무요원으로 대단한 활약을 한다. 월등한 실력이 인정되었지만 군의관이 될 수는 없었다. 제대 후 선생은 병원 사무장으로 취업해 한동안 다시 청부의사 생활을 한다.

그러기 15년쯤 되었을 때, 국가에서는 무의지역 해소책 하나를 수립한다. 의전 중퇴자들로 하여금 무의면의 진료를 담당케 하는 제도. 일정 시험을 치르게 하여 한지의사 면허를 부여했다. 그를 통해 김 선생이 이곳 오천에 왔다. 한지의사는 자기가 담당한 면面

안에서만 의료행위를 할 수 있었다.

한지의사에 대한 지역 제한이 풀린 건 그 제도가 시행되고부터 10년이 지나서였다. 정부 발표가 있고 난 다음 날 선생이 전화했다.

"오 선생, 새장 문이 열렸네. 대한민국 어디든 떳떳하게 면허증을 걸어놓고 환자를 볼 수 있게 됐어. 나도 이제 여기를 떠나도 돼. 큰놈 보고 서울에 좋은 개업자리를 알아보라고 했네. 훨훨 날 것 같은 기분이야."

하지만 한 달이 가고 석 달이 지나도 선생은 오천을 떠나지 않았다. 여전히 그곳에 남아 진료를 계속했다. 여름 휴가를 맞아 찾아간 나에게 말씀했다.

"이곳 환자들을 두고 못 떠나겠어. 다른 곳에 갈 수 없다고 할 땐 그렇게 울걱거리고 답답하더니 정작 어디든 갈 수 있다니깐 외려 더 못 떠나겠어. 여기처럼 좋은 곳이 없다는 걸 새삼 알겠더라고. 마음이 잡히니깐 하루하루가 그렇게 즐거울 수가 없어. 여기서 뭘 더 바란다면 도둑놈이지. 대만족이야. 세상 참 살만해."

선생을 생각할 때면 나는 문득 안개 음울하게 뒤덮였던 센 강의 다리와 라브익을 겹쳐 떠올린다. 라브익처럼 비운으로 끝나지 않고 끝내는 의사로서 멋진 인생을 성실하게 살아가는 김 선생. 멀리 돌아온 곡절한 여정이기는 해도 이 모두 전쟁이 끝났기에 가능하지 않았을까 싶다. 넘실대는 파도 위로 퍼지던 호탕한 웃음을 떠올리며 멋진 인생, 살만한 세상이라고 선생처럼 뇌어본다.

조화

축의금을 보내려 동네 우체국을 찾았다. 섣달엔 혼례를 올리지 않는 게 예전 풍습이었지만 그런 가림은 이미 없어진 지 오래다. 추위도 문제 삼지 않는다. 정월은 물론 썩은 달이라는 2월도 마다하지 않는다.

월요일엔 눈이 오리라는 기상 예보이고 보면 친구의 혼례는 오히려 길할 듯도 싶다. 흰 눈을 맞으며 혼례를 올릴 순백 드레스의 신부, 상상만으로도 로맨틱하다. 문을 밀고 안으로 들어섰다.

달랑 직원 세 사람과 국장뿐인 작은 2층 사무실, 세밑인데도 예상과 달리 한산하다. 창구 직원과 이야기하는 내 목소리에 국장이 집무실에서 나오며 새해 인사를 한다.

"새해 복 많이 받으십시오. 그리고요, 새해엘랑 약주를 조금만

하세요. 꼭요."

"내가 할 소리요. 국장님이야말로 주량을 대폭 감해야겠수다. 하하."

50 초반인 우체국장, 같은 아파트에 살며 오작가작 바둑을 두는 사이여서 스스럼이 없다. 일을 마치고 돌아서 나오려는 나를 멈춰 세우며 국장이 뜬금없이 연하장 타령을 한다.

"박사님도 연하장을 보내셔야죠. 설이 코앞인데…."

연하장? 어리둥절해 쳐다보는 내게 국장이 당연하다는 듯 부연한다.

"새해를 맞아 여기저기 인사를 해야 할 게 아닙니까? 우체국에 준비가 다 돼 있으니깐 명단만 주시면 된다고요."

갑작스러운 권유가 당황스러웠지만 그의 부탁을 따를 생각은 추호도 없었다. 연하장이 다 뭐냐, 단순하게 살고 싶어 남들보다 일찍 은퇴를 서두른 터수에 거추장스럽게 연하장이라니. 빤히 쳐다보며 하회를 기다리는 국장에게 결연히 답해줬다.

"그거 다 허례요. 이해관계로 세상을 살 때나 하는 형식적인 사교일 뿐이라오. 연하장 주고받는 일에서 손을 뗀 지 벌써 수 삼 년은 됐수. 말짱 다 부질없고 성가신 일이지요. 이젠 그런 허례 안 하며 삽니다."

섭섭했던가, 국장이 어기대듯 덧묻는다.

"그럼 결혼식에도 안 가고 문상도 안 다니시겠네."

"그런 덴 그래도 가지요. 가려서 가긴 하지만…."

능쳐 답하고 문을 나섰다.

정말 그랬다. 연하장을 보내지 않으며 지낸 지 벌써 여러 해가 됐다. 하기야 어디 연하장뿐인가. 진료실을 닫은 지 10년 사이 나에게선 제법 많은 것들이 퇴출당해 없어졌다. 목에서 넥타이가 풀려나갔고 몸에서는 정장이 벗겨졌다.

혼례식 참석 빈도도 크게 줄었다. 친구나 동기 동창 대부분이 한참 전에 자식들을 출가시킨 때문도 있었지만 스스로 몸가짐을 삼가게 되어서였다. 집안 혼사야 참석이 당연했지만 허연 머리를 하고 남의 혼례식장을 들락거리는 것도 별로 봄 직한 모습이 아닌듯해 꼭 참례해야 할 곳이 아니면 축의금만을 보내 인사를 대신했다.

그런 결정을 하게 된 데는 친구 K의 영향도 컸다. 언젠가 고등학교 동기가 청첩장을 보내왔을 때 나는 혼자 결정을 못 하고 K에게 참석 여부를 물은 적이 있었다. 학교 때도 사회에 나와서도 거의 거래가 없었던 데다 모임에도 별로 나오지 않는 동창인데 참석해야 되냐 말아야 되느냐는 내 물음에 K가 망설이지도 않고 답했었다. 집에 가봐야 안다고. 가서 자기 아들딸 혼례식 때의 방명록을 봐야만 갈지 안 갈지, 가게 되면 얼마를 부주해야 할지를 결정할 수 있다며 내게는 거래가 없었으면 갈 필요가 없다고 단호히 말했다. 60 초반으로 한창 여기저기서 청첩장이 날아들던 때여서 머리 좋다는 그도 일일이 기억을 못 했던 모양이었다.

한동안은 상갓집 문상도 주저했다. 남은 명이 길지 않은 노구를 끌고 상갓집에 어슬렁거리는 것도 보기 흉하리라는 자격지심에서였다. 하지만 무남독녀로 자란 한 여성 문인의 부친상에 갔다 느낀 바가 달라 가능하면 문상은 빠지지 않고 참석하려 애쓴다. 문상객이 적어 쓸쓸해하던 상주를 보며 문상이란 돌아가신 이의 명복을 비는 것보다는 남겨진 사람을 위로하고 슬픔을 나누는 데에 더 의미가 있다는 번연한 사실이 새삼스러웠던 때문이었다.

상가에 손님이 없어 썰렁할 때면 나는 내가 참석하기를 참 잘했다는 느낌을 훨씬 더 많이 받는다. 조화도 두세 개쯤으로 조금 쓸쓸해야 상가가 상가다워 보이기도 한다. 그런 집일수록 상주는 나의 참석에 더 크게 위로받는 듯 했고, 그런 상가에 가면 자기가 무슨 큰 손님이나 된 것처럼 우쭐한 기분이 들기도 한다. 국도 한 그릇 더 청해 먹고 술도 한 잔 더 마시고 더 미적거리다 느지막이 나온다.

상가에 가서 그 앞에 세워진 조화를 볼 때마다 나는 서너 해 전 꽃집에서 만났던 후배 고 사장이 하던 말을 떠올리며 문상의 의미를 되새기고는 한다.

"친구 상가에 꽃 좀 보내려고 왔어요. 그 친구 평소에 남의 빙모상까지 챙길 필요가 어디 있느냐며, 동창이라고 해도 생전에 일면식도 없던 부모상을 왜 가느냐며 문상을 안 다니더니 정작 자기가 모친상을 당하니깐 손님이 없는 거예요. 학교 다닐 때 집에 놀러 가면 고구마도 쪄 주시고 하던 분인데…."

세를 과시하듯 줄줄이 화환이 늘어선 상가보다는 정성스럽게 조의가 담긴 조화 몇 개 세워진 상가를 다녀온 날이어야 나는 그 밤 고인을 추모하며 애정哀情에 젖는다.

송덕비

계사년 섣달 그믐, 벗은 한 줌 재가 되어 유골함에 담겼다. 장지인 고향 북실로 가는 버스는 아침 여덟 시에 원지동 추모공원을 떠났다. 창밖으론 옅게 는개가 내렸다.

버스에는 미망인과 유골함을 든 맏상제와 둘째, 딸 내외가 앞자리에 타고 그 뒤쪽에 일가친척 이십여 명과 고교 동기 몇에 대학 동창인 우리 넷이 자리를 잡았다.

설을 맞아 귀향하는 차들로 전용차선도 가다가다 정체되어 버스는 예정보다 한 시간 늦게 장지에 도착했다.

마을 어귀 농촌가옥 체험관 마당에 정차한 차에서 내려 우리가 처음 마주한 건 뜻밖에도 벗의 송덕비였다. 부슬부슬 내리는 빗속에 오석의 검은 송덕비가 장승들과 함께 추연하게 젖고 있었다. 3

년 전 체험관이 지어질 때 함께 세워졌다고 했다.

모든 것이 첨단을 걷는 이 시대에, 더구나 관직에도 있지 않았던 보통 사람의 송덕비가 세워진 건 전연 뜻밖의 일이었다. 물론 벗이 집성촌인 그의 고향 마을에서 자랑스러운 인물이었던 건 기왕부터 알고 있었지만, 주민들이 송덕비까지 세워 기릴만한 공덕이 있었으리라고는 예상하지 못했었다.

벗은 여러 면에서 언제나 모범이기는 했다. 대학 입학 동기임에도 나는 첫 학기가 끝나기까지는 그와 교제가 없었다. 그가 같은 반에서 강의를 듣는 학우임을 의식하기는 고사하고 그런 급우가 있는지조차도 알지 못했다. 그는 말이 없었고 누구와도 흔연히 사귀지 않았다. 가을 학기에 들어 속리산으로 학년 전체가 단체 여행을 갔을 때에야 비로소 그의 존재를 알게 되었다.

그날 밤, 함께 어울리게 된 충청도 출신 중에 그가 있었다. 그는 태어나 자란 마을이 바로 옆 동네라며 새벽에 일찍 혼자라도 집에 가 어머니를 뵙고 오겠다고 했다. 시골 마을의 효자였던가. 남의 말을 귀 기울여 듣고 한마디 말도 아끼듯 신중하게 하는 그에게 나는 도시인과는 다른 향리의 선비 같은 매력을 느꼈다.

하지만 예과 내내 나는 그와 가깝게 지내지는 못했다. 나뿐 아니라 누구와도 그는 거의 어울리지 않았다. 성품 때문이 아니었다. 서울에 올라와 친척 집에 하숙하는 것도 버거웠던 그는 의과대학 6년을 거의 입주 가정교사를 하며 지냈기에 친구들과 어울릴 시간도 여력도 없었다. 하지만 본과 3학년을 마칠 무렵엔 나는 그와 많이 가까워져 있었다. 임의롭게 지내게 되면서 벗은 조금씩 자기 신상을 이야기했다. 벗은 처지가 남달랐다.

일제 강점기 경성제대를 졸업한 아버지가 6 · 25 전란 말미 자진 월북해 집에는 조부모와 어머니, 그리고 자기들 4남매만 남겨졌다는 것. 아버지 형제를 대학까지 공부시키고 군내 초등학교 용지를 기증한 것에 더하여 중학교를 세울 때도 거금을 희사했던, 교육에 대한 의기義氣가 남달랐던 할아버지가 고등학교 1학년이던 해 돌아가셨다는 것. 이어 할머니마저 대학에 입학한 그달에 따라 돌아가셨다는 것. 일찍 장가를 간 형마저 지난 해에 암으로 타계했다는 것. 그래서 자기가 집안의 종손이 되었다는 것. 어머니에겐 자기만이 유일한 위안이고 희망이라는 것 등을 말해줬다. 시골에서 농사를 짓는 어머니와 두 여동생을 생각하면 학비를 달라고 손을 내밀 수도 없노라고 했다.

실제 그가 졸업하기까지 한 일이라곤 중, 고 수험생을 가르치는 일과 자신의 공부를 하는 것과 시간을 내어 시골집으로 어머니를 뵈러 가는 게 전부였다.

대학을 졸업한 벗은 군에 입대해도 장교로 임관될 수 없었고 미국에도 갈수 없었다. 연좌제 때문이었다. 사병으로는 갈 수 있었지만 모든 급우들이 장교로 임관하는 마당에 사병으로는 차마 복무하지 못하겠더라고 했다. 벗은 의가사 제대로 보충역에 편입하여 군 복무를 면제받았다.

소아과를 전공하고 국립의료원과 경희의료원에서 얼마 동안 스태프를 하다 나온 벗은 개봉동에 진료실을 차려 의료 일선에 섰다. 성실하고 실력 있는 의사로 근동에 곧 소문이 났다. 어느 정도 기반이 잡히면서 벗은 새롭게 천주교 성당에도 나가고 운동으로 테니스를 시작해 바쁘게 주말을 보냈다. 하지만 적성과 성품에 맞지 않았던지 얼마 지나지 않아 그 둘 모두를 그만두고 40 후반부터는 등산을 겸한 사진 찍기에 몰입해 열정적으로 산을 탔다. 동호인들과 함께 전국의 산을 누비더니 끝내는 거의 프로 수준이 되어 각종 대회에 입선도 하고 그들과 함께 여러 차례 전시회도 열었다.

그렇듯 정성스럽게 살던 벗이 특발성 폐질환으로 병상에 누웠다는 소식에 우리는 그만 당황스럽고 아연했다. 하지만 정작 본인은 태연했다. 인명은 재천인데 그만큼 열심히 살 수 있었으니 그것만으로도 고마운 일이라며 오히려 우리를 위로했다.

모친의 유언대로 당신의 묘 옆에 안장되는 벗에게 묵념으로 작별 인사를 한 뒤 나는 마을을 질러 내려 다시 그의 송덕비 앞에 섰다. 비석에 쓰인 그의 덕행을 읽으면서 벗과의 지난날과 그의 평소 품성을 회억했다. 벗은 언행이 일치하던 덕인이었다. 옛말에도 숨어서 베푼 덕이 더 무겁고 감추어 드러내지 않은 공이 더 값지다 했지만 벗이 말없이 베푼 덕과 바라지 않고 이룬 공이 이토록 큰가 하여 어마지두 숙연해진다.

현賢도 우愚도, 착한 이도 악한 사람도 모두 이르거나 늦거나를 막론하고 결국은 자연으로 돌아가는 명命이야 누가 되어 거역할 수 있으랴만 나는 이승을 떠나는 그 날까지 단 하루도 벗을 마음에서 내려놓지 못할 것이다. 지극히 검소하고 근면했던 벗, 천직에 정성스럽고 이웃에 신의 있던 의인醫人, 수신修身에 게으르지 않고 제가齊家를 빈틈없이 한 지아비, 벗의 명복을 빈다.

2014년 1월 30일 북실에서

서 내려놓지 못할 것이다. 지극히 검소하고 근면했던 벗, 천직에 정성스럽고 이웃에 신의 있던 의인醫人, 수신修身에 게으르지 않고 제가齊家를 빈틈없이 한 지아비, 벗의 명복을 빈다.

2014년 1월 30일 부산에서

6부

자귀나무 정원

자귀나무 정원 | 해당화

자귀나무 정원

밤새 내리던 비가 아침참에 그쳤다. 웃비 걷힌 하늘이 여전히 흐리다. 청계산은 삐죽이 봉우리들만 드러낸 채 온통 연무에 잠겨 있다.

커피를 타 들고 발코니에 나앉아 아래 정원을 내려다본다. 잔디가 은근하게 젖었다. 놀이터엔 아직 아이들이 나오지 않고 정원은 아침 고요 속에 한낮처럼 나슨하다.

어치 한 쌍이 날아들어 나무 사이를 난다. 벤치에 비닐을 깔고 앉아 하늘바라기를 하던 노인이 눈을 내려 새들을 쫓는다.

정자에서 조금 떨어진 곳에 자귀나무가 한창 꽃을 피우고 있다. 분홍 꽃빛이 조금 흐려진 듯 보인다. 어치가 자귀나무에 앉는다. 잎이 흔들린다. 뉴욕에도 장마가 질까.

이곳 3층은 아랫동의 5층과 높이가 같다. 앞 동 주차장 위에 흙을 돋우어 만든 장방형의 정원은 대충 두 구역으로 나뉜다. 한쪽에는 어린이 놀이터가 있어 화창한 오후면 아이들 소리로 왁자지껄 소란해지고, 반송과 사철나무 등이 정갈하게 심어진 반대편엔 잔디가 깔리고 벤치와 정자가 있어 주로 나이 든 이들이 나와 오전 시간을 한가하게 보낸다.

이곳으로 이사한 건 순전히 소영이의 뜻이었다. 출퇴근을 고단해하는 나에 대한 배려도 있었고 자기도 화실로 쓸 넓은 공간이 필요했던 때문이었다. 시내에 살 때와는 사뭇 다르게 조용하고 한적해 여러 모로 흡족했다.

동 간 거리도 넉넉한데다 앞이 환히 트여 전망도 좋았다. 화실을 꾸미려면 맨 위층이어야 했을 터인데도 소영인 나의 고소공포증을 고려해 3층을 고집했다. 낮은 층이 나에겐 더할 수 없이 편했다.

산이 바로 뒤에 있어 공기도 맑고 산책하기도 좋았다. 학교를 졸업한 소영이 뉴욕으로 간 뒤 혼자 지내고는 있어도 크게 적적하거나 불편하지 않았다. 소영이가 간 지도 어느새 1년이 지났다.

바라보는 사이 갑자기 정원이 문호리 화영의 집 잔디밭으로 바뀐다. 아랫동 아파트가 사라지고 대신 그곳에 강물이 흐른다. 벤치엔 노인 대신 화영과 내가 앉아있다. 잊힐 수 없는 젊은 날의 북한강 변 집 정원, 화영과 나의, 그립고 아릿한 날 밤 잔디밭이 선명하게 펼쳐졌다.

본과 4학년, 그 여름에도 장마는 늦게까지 이어졌다. 기말시험이 끝나던 날, 나는 학교로 화영에게 전화를 했다. 집에 가도 괜찮겠냐고 물었다. 그녀는 머뭇거리며 바로 대답을 못 했다. 의아했다. 무슨 일이 있느냐고 물었다.

"아버지가 오늘 엄마랑 제주도 가셨어. 나 혼자란 말야. 곤란해."

그게 무슨 문제람. 이웃사람들의 눈이 무서운 걸까, 아니면 내가? 여자란 어째서 그토록 조심스러운 걸까. 이젠 양가부모의 허락도 다 받은 참이라 정혼한 사이나 진배없는 관계인데…. 화영이 마지 못하는 듯 방문을 허락했다.

화영은 부모님을 모시고 문호리 북한강 변에 살면서 인근 서종초등학교에 봉직하고 있었다. 교대를 졸업하고 바로 부임해 근무한 지 어느덧 2년이 지났다. 나는 졸업까지 한 학기를 더 남겨두고 있었다.

해질녘에 도착했다. 어스름 지는 마을 입구에는 이미 가로등이 켜지고 붉은 전구 주위로 날벌레들이 어지럽게 날아들었다. 둑길 아래 흐르는 강물 위에는 물안개가 옅게 피어올라 조금씩 조금씩 강 위로 낮게 퍼져나가고 있었다. 물안개 아래에서 강은 잔잔하게 흐르고 사위는 적막하게 저물었다.

보라색 꽃무늬 플레어스커트에 민소매 하얀 모슬린 블라우스를 받쳐 입은 화영이 나를 맞으며 쑥스러운 듯 웃었다. 땅거미 내려앉은 정원의 잔디가 어스름 속에 함초롬 고왔다. 키 낮은 꽃들 곁으로 잎들을 마주 접은 자귀나무가 밤을 맞으며 수런거리고 있었다. 드뷔시의 프렐류드, 단색의 피아노 음률이 잔디 위를 나지막하게 흘렀다.

밖에 나가 식사하자는 내 제안에 그녀는 웃으며 닭을 삶아놨다고 했다. 식탁에 마주앉았다. 기르던 닭이라 질길지도 모르겠다며 그녀가 다리 하나를 떼어 내 접시에 올려 놓아주고 나서 잔에 매실주를 따랐다. 눈이 마주쳤다. 어색했다. 갑자기 격한 설렘이 둘 사이를 비집고 들었다. 가슴이 뛰었다. 술잔을 드는 손이 가볍게 떨렸다. 침묵이 무거웠다.

저녁을 먹고 밖으로 나와 둑길에 올랐다. 강물 위에도 둑길에도 어느 사이 어둠이 짙게 내려앉아 있었다. 강물이 어둠 속에 희부옇게 흘렀다. 연안에는 대여섯 길 높이로 가지런하게 자란 은백양나무들이 무언의 근위병들처럼 촘촘하게 서서 강에 내리는 밤을 지키고 있었다. 물속에 담긴 짙은 숲 그림자가 밤을 더한층 적막하게 만들었다. 둑길을 걷는 둘의 발걸음 소리가 밤의 고요를 해작였다. 바람이 슬쩍 불어와 달아오르는 뺨을 식히고 갔다. 별빛이 애처롭게 차분했다.

한참을 강가에 앉았다 왔다. 달빛 잠긴 정원이 고즈넉이 우리를 맞았다. 울 밖에서 개구리가 울었다. 모과나무 그늘에 놓인 야외용 테이블에 나를 앉혀 놓고 주방에 들어갔던 화영이 쟁반에 과일을 담아 들고 테이블을 향해 왔다. 현관 등 불빛을 뒤로 받으며 정원을 가로질러 오는 그녀의 다리가 치마 속에 뽀얗게 내비쳤다. 숨이 멎었다. 갓 깎여진 잔디가 불빛에 반짝였다. 화영이 참외를 깎았다. 조신하면서도 사랑스러운 그녀, 주위가 꿈처럼 몽롱했다. 달려들어 입술을 탐했다. 가볍게 거부하는 몸짓뿐으로 화영이 뜨겁게 달아오른 나의 거친 입술을 저항 없이 받았다. 감미롭고 부드러운 입술이 촉촉하게 젖었다. 그대로 쓰러져 풀밭을 뒹굴었다. 선득한 감촉으로 풀들이 벗은 살을 간질였다. 얼마나 지났을까. 갑자기 개구리 울음이 세차게 귀를 파고들었다. 축음기의 바늘이 직 직 귀에 거슬리는 소리를 냈다.

"부끄러워."

화영이 들릴 듯 말듯 속삭였다. 밤이 그녀에게 부끄러움을 안겨줬다. 정원 한쪽 히포크라테스 흉상이 반쯤 달빛을 받으며 검게 빛났다. 나의 대학 입학을 기념해 만든 화영의 작품이었다. 덮여있던 포가 바람에 벗겨져 나간 모양이었다. 아직 미완성인 채 둥근 얼굴이 화영의 손길을 기다리고 있었다.

고등학교 때 화영은 조각가가 꿈이었다. 당연히 미대로 진학할 것으로 누구나 알았지만 아버지의 강한 권유에 결국 화영은 교대로 진학했다. 의대를 졸업하고도 긴 수련기간을 거쳐야 하는 나를 고려했을 법도 했다. 같은 미술 반원이던 고교 때부터 한 학년 아래인 화영과 나의 교제는 공공연한 교내 비밀이었다. 교대에 진학해서도 화영은 시간 틈틈이 열정적으로 조각했다.

"의규 씨가 졸업할 때쯤이면 완성돼 있을 거예요."

화영이 나직이 말했다. 숨바꼭질하듯 별 몇 개가 구름 사이로 모습을 나타냈다. 내 팔을 베고 누워 화영이 생뚱맞은 소리를 했다.

"언제쯤이면 우리도 유럽여행을 할 수 있을까."

화영의 곁에서 이틀을 지내고 돌아온 그 여름, 나는 온 하루를 도서관에서 책에 파묻혀 살았다. 외국 의사들에 응시가 허락되는, 10월에 있는 미국의사자격시험(ECFMG)을 대비할 시간이라곤 여름방학밖에 없었다. 시험에 합격하면 징집이 연기되고 바로 미국으로 건너가 전공과정을 밟고 전문의가 되었다. 우리에게 그 시험은 거부할 수 없는 유혹이었다. 앞선 의학을 배울 수 있는 외에도 보수가 후했다. 먼저 도미한 선배들은 월급으로 400불 이상을 받는다고 했다. 국내병원에서는 천원에서 3천 원을 받았다. 50배도 넘었다.

며칠이 지나도록 화영에게서는 아무런 소식이 없었다. 내 집에도 그녀의 집에도 전화는 가설돼 있지 않았다. 두 주일이 지나자 더는 기다리기 힘들었다. 학교로 전화를 했다. 방학이 시작되어 여자 선생님들은 학교에 나오지 않는다고 당직 직원이 사무적으로 대답했다. 궁금하긴 했지만 가볼 수도 없었다. 그룹 스터디로 몸을 뺄 수가 없었다. 나흘이 지나서야 화영에게서 편지가 왔다. 제주도 여행을 다녀온 이틀 뒤, 아버지가 뇌내출혈로 쓰러졌다고 했다. 그리고 사흘 만에 운명하셨다고 썼다. 집으로 전보를 쳐 알리고 싶었지만 그럴 경황도 없었다고 했다. 다행히 성당에서 많은 교우가 참석해 연도기도를 드리고 도와준 덕분에 무사히 장례를 마쳤다고 했다. 벌써 한차례 혈압으로 쓰러진 경험이 있는 어머니는 실성한 사람이 되어 한시도 곁을 떠날 수가 없다고 썼다.

다음날 나는 문호리로 화영을 찾았다. 잔디도 나무도 모두 전이나 같은 모습이었지만 집을 감싼 공기는 어둡고 무거웠다. 마치 벌목 당한 산자락처럼 을씨년스럽고 썰렁했다. 가슴에 안긴 화영이 어깨를 들먹이며 한없이 울었다. 소복한 여인의 애처로운 울음, 어설픈 위로의 말만 되풀이하다 늦게야 돌아왔다.

새 학기가 시작되고 얼마 지난 9월 초순, 전국적으로 콜레라가 유행했다. 국가적 비상사태였다. 1945년 이후 두 번째의 대유행이라고 했다. 대부분 학교에 휴교령이 내려졌다. 당국에서는 전국 의과대학에 동원령을 내려 학부 3, 4학년 전원을 콜레라 방역에 참여하게 했다. 졸업을 앞둔 우리도 일시 학업을 중단하고 모두 방역 일선에 나섰다. 지역 보건소와 협조하여 수질오염을 예방하고 보균자를 색출하는 업무에 투입돼 전국으로 흩어졌다.

여덟 명이 한 조가 되어 나는 김포읍으로 나갔다. 사람들의 왕래가 빈번한 곳에 천막을 치고 진료소를 설치했다. 콜레라 예방에 대한 유인물을 나눠주고 우물을 소독하고 사람들의 항문에서 변을 채취해 대학 미생물학 교실로 보냈다. 열흘이 지나도록 보균자는 색출되지 않았다. 도에서는 두 사람만 읍에 남게 하고 나머지는 모두 강화 쪽으로 보냈다. 김포에는 나와 영구만 남았다. 어려서 소아마비를 앓은 영구는 걸음이 불편했다. 저녁을 먹고 마루에 나앉아 딩동댕 기타를 뜯던 영구가 뜬금없이 간호사 이름을 말했다.

"보건소 미스 정 있지?"

갑자기 묻는 말에 누군지 얼른 생각이 나지 않았다. 멀뚱히 쳐다보자 친구가 덧대었다.

"아, 그, 얼굴이 갸름하고 날씬한 간호사, 몰라?"

그때야 얼굴 모습이 떠올랐다. 네 명 간호사 중 그중 앳돼 보이는, 예쁘장한 얼굴을 한 간호사였다. 항상 웃는 얼굴로 누구에게나 친절했다. 매사에 임기응변이 뛰어나 모두의 비위를 거스름없이 맞추던 여자의 얼굴이 또렷하게 떠올랐다. 연이어 친구가 말했다.

"어떻게 생각해, 괜찮다고 생각 안 해?"

별로 관심을 두지 않았던 터라 무어라 대답하기 어려웠다. 친구를 쳐다봤다. 눈이 빛나고 있었다.

"너 그 처녀한테 관심이 있구나. 데이트했어?"

"아니."

친구가 고개를 숙이며 다시 기타 줄을 튕겼다. 신체적 조건 때문에 자격지심이 들어서일까. 그에게 제안했다.

"내가 이야기해 볼까? 어떤 여자인지도 알 겸…."

"그래 줄래?"

기타에서 손을 떼면서 영구가 나를 올려다봤다. 얼굴이 환하게 펴졌다. 다음 날 나는 미스 정에게 저녁에 이야기를 좀 하고 싶다고 했다. 여자는 수줍게 웃으며 자기 하숙집 위치를 알려줬다. 저녁을 먹고 어스름이 내리는 길을 걸어 마을 끝 그녀 집을 찾아갔다. 기다리고 있었던 듯 그녀는 내 발소리가 나기 무섭게 대문 뒤에서 나타났다. 들길을 걸으면서 이야기하자는 나의 제안에 그녀는 사람들 눈에 띄는 게 별로 바람직하지 않다며 방으로 들어가자고 했다. 떨떠름하긴 했지만 그녀의 말이 맞을 듯싶어 못 이기는 체 뒤를 따랐다. 처녀의 방에 대한 호기심도 있었다. 안채와 떨어진 마당 건너 옆으로 돌아앉은 별채에 그녀는 혼자 기거하고 있었다.

방에는 그녀의 커다란 상반신 사진 외에는 이렇다 할 장식물이 없었다. 남방셔츠를 입고 비스듬히 서서 머리칼을 해풍에 날리며 찍은, 윗 단추를 한두 개 풀어내 풍만한 가슴을 은근슬쩍 드러낸 몹시 요염한 사진이었다. 곁눈으로 그녀를 쳐다봤다. 옆얼굴이 배시시 웃고 있었다.

여자는 부엌에 나가 쟁반에 도리스 위스키 한 병과 오징어포 하나를 담아 들고 들어왔다. 스스럼없이 술을 따랐다. 몇 잔을 마주쳤다. 취기가 오를 쯤, 그녀가 덥다며 입고 있던 블라우스의 단추를 풀었다. 벽에 걸려 있던 유혹적인 가슴이 뽀얗게 드러났다. 갑자기 뽀얀 안개가 방안 가득 퍼졌다. 희뿌연 안개 말고는 눈에 아무것도 보이지 않았다. 그녀에게 엎어지고 난 다음 나는 이성을 잃었다.

한참만에야 정신이 들었다. 참담했다. 도망치듯 대문을 빠져나왔다. 친구를 배반한 사실이, 화영을 배신한 자신이 못 참도록 저주스러웠다. 불결했다.

시월 중순이 되어서야 방역 동원이 끝났다. 다시 학교로 복귀한 그 주말 나는 문호리로 화영을 찾았다. 얼굴을 보는 순간 반가우면서도 두려웠다. 화영이 내 속을 모두 환하게 알고 있을 것만 같아 똑바로 바라볼 수가 없었다. 내 몸 어느 구석에서든 정 간호사의 냄새가 풍겨 나와 화영에게 꼭 들킬 것만 같았다. 죄를 짓고 온 마음이 전혀 평화롭지 못했다. 고백도 할 수 없었다. 집에는 어머니를 돌보는 사람을 따로 두었다. 나올 때 화영을 안았지만 차마 입술을 대지 못했다. 그런 나를 화영은 머리를 갸우뚱하며 의아하게 올려다봤다. 돌아와 달포가 지나도록 문호리를 다시 찾지 못했다. 졸업을 불과 서너 달 앞두고 공부에 시간이 없기도 했거니와 얼굴 대하기가 무척이나 떠름했다.

졸업 시험과 1월 말에 있을 의사국가고시로 해서 강의는 성탄절과 설날 하루만을 쉬고 계속 이어졌다. 마무리 공부에 여념이 없던 1월 초, 강의실로 낯선 남자 한 사람이 나를 찾아왔다. 비굴해 보이는 기분 나쁜 인상이었다. 시골 사람 티를 내지 않으려 애를 썼지만 유행이 지난 검은 양복이 남자의 신분과 가난을 초라하게 보여줬다.

50 중반쯤으로 보이는 남자는 내 이름을 확인하더니 신분을 밝

히며 이야기를 좀 하자고 했다. 미스 정의 아버지라고 했다. 가슴이 철렁했다. 거절할 수도 도망갈 수도 없었다. 시계탑 앞 구내다방에 들어가 앉은 자리에서 남자가 무표정하게 말했다. 미스 정이 아이를 가졌다고, 내 아이라고, 입덧한다고 했다.

"어떻게 할 텐가. 책임을 져야겠지? 이제 곧 의사가 될 사람인데."

남자의 눈이 교활하게 빛났다. 당황스럽고 두려워 뭐라 대답할 엄두가 나지 않았다. 남자가 집요하게 내 눈을 응시하며 음흉하게 웃었다. 심장을 맞힌 궁수는 회심의 미소를 지으며 깊숙이 꽂힌 화살을 모지락스럽게 비틀었다.

"학장실로 먼저 찾아갈까 하다가 그래도 만나 이야기하면 말이 통하겠거니 싶어 자네를 먼저 찾았네."

남자는 이제 대놓고 나를 자네라고 불렀다. 숨도 쉬기 힘들었다. 순간 화영의 얼굴이 떠올랐다. 어처구니없어하는 경악하는 얼굴이, 일그러지는 아버지의 얼굴이, 비웃는 동료들의 얼굴이 마구 뒤섞여 떠올라 가슴을 사정없이 난도질했다. 회한으로 가슴이 떨렸다. 아, 아, 나는 얼마나 어리석고 못난 인간인가. 다시 또 남자가 천천히 입을 열었다. 고문의 쇠사슬을 옥죄이며 야멸차게 웃었다.

"혼인 빙자 간음죄에 걸리던가 강간죄로 고발되면 글쎄, 그래도 의사 면허증이 나올까."

가슴이 덜컥 내려앉았다. 나도 모르게 애원하듯 남자를 쳐다봤다. 남자가 딱하게 됐다는 듯 잠시 측은해하는 표정을 가장하더니 그도 순간, 결정적인 KO 펀치를 날렸다.

"아는 형사가 그러더군. 교제 기간이 짧은 걸 고려하면 강간죄가 훨씬 더 효과적이라고."

낮은 음성, 남자가 음침하게 말했다. 동료들이 이 사실이 알면 무어라고 할까. 아마 상대도 해주지 않을 것이다. 면허도 없는 의사, 학교에 남기는 커녕 동료 취급도 해주지 않을 것이다. 일생을 소외되고 낙후되어 외롭게 살아야 할 게 뻔했다. 어쩔 줄 몰라 하는 내게 순간 남자가 뜻 모를 말을 했다. 여운이 묘했다.

"분정이는 우리 집의 실질적인 가장일세. 하루라도 걔가 없으면 우리는 생활이 곤란하지. 신분도 생활도 차이가 심해 결혼도 사실은 별로 바람직하지는 않아. 자네도 나도 다 남자가 아닌가. 한 번의 실수야 병가상사지. 생각하면 애가 참 딱하기는 해. 아비도 집도 모두 짐일 뿐이니…."

남자의 말하려는 뜻을 짐작하기 어려웠다. 멀뚱히 쳐다보는 내 눈을 받으며 남자가 나직이 말했다.

"그러니 아이를 지우는 비용과 위로조로 돈을 얼마간 내놓으시게. 딸아이는 내가 잘 달래 봄세."

남자의 눈이 번들번들 빛났다. 참을 수 없이 비위가 뒤틀렸다. 주먹을 들어 후려갈겨 주고 싶었다. 여자가 불쌍했다. 저런 아버지 밑에 있다 보면 여자의 일생이 뭐가 될까. 아이를 지운다고? 좋지. 암, 좋고말고.

하지만 그 순간 왜 내가 의사가 되려 하는가에 생각이 미쳤다. 의사란 생명을 구하는, 신을 대신하는 지고로 신성한 선업이 아닌가. 부모의 실수로 태어난 아이는 있어도 신의 계획 밖에서 태어난 아이는 없다는 릭 워렌의 말을 인용하며 열변을 토하던 G 교수의 강의 모습이 생생하게 떠올랐다. 생명을, 더욱이나 나의 아이를 그렇게 없애버릴 수만은 없다는 생각이 들었다. 생명은 모든 것의 우선이었다. 내 행동은 내가 책임져야 했다. 결연히 소리쳤다.

"결혼하겠습니다."

순간 남자의 눈이 휘둥그렇게 커졌다. 의외라는 듯 목소리를 높였다.

"뭐야? 결혼하겠다고?"

"네, 결혼할 거예요."

"그래?"

잘됐다는 건지 실망했다는 건지 이해하기 힘든 묘한 표정을 했다. 혼잣소리로 중얼거렸다.

"분정이가 시집가면 우린 어떻게 살지? 하기야 산 입에 거미줄이야 칠라구."

잠시 고개를 숙였던 남자가 무지근 일어서면서 한마디를 탁자 위에 둔탁하게 떨어뜨렸다.

"그럼 다음 달에 올려 보냄세. 그땐 배가 불러 직장도 나가기 힘들 테니까. 그리고 식은 알아서 올리게나. 우린 식 올려줄 돈도 없다네."

천천히 다방 문을 밀어 열고 사내가 밖으로 나갔다. 나도 엉거주춤 따라 일어서기는 했지만 배웅하지는 않았다. 화영의 가슴에 대못을 박는 어처구니없는 순간은 그렇게 지나갔다.

국가고시가 끝나자 나는 부모님께 모든 사실을 이야기했다. 미국에 가는 것도 포기해야 했다. 두 분 다 불같이 역정을 냈지만 어쩔 도리가 없었다. 의사 면허가 위험하다는 설명에 무어라 더는 토를 달지 못했다.

2월 초 분정이 집으로 들어왔다. 배가 제법 불렀다. 들어오는 날로 여자는 자기 자리가 부엌인 것처럼 주방에서 살았다. 아침 일찍 일어나 음식을 장만하고 빨래하고 온종일 집안 청소를 했다. 부모님은 물론 시동생들 수발도 눈치껏 들었다. 조신하게 행동하려 애를 썼다. 하지만 어머니는 노골적으로 여자를 멸시했다. 이웃들의 수군거림이 어머니의 자존심을 여지없이 짓뭉갰다. 식구 중 누구도 여자와 말을 섞으려 하지 않았다. 한동안 노력하던 여자는 어느 날 부턴가는 방에 틀어박혀 잘 나오려 하지 않았다. 여자는 더 나에게 매달렸다. 더 곰살궂게 굴었다. 딱했다. 나라도 위안이 되어주는 수밖에 달리 도리가 없었다. 어떻든 그녀는 나의 아이를 뱃속에 키우고 있지 않은가. 싫어도 좋아도 일생을 함께할 사람이었다. 졸업식을 끝내고 열흘 뒤, 나는 여자와 혼례를 올렸다. 여자는 내 주머니에 파카 만년필 하나를 꽂아줬다. 식장밖에는 진눈깨비가 내렸다. 20일 뒤 나는 군 복무를 위해 대구 군의학교에 입교했다. 3개월의 훈련기간이 끝나기 사흘을 앞두고 여자는 아이를 낳았다.

중위 계급장을 달고 집에 돌아와 나는 처음으로 아이를 봤다. 딸이었다. 예뻤다. 까만 눈동자가 영롱하게 반짝였다. 꼼지락거리는 작은 손이 내 손가락을 잡는 순간 아이는 나의 몫이라는 생각이 강하게 들었다. 곱게, 부족함 없이 키워내야겠다는 사명감이, 열심히 살아야 하겠다는 각오가 순간적으로 생겨났다. 어떠한 어려움도 모두 참아낼 수 있을 것 같았다. 아이는 나를 빼다 놓은 듯 닮았다. 딸에게 나는 소영이란 이름을 지어주었다. 여자와 아이를 데리고 발령받은 전방으로 갔다.

제대 후 대학병원에서 전공의 과정을 밟고 전문의 자격을 취득하자 나는 비교적 급료가 높은 개인 종합병원에 취직해 3년을 근무해 개업 자금을 마련했다. 개원하고 자리가 잡혀 병원 수입이 늘자 여자의 옷장에는 유명 상표가 붙은 옷이 하루가 다르게 늘어갔다.

대부분 시간을 나는 밖에서 보냈다. 소영이를 데리고 영화를 보러 가든가 그림전시회를 가고, 주말에는 산엘 갔다. 여자는 단 한 번도 우리와 동행하지 않았다. 항상 혼자서 겉돌았다. 소영이는 엄마를 별로 따르지 않았다. 부부싸움을 하던 날 어떤 말끝에 여자가 악을 쓰듯 내뱉었다. "네가 날 언제 만족시켜준 적이 있냐!" 고….

내가 여자를 가까이 않는 사이 나는 여자에게 '너' 로 전락하여 있었다. 그 뒤로 나는 여자의 방에 더는 들어가지 않았다. 그간에도 늦게 책을 읽는다는 핑계로 여자와의 관계를 피해오던 터이기는 했다.

가끔 나는 이혼을 생각하기도 했다. 하지만 의사라는 알량한 사회적 신분이 그런 생각을 용납하지 않았다. 모두가 불쌍했다. 부부로 함께 사는 한 언젠가는 나도 그녀를 아내로서 인정하는 날이 오겠지 하는 막연한 희망으로 하루하루를 이어갔지만 그런 날은 쉽게 오지 않았다. 가정교사를 두어 딸의 공부를 돕게 했다. 두 사람의 불협화음에서도 소영이는 바르게 커 줬다. 미대로 진학했다.

가끔 화영의 생각이 났다. 말이 가끔이지 마음은 끊임없이 그녀를 찾고 있었다. 그즈음 어렵게 소식을 들었다. 혼자 살면서 학교에 나간다고 했다. 하지만 어느 학교에 나가는지 어디에 사는지는 확인하지 못했다. 할 염치도 없었다. 아직 독신이라는 게 마음을 아프게 했다.

소영이가 대학에 입학한 해 여름은 실종된 장마로 날씨가 무더웠다. 점심때가 조금 지나 여자가 진료실에 나타났다. 오전에 사온 옷이 마음에 들지 않는다며 나에게 자동차 키를 달라고 했다. 말을 나눌 틈도 없었다. 대기실에는 많은 환자가 차례를 기다리고 있었다.

7시에 진료를 끝내고 바로 퇴근했다. 여자는 아직 집에 돌아와 있지 않았다. 늦겠거니 하고 혼자서 저녁을 먹었다. 여자는 자정이 되어도 들어오지 않았다. 아침은 소영이와 둘이서 먹었다. 낮에 의정부경찰서에서 전화가 왔다. 사고 처리반이라고 했다. 건널목 열차 충돌사고라고 했다. 여자는 주검으로 발견됐다. 차도 시신도 형편없이 훼손되어 있었다.

영정 앞에 향을 사르면서 나는 그동안 사랑을 주지 못한 것에 대해 용서를 구했다. 소영일 낳아준 걸 참으로 고맙게 생각한다고 진심으로 말하며 여자의 명복을 빌었다.

두 달도 지나지 않아 많은 곳에서 재혼 권유가 들어왔다. 환자 엄마들은 걸핏하면 사진을 들고 와 혼자 사는 언니라고 했고 올드미스 친척이라고 하며 선 보기를 권했다. 그러나 나는 어느 사진 어느 누구에게도 관심이나 흥미를 느낄 수 없었다. 모르는 사람과 다시 결혼하고 결혼 생활을 해야 한다는 건 그 생각 자체가 공포였다. 혼자라는 게 오히려 편했다. 소영이만으로도 삶은 족했다. 화영을 다시 만날 수 있을지도 모른다는 은밀하고도 뻔뻔한 기대는 단 하루도 건너뛰지 않았다. 그러면서도 그녀를 찾을 염치는 여전히 없었다. 어디 사는지 알 방도도 없었다. 바람 잔 날들이 이어지며 한 해 한 해가 굴곡 없이 지나갔다. 학교를 졸업하고 소영이는 공부를 더 해야겠다며 뉴욕으로 건너갔다.

5월 중순, 주말을 이용해 나는 간송미술관을 찾았다. 해마다 봄 가을로 열리는 전시회에는 귀한 서화가 많았다. 해가 거듭될수록 점점 더 관람객이 많아졌다. 혜원의 미인도 앞에서였다. 그림을 보던 젊은 여인 둘이 그림 속 한자의 뜻을 물었다. 아는 대로 대충 설명하는 참에 곁에 서 있던 여인이 붉게 상기된 얼굴로 뚫어지라 나를 응시했다. 이제 막 중년에 들어선 듯한, 곱고도 갈밋한 얼굴이었다. 의아한 대로 웃으며 눈길을 받았다. 무테 안경알 아래 맑은 눈이 재치 넘치게 반짝였다. 맑고 깨끗한 이마와 홍조 띤 뺨이 소녀처럼 고왔다. 흰머리와 검은 머리카락이 자연스럽게 섞인 여인의 웃음이 지나치다 싶게 환했다. 많이 본 듯한, 익숙한 분위기를 하고 있었다. 여인이 입을 열었다.

"오래간만이네요."

여인이 안경을 벗었다. 화영이었다. 가슴이 내려앉았다. 숨이 멎었다. 태연하랴 애를 써봤지만 소용이 없었다. 전혀 뜻밖이기는 했지만 어떻게 첫눈에 알아보지 못했을까. 덥석 손을 잡았다. 순간 웃는 얼굴인 채로 화영의 눈에 반짝 이슬이 빛났다. 함께 밖으로 나왔다. 백모란이 하얗게 꽃을 피운 곁 벤치에 앉았다.

웃는 모습도 목소리도 예전이나 한가지였다. 나긋한 듯 단아하던 몸매에는 기품이 더해졌다. 그녀는 변한 곳이 단 한 군데도 없었다. 여전히 조신했다. 여전히 꽃이었다. 나는 자꾸만 말을 더듬었다. 일행이 있다면서 화영이 전화번호를 적어주며 나중을 기약했다. 그날 저녁으로 바로 전화를 했다. 기다렸다는 듯 화영이 반갑게 받았다.

"지금도 미술 전시회를 자주 다니시나 보죠?"

근황보다 먼저 화영이 나의 취미생활을 확인했다. 그렇다고 했다. 대뜸 그녀가 말했다.

"그럼 혹시 이탈리아 미술 기행이 있는데 가실래요? 6월 4일에 떠나요. 성천 아카데미 주관, 10박 11일. 인원 16명. 두 자리가 남았어요."

내용이 알차다고 했다. 망설일 일이 아니었다. 다음날로 여행경비를 부치고 가는 날을 손꼽았다.

여행 첫날부터 일정이 타이트했다. 둘만의 시간은 쉽게 찾아오지 않았다. 첫 기행지인 밀라노의 두오모 성당, 엘리베이터를 타고 올라간 대리석 지붕 위에서 화영이 일부러 나의 곁에 앉았다. 화영이 처음으로 사적인 이야기를 했다.

"전에 있던 학교 동료 교사의 남편이 소아과의사였어요. 그분을 통해 의규씨의 근황을 대충은 알고 있었어요. 사고 소식도 듣고요. 늦게나마 조의를 표해요."

무어라 말해야 할지 얼른 생각이 떠오르지 않았다. 화영이 고개를 들어 첨탑 위에 세워진 황금의 성모 마리아상을 쳐다보며 지난날을 더듬듯 아련한 얼굴을 했다. 지붕 위에는 100개도 훨씬 넘는 성인들의 조상을 올려놓은 대리석 첨탑이 성당의 갓 쪽으로 빼곡히 세워져 있었다. 햇볕이 따가웠다. 다행히 인솔자인 김 교수가 그만 내려가자며 일행을 재촉했다. 그라지에(산타마리아 델레 그라지에) 성당에 가서 '최후의 만찬'을 보려면 서둘러야 한다고 했다.

그날 밤은 밀라노에서 묵고 다음 날 베네치아로 이동했다. 물과 빛의 도시, 베네치아. 성 마르코 성당과 박물관으로 개조된 두칼레 통령 궁을 온종일 돌아보고 난 저녁, 식사를 끝내고도 일행은 성 마르코 광장을 떠나려 하지 않았다. 노천카페에 앉아 맥주를 마시며 라이브로 음악을 듣기도 하고, 이곳저곳을 기웃거리며 이국의 밤 경관을 탐욕스럽게 즐겼다.

화영은 피곤하다며 먼저 숙소로 돌아가기를 원했다. 일행에게 양해를 구하고 둘이 함께 수로를 운행하는 버스(여객선)를 탔다. 물가의 건물들과 물에 비쳐드는 신비한 불빛에도 그녀는 무슨 생각인지에 빠져 제대로 감상하는 눈치가 아니었다. 11시가 되어가고 있었다. 피아짜 레 로마역에 내려 간 선수로 옆 좁은 길을 걸으면서도 화영은 여전히 말이 없었다. 호텔 바로 못미처 까페에 앉았다. 손님은 우리뿐이었다. 곤돌라 두 대가 간신히 교행할 정도로 좁은 수로, 건너편 건물 벽에 달린 가로등 불빛에 검은 수면이 머릿결처럼 찰랑댔다. 바람이 가볍게 불었다. 어둡고 조용했다. 화영이 샤또 바따이에 한 병을 시켰다. 말없이 잔을 채웠다. 포도주의 붉은빛이 어둠 속에 흑장미로 피어났다. 입술을 대자 초콜릿의 달콤한 맛이 혀끝을 간질였다. 한 모금 넘겼다. 매콤했다. 찬찬히 삼키자 혀의 깊숙한 곳에서부터 바닐라 오크 향이 은은하게 퍼져나와 입안 가득 감돌았다. 화영이 입을 열었다.

"봄이 다 가도록 의규 씨가 오지 않자 어머니가 나를 추궁하더군요. 어쩔 수 없이 모두 말씀드렸어요. 그 자리에서 어머니는 실신하듯 쓰러지셨어요. 급히 병원으로 옮겼죠. 석 달을 입원해 계시다 나왔어요. 반쯤 식물 인간이 되어서요. 학교를 나갈 수가 없더군요. 사표를 내고 집에서 아이들 과외 지도를 하면서 어머니를 보살폈어요. 5년을 그렇게 문호리에서 보냈어요. 누워 계셨어도 어머니는 나에겐 큰 버팀목이 되어주셨어요. 사는 건 그리 힘들지 않았어요. 저녁 시간만 빼면요. 어스름이 내릴 무렵이면 정원이 너무 쓸쓸해지는 거예요. 왜 나보고 나오지 않느냐고, 왜 안에서 쳐다보고만 있느냐고, 어째서 당신과 함께 밤을 맞지 않느냐고 정원은 아프게 힐책하는 거예요. 점점 더 커다랗게 고문이 되어가더군요. 그 집에 있는 게, 그 정원을 바라보는 게 너무너무 힘들어졌어요. 게다가 인근에 제대로 된 의료기관이 없는 것도 늘 마음에 걸리고요. 서울로 이주하기로 마음을 굳혔지요. 금호동에다 전화했어요. 테레사 대모님에게요. 그분, 의규 씨도 아마 기억하실 거예요."

나는 고개를 끄떡였다. 대모는 아주 서글서글한 분이었다. 방학 때면 화영은 그 집 아이들을 가르치고 여행도 함께했다. 화영이 말을 이었다.

"당장 올라오라더군요. 마침 옆집이 팔려고 내놨는데 쓸만하대요. 대지도 넓고요. 값도 헐하다면서 얼마간 도와줄 테니까 모자라는 건 융자를 받으면 된대요. 당장 결정했죠. 마침 문호리 집도 작자가 나서고요. 일은 순조롭게 진행됐어요."

이야기를 멈추고 화영이 와인을 한 모금 마셨다. 살품에 반사된 불빛이 새하얓게 빛났다.

"인기 있는 과외 선생으로 돈도 제법 벌었어요. 2년 뒤에는 복직 시험을 거쳐 다시 학교도 나가기 시작했고요. 얼마 지나 집이 새로 나는 도로에 수용되더라고요. 거금을 보상받았어요. 한강 변 아파트로 이사했지요. 어머니는 제가 복직한 지 꼭 10년째 되던 해에 돌아가셨어요. 어머니가 돌아가시고 나자 그간에 눌려 있던 외로움이 한꺼번에 사방에서 튀어나와 나를 힘들게 하는 거예요. 가르멜 재속회에 가입해 더 엄격하게 신앙생활을 했어요. 묵주 끈이 몇 번이나 끊어졌는지 몰라요. 마음이 많이 진정되더군요. 다음 해 학교를 옮겼어요. 수녀회가 운영하는 G초등학교로요."

화영이 잠시 말을 멈춘 사이 나는 그녀의 잔에 와인을 채웠다. 화영은 쳐다보기만 했다.

"릴케가 말했죠, 남자의 순수한 사랑을 경험한 여자는 평생토록 고독을 느끼지 않는다고. 하지만 시간이 지날수록 자꾸만 회의가 생기는 거예요. 정말 당신이 나를 사랑한 건가, 진정 사랑했다면 어떻게 그런 실수를 저지를 수가 있었을까. 뒷수습은 꼭 그렇게 해야만 했을까. 나를 너무 가볍게, 쉽게 생각한 건 아닐까. 별의별 생각들이 뒤엉킨 채 쏟아져 나와 가슴을 할퀴는 거예요. 사는 게 허망하게만 느껴지는 거예요. 끝내 재속회에서 종신 서약을 했어요. 가을에 동정녀 서원을 할까 생각하고 있어요."

화영이 아프게 웃었다. 그늘진 목덜미가 쓸쓸하게 꺾였다. 수로에 반사된 불빛이 화영의 얼굴 위에 얼룩으로 일렁였다. 지난해 말에 그녀는 학교를 그만뒀다고 했다. 장애아동 생활공동체인 〈라파엘의 집〉 관리직을 제안받고 있다고 했다.

여행을 다녀온 일주일 뒤 함께 갔던 사람들이 모여 간단하게 뒤풀이를 했다. 식사를 하며 사진을 교환하고 여행에서 받은 느낌들을 이야기했다. 모임이 끝나고 나는 화영의 차를 타고 함께 그녀의 아파트로 갔다. 현관문을 열자 분홍색 슬리퍼 한 켤레가 낯선 방문객을 맞았다. 그녀의 취향대로 실내는 간결하고 조촐했다. 가운데 벽에 직조작품 한 점이 눈길을 끌었다. 30호쯤의 크기였다. 둥근 형태와 그것을 직선이 관통하고 있는 구성의 반추상 그림이었다. 초록색의 지구 위에 흰옷을 입은 여자가 가느다란 허리를 길게 눕히고 한가롭게, 조금은 외롭게 하늘을 쳐다보고 있었다. 화영은 그것이 지구라고 했지만 내 눈에는 풀밭으로만 보였다. 아니 북한강변 화영의 옛집, 그 푸른 정원을 그린 것이란 걸 금세 알 수 있었다. 그림을 마주한 벽의 한쪽 구석에 놓여있는 히포크라테스 흉상이 나를 한없이 슬프게 했다. 흉상의 얼굴은 젊은 날의 나를 그대로 닮아있었다. 착잡했다. 순탄치 못한 결혼생활을 인내하며 나를 지탱해 준 북한강변의 추억이 화영에게는 어떤 의미로 기억되어 왔는가를 한눈에 보여주는 아픈 정경이었다.

화영에게 나는 죽은 여자의 아버지보다도 더 비열하고 무책임한 남자는 아니었을까. 자기의 생존을 위해서라면 남의 희생 따위 얼마든지 요구하는 철면피는 아닐까 하는 생각이 나를 끝도 없이 부끄럽게 했다. 벽에 걸린 작품 속 여인이 한층 더 애처롭게 보였다. 이 거실에서는 흉상과 그림 속 여인이 실제의 부부로 살아온 건 아닌가 하는 기묘한 느낌이 들었다. 둘은 어떤 대화를 나누며 살아왔을까. 북한강변의 들꽃 이야기, 바람 이야기, 물에 잠겨 깜박깜박 흔들리며 빛나는 별들의 이야기, 그날 밤 정원의 잔디밭에서 일어났던 사랑의 이야기를 끊임없이 주고받으며 이제껏 살아왔을 것만 같았다. 되풀이하고 되풀이해도 지루하거나 진부해지지 않는, 할 때마다 새롭게 태어나는 사랑의 이야기를 주고 주고받으며 많은 밤을 함께 지새웠을 것만 같았다. 어쩌면 화영도 이곳 거실에서는 이방인이 아니었을까. 대리 만족으로 위안을 받았을지 아니면 더 외로웠을지 나는 차마 화영에게 묻지 못했다.

간편한 실내복으로 갈아입은 화영이 주방에 들어가 쟁반에 와인 한 병과 체리를 담아 들고 나왔다. "씨트라 멜롯, 맛이 베네치아에서 마시던 것과는 다를 거예요, 자두향이 나요."하면서 화영이 두 개의 잔에다 와인을 따랐다. 화영이 CD 플레이어의 버튼을 눌렀다. '목신의 오후에의 전주곡' . 다시 드뷔시였다. 오보에의 그리운 가락이 눈을 뜨겁게 했다. 급히 일어나 베란다로 나갔다. 창밖을 내다봤다. 희부옇게 강이 흘렀다. 돌연 강이 북한강으로 변했다. 강물 위로 물안개가 피어올랐다. 베란다 앞으로 정원이 펼쳐졌다. 정원의 풀밭 위로 은밀하게 어스름이 내렸다.

아파트를 나와 집으로 오는 내내 수녀복을 입은 화영의 모습이 눈을 어지럽혔다. 길에는 추적추적 비가 내렸다.

어치가 날카롭게 울어 상념을 깬다. 주위가 한결 환해졌다. 어느새 제 모습으로 돌아온 정원에는 노인이 여전한 자세로 벤치에 앉아 하늘바라기를 하고 있다. 나무 사이를 나는 어치도 세 마리로 늘었다.

입은 채 그대로 나가 정원으로 내려섰다. 자귀나무 앞에 다가가 꽃들을 살폈다. 비 젖은 꽃자리가 연녹새로 선연하다. 꽃 하나를 주워들고 산을 올려다본다. 석기봉 위 하늘이 번하게 벗겨지고 있었다. 화영이 성당에서 돌아왔을까.

해당화

수릿재를 넘는 길은 전이나 별반 다름없이 여전히 꼬불거렸다. 하지만 길길 거리는 고물버스가 시커먼 매연을 내뿜으며 넘던 오일장 시절의 고갯길은 이미 아니었다. 포장이 된데다 너비도 넓어졌다. 버스도 그리 힘들어하지 않았다. 고등학교 시절, 주말을 맞아 청주의 하숙에서 보은 집으로 돌아갈 때는 주로 미원 쪽의 평탄한 길을 택했었다. 어쩌다 회인에 사는 친구 영칠이와 함께 가게 될 때에만 그를 따라 피반령과 수릿재를 넘는, 하루 두 번밖에 다니지 않는 회인 경유 버스를 탔다.

친구와의 옛날 생각으로 이번의 고향 길은 일부러 이쪽 길을 택해 차표를 끊었다. 고개를 내려온 버스가 저수지를 지나 10여 분을 더 달린 곳에 낯익은 초등학교의 회색 건물이 그리운 듯 나를 맞았다. 어느 때라 없이 학교는 언제나 반갑고 낯익어 마음을 느슨하게 풀어놓는다.

방금 할아버지의 흰 두루마기 자락이 한차례 운동장을 휩쓸고 지나가기라도 한 듯, 빈 운동장에는 한줄기 가는 회오리바람이 누렇게 마른 먼지를 하늘로 말아 올리고 있었다. 할아버지가 돌아가신지 벌써 30년, 그분을 회상할 때마다 가슴속에는 휑하니 바람이 일었다.

할아버지의 교육열은 집안 식구에만 국한되지 않았다. 광복되자 바로, 할아버지는 초등학교 건립용지를 흔쾌히 도에 기증한 데이어 군내에서도 두 번째로 거금을 희사해 중학교를 세우게 했다. 일제 강점기에도 아버지를 경성제대에 보낼 만큼 할아버지는 교육열이 대단했다.

툇마루에 앉아 어머니는 콩을 고르고 있었다. 서너 달 새에 등이 조금 더 굽은 듯 보였다. 집은 정초에 왔을 때나 별반 달라진 게 없었다. 볕 바른 마당엔 멍석이 펴 있었다. 콩을 널 모양이었다. 모시고 안방으로 들어가 절을 올렸다. 대충 손자들의 근황을 묻고 일어나 부엌으로 내려갔던 어머니가 쪽문으로 상을 들이며 물었다.

"중국 간다고? 어미가 그러는데 어디라더라? 듣고도 깜박했네."

"양산박이라고 들어 보셨어요?"

"그래 맞다. 호걸 도둑이 살던 곳이라며? 언제 가시는가?"

"목요일에 떠나요. 그나저나 요즘 허리는 좀 어떠셔요?"

꾸부정한 허리를 굼적하게 펴면서 이전이나 똑같은 대답을 하신다.

"약을 먹어서 웬만해. 견딜 만하니깐 너무 걱정하지 마시게."

젊어 아버지와 생이별을 한 어머니는 엄한 시부모를 모시고 4남매를 거두며 미수가 되도록 이제껏 몸가짐에 한 점 흐트러짐을 보이지 않았다. 정신도 말짱해 마을 일 하나하나를 모두 기억 속에 갈무리했다가 내가 내려올 때마다 보고라도 하듯 소상하게 말씀해주고는 했다.

"어미가 기분이 별로 안 좋은가 보던데…, 혼자만 간다고 볼이 부었어. 함께 가면 안 되시나?"

"술꾼 친구들이랑 가는데 어딜 같이 가요? 같이 가긴."

"그래두…."

어머니는 아무래도 며느리가 마음에 걸리는 모양이었다.

"배고파요, 어머니. 나 밥 좀 먹을래요."

"국이 식었겠구먼. 다시 데워 올까?"

"아녀요, 그냥 먹을래요. 어머니도 좀 드셔요."

어머니는 쉽사리 수저를 들려 하지 않았다. 말꼬리를 끊은 내가 조금쯤 서운한 눈치였다.

"드셔유, 왜 보구만 계신대유?"

어머니의 마음을 달래느라 일부러 사투리를 써가며 엉너리를 치자 그제야 마지 못하는 듯 저를 든다. 내 어려서부터도 그랬다.

중학교에 들어간 이래 어머니에게 있어 나는 대처에 나가 있던 형보다도 더 심정적으로 아버지 대신이었던 게 확실했다. 남들이 없는 데서는 유별나리만치 티나게 사투리를 써서 당신의 정을 나타내고는 했다.

하지만 금세 당신의 궁금증을 다시 빈 숟가락에 덧두리로 얹는다.

"정말 어미는 안 데리고 갈 건가?"

"네, 정말이어요. 못 데리고 가요."

"그런 섭섭한 소릴랑 하덜 마시게. 요즘이 워뗜 세상인디 남정네끼리만 여행을 하는구! 참 겁도 없으시네 그랴."

어머니의 나무람을 피해 고개를 돌리다가 눈이 문틀 위에 멎었다. 젊은 아버지의 빛바랜 흑백사진이 초등학교 때 보던 모습 그대로 여전히 그곳에 걸려 나를 내려다보고 있었다.

"아직도 요전번 받은 사진으로 바꾸지 않으셨네?"

못 들은 척 두어 번 국을 더 뜨고 난 뒤 수저를 놓으며 어머니가 단호하게 말씀했다.

"아녀. 너는 워쩐지 몰라도 내게 느이 아버지 사진은 지금 저거여. 아예 그런 소릴랑은 입 밖에 내덜 마시게."

어머니의 표정은 다듬잇돌보다도 더 단단하고 엄했다.

ㅈ사범 교사였던 아버지는 내가 초등학교 4학년이던 1950년, 6·25 전란 막바지에 자진 월북했다. 형과 나, 여동생 둘과 어머

니와 조부모를 남겨두고 북으로 간 아버지 탓에 식구들의 마음고생은 말이 아니었다. 할아버지는 주체하기 힘든 분노로 손자들과 며느리에게 가혹할 정도로 엄하게 했고 할머니는 자주 가슴앓이를 했다.

하지만 어머니는 달랐다. 그런 와중에도 집안 일을 빈틈없이 해냈고 언행도 조신하여 머슴은 물론 어쩌다 찾아오는 마름조차도 어머니를 함부로 대하지 못했다. 이웃도 물론이었다. 누구나 어려워했다. 뒤에 할아버지의 위엄이 있어서이긴 했겠지만 어머니에게도 적지 아니 여장부의 기질이 있었던 게 확실했다.

저녁 늦게 부엌일을 마치고 방에 들어서는 어머니에게서는 특유의 부엌 냄새에 더하여 낯선 냄새가 희미하게 곁들여 나기 시작했다. 할아버지에게서, 머슴에게서, 가끔 집에 오는 형에게서 나는 담배 냄새였다. 특히나 달이라도 밝은 밤이면 뒤울안 대숲 그늘에 몸을 숨기고 귀신처럼 앉아 담배를 태우는 어머니의 움직이지 않는 검은 실루엣을 보는 때가 드물지 않았다. 성장해 가면서, 어른이 된 뒤 늦게까지도 달빛 찬 댓잎은 나의 가슴엔 한 잎 한 잎이 모두 날카롭고 서러운 작은 칼날이었다.

초등학교를 졸업할 언저리부터 집에는 낯선 사람들이 눈에 띄게 할아버지의 사랑방을 다녀가기 시작했다. 그럴 때면 할아버지의 방에서는 놋쇠 재떨이를 호되게 내려치는 소리가 요란하게 났고, 쇠죽 솥 아궁이 앞에서는 머슴 송 서방이 종이 말이 담배 끝에 부싯돌을 모지락스럽게 쳐대고는 했다.

"이번엔 또 워떤 논빼미가 뽑혀 나갈라는감?"

한숨 섞어 혼잣소리를 내뱉는 송 서방에게 무슨 일이냐 물으면 매번 딴소리를 했다.

"알 것 없시유, 도련님은 굉부만 열심히 허문 되아유."

중학교에 들어가면서 나는 집안의 여러 사정을 대충이나마 조금씩 알게는 됐다. 마름도 더는 발길을 하지 않았다. 농사를 짓는 것만으로는 형의 학비와 하숙비를 감당하기가 버거운 듯했다. 들어오는 볏섬은 해마다 줄었다. 머슴도 바뀌었다. 새 머슴은 1·4 후퇴에 따라 내려온 사내로 말수가 적었다. 귀에 선 함경도 사투리를 썼다. 목수라고 했다. 집안에서는 김 서방이라고 불렀다.

"엄마, 김 서방은 왜 혼자야?"

"응, 이북에 처자가 있단다."

"근데 왜 혼자 내려왔어?"

순간 어머니의 낯이 붉게 상기되면서 언성이 매워졌다.

"느이 아버지도 혼자 올라갔잖냐, 남정네들이라니 모두…."

할아버지의 위엄에 눌려 평소 조신하기만 하던 어머니가 김 서방이 온 뒤로는 이따금씩 가시 돋친 속내를 드러내고는 했다.

여름방학 중의 어느 밤이었다. 저녁에 참외를 세 개나 먹고 잔탓에 자정을 겨우 넘겨 잠을 깼다. 창호에는 달빛이 서당 골 폭포수처럼 허옇게 내리비치고 있었다. 오줌이 마려웠다. 일어나 문을 열려다 말고 멈칫 동작을 멈췄다. 뒤뜰 대숲에서 사람 소리가 났다. 빠끔히 문을 열고 대숲을 살폈다. 어둠에 눈이 익자 두 사람의 검은 형상이 또렷하게 보였다. 앉아있는 어머니 곁 조금 떨어진 곳에 김 서방이 구부정한 자세로 엉거주춤 서 있었다. 머리맡에 있는 요강을 끌어당겨 소리 안 나게 오줌을 누면서 귀를 세웠다. 이 밤중에 무슨 이야기일까? 웅얼웅얼 김 서방이 말했다.

"마님, 여름이래두 밤바람이 찬데 뭘 좀 걸치시지요?"

댓잎 사이로 어머니의 얼굴에 달빛이 검은 얼룩을 그렸다. 놀란 얼굴도 아니었고 더더구나 동요하는 빛은 전혀 없었다.

"나는 괜찮아요, 김 서방이나 어여 들어가셔요. 남이 보면 어쩔려구…."

어머니의 답이 찼다.

"이러다 감기 드실까 걱정이 됩니다. 그만 들어가 주무시지요."

"염려는 고맙지만 고뿔은 겁 안 나요. 남의 입 초시가 무섭소."

어머니의 음성에는 달빛이 파랗게 날을 세웠다.

"그나저나 김 서방은 올해 나이가 정확히 몇이우?"

지나치다 싶어서였는지 어머니가 말 품새를 조금 누그리며 나직이 물었다.

"용띠야요. 북에 두고 온 집사람보다 둘이 위입죠."

"그럼 우리 쥔 양반보다 한 살이 아랠 세나."

"마님은 나이보다 훨씬…."

말끝을 흐린다. 어머니가 못 들은 척 말을 바꿨다.

"공연히 남이 볼까 사위스럽소, 어여 들어가도록 하시오."

어머니는 단호하게 김 서방을 몰아세워 들어가게 했다. 뒤에 남은 어머니는 주먹을 그려 쥐며 깊게 한숨을 토해냈다. 처연해 보이는 어머니를 보자 갑자기 아버지가 용납되지 않게 미워졌다. 머리까지 이불을 뒤집어쓰고 억지 잠을 청했다.

다음 날 아침, 새벽 물꼬를 보고 들어와 아침 식사를 끝낸 김 서방이 바로 할아버지의 사랑방으로 불려 들어갔다. 한참 만에 나온 김 서방은 그 길로 아래채의 문간방으로 들어가 보따리를 챙기더니 쫓기듯 대문을 나갔다. 무슨 일인가 싶어 부엌에 들어가 봤다. 힐끔 나를 쳐다본 어머니가 무슨 더러운 물건이나 만지듯 김 서방이 만든 고물개를 엄지와 중지만으로 집어 들어 아궁이 속으로 훌쩍 던져 넣어버렸다. 할아버지도 분명 간밤의 대숲 정경을 보셨던 게 확실했다. 그 뒤로 김 서방의 얼굴을 다시는 볼 수 없었다.

할아버지가 시내 경찰서에 불려갔다 오는 날이면 집안 공기가 유난스레 서슬이 져 누구 한 사람 선부르게 입을 열지 못했다. 그런 날이면 상위의 반찬도 유별나게 짰다. 그런 날이 한 해에도 수삼번씩 생겼다.

대학을 졸업하고도 형은 쉽게 취직이 되지 않았다. 군에도 가지 못했다. 외국에도 나가지 못했다. 국가기관에서는 원서도 받아주지 않았다. 연좌제의 고통을 몸서리나게 겪었다. 어머니의 간곡한 권유로 졸업 전에 결혼한 형은 결혼생활 5년째에 벌써 남매를 두고 있었다. 간간이 부탁해오는 원서나 번역해주던 형이 그나마 사립학교에 취직한 건 졸업 후 3년이 지나서였다. 내가 대학에 입학한 해에 겨우 찾아든 집안의 경사였다.

나의 대학 생활은 시작부터 우울했다. 고등학교에 진학한 여름 할아버지가 타계한데 이어 할머니마저 내가 대학에 입학하자마자 돌아가셔서 시골집에는 어머니와 두 여동생뿐으로 매양 마음이 쓰였다. 생활도 점점 더 쪼들리는 눈치였다. 형도 학교생활 적응이 어려운 듯 보였다.

입학하자마자 여러 사람의 교수가 나를 불렀다. 경성제대에서 아버지와 동문수학한 분들이라고 했다. 위안이 되거나 자랑스럽기보다는 오히려 서글프기만 더했다. 이듬해 나는 그간 기숙하던 친척 집을 나와 동향 사람 집에 가정교사로 입주했다. 집안 형편을 아는 터에 계속 하숙하며 지낼 수는 없는 노릇이었다.

그사이 형은 그나마 다니던 학교에서 권고 사직을 당하고 서울에 올라와 학원에 강사로 나가고 있었다. 그것도 자주 자리를 옮겼다. 여전히 사회 적응이 힘든 모양이었다. 형은 술을 달고 살았다. 어쩌다 늦게 가정교사 하는 집으로 나를 찾아올 때에만 그나마도 조금 덜 취해 있었다. 취해있지 않은 형의 얼굴은 평소보다 더 어둡고 핼쑥했다. 어느 늦은 저녁, 형은 그날도 꽤 도연해서 날 찾아왔다.

"어디서 또 이렇게 술을 드셨어요?"

"응, 상가에 갔다가…."

"누가 돌아가셨는데?"

떠다 논 자리끼를 그릇째 비우며 형이 웅얼웅얼 대답했다.

"응, 친구 아버지가 돌아가셨다."

형의 입을 쳐다보며 나도 모르게 불쑥 물었다.

"돌아가신 분 얼굴이 어떻게 생겼어?"

"뭐? 얼굴? 뚱딴지같이. 그건 왜?"

뜻밖이라는 듯 어이없어하는 표정으로 잠깐 이마를 찌푸리더니 목소리를 낮춰 내 속을 물었다.

"뭐가 알고 싶은데?"

"그냥 말해봤어."

물끄러미 나를 바라보는 형의 눈에서 한 줄기 눈물이 주르르 흘러내렸다.

"짜식두."

벽에 등을 기대고 앉아 고개를 뒤로 젖히며 눈을 감는다.

갑자기 형이 내게 엉뚱한 질문을 했다.

"너 개선문 읽어봤냐? 레마르크가 쓴."

"응, 읽었어."

"거기에 이런 말이 있지, Who can live without forgetting 이라고."

"아, 알아. 다리 위에서 라브익이 말했지 아마. 무슨 다리더라?"

"다리이름이 중요한 게 아냐, 사는 게…."

말끝을 흐렸다.

"?,….반쯤 남은 술이 한 병 있는데, 드실래?"

"아니다 됐다. 그만 자거라. 갈란다."

골목 어귀를 지나 큰길까지 배웅했다. 가로등 불빛 속을 비척거리며 걸어가는 형의 그림자가 갑자기 유령의 그것처럼 커지더니 곁을 따라 걷는 나를 섬뜩하게 덮쳤다. 멀어져가는 형의 뒷모습이 볼품없게 왜소했다.

무슨 병인지도 확실치 않은 채 조카 둘을 남겨놓고 형이 일찍 세상을 떴다. 잠을 자다 갑자기 돌아가셨다. 심장마비라고 검시 명이 나오기는 했지만 술과 스트레스로 인한 심장질환이었을 게 확실했다. 관상동맥 경화에 따른 심근경색이었을 것으로 뒤늦게 추정이나 해봤을 뿐 식구 너나없이 모두 어이없기만 했다. 고아가 되기나 한 것처럼 갑자기 주위가 삭막하고 허전했다. 30을 겨우 넘긴 안타까운 나이였다.

가정교사로 어렵게 대학생활을 하느라 나에겐 낭만도 없었다. 시간이 나면 시골집으로 내려가 혼자 계신 어머니를 뵈어야만 그나마 마음이 풀렸다. 내려가 뵐 때마다 어머니의 얼굴엔 조금씩 더 짙게 그늘이 드리웠다. 잠깐 희미하게 내비치던 웃음도 어머니의 얼굴에서 완전히 사라져버리고 말았다. 말씀도 더 낮게 소곤거리듯 했다.

나의 장래도 결코 밝지 못했다. 대학을 졸업하고도 미국에는 갈 수도 없었고 장교로도 임관되지 않았다. 연좌제 때문이었다. 의가사 재대로 보충역에 편입하여 복무를 면제받았다. 어머니의 바람이기도 했다.

전문의 과정을 마치자 국영병원으로 발령이 났다. 임명시험을 치렀다. 감독관은 아버지의 경성제대 동기 중 한 분인 성진호 교수였다. 반가워했다. 형식적인 절차라고 했다. 하지만 임명은 보류되었다.

고교 동기면서 판사인 동서와 모 부처 감찰과에 있는 친구에게 도움을 청했다. 관계부처를 무마한 끝에 다시 시험을 봤다. 그때도 요행 감독관은 그대로 성 교수였다. 어렵사리 임명됐다. 처음 발령된 지 6개월 뒤의 일이었다.

2000년 6월, 남북 정상회담으로 김대중 대통령이 평양을 방문하고 돌아온 보름 뒤, 중년의 남자 하나가 나를 찾아왔다. 신분은 숨긴 채 재삼 나인 것을 확인하더니 커다란 봉투 하나를 내밀었다. 70대 초반으로 보이는, 낯익은 남자의 정장 차림 사진이었다. 아버지였다. 김일성대학 교수로 xx 단과대학 학장이었다고, 돌아가신 지 4년이 됐다고 했다. 북에 올라 간지 2년 만인 1952년에 그곳에서 새롭게 여자를 맞아 딸 하나에 아들 둘을 두었다고 했다. 아버지의 영정 사진은 나를 끝도 없이 막막하게 했다.

세월은 어디 가고 남북 합쳐 6남매의 맏이인 걸 알게 된 날, 나는 형을 부르며 밤새도록 술을 마셨다. 배낭에 가득 술병을 담아 메고 산으로 갔다. 북한산 우이골의 조그만 암자 위 바위틈에서 몇 병인 지도 모르게 술을 마시고 그대로 곯아떨어져 깊게 잠이 들었다.

얼마를 잤을까? 요란한 소리에 잠이 깼다. 목탁 소리였다. 날도 채 밝지 않은 신 새벽 어둑한 암자 마당, 희미한 석등 불빛을 옆으로 받으며 스님이 안개 자욱이 낀 계곡을 향해 서서 예불하고 있었다.

'흥, 할머니도 때마다 절엘 다니셨지만 영험이라곤 하나도 없었지, 우상 숭배라니!' 비틀린 웃음이 비죽비죽 사납게 비어져 나왔다. 또 술을 마셨다. 다시 잠이 들었다.

얼마를 잤을까. 따가운 햇살에 눈을 떴다. 해가 막 영봉을 넘어가고 있었다. 2시가 지나있었다. 골짜기의 안개는 가시고 산은 푸르기만 했다. 배가 고팠다. 속이 쓰렸다.

산에서 내려오면서 나는 가슴에 갇혀 있던 아버지를 인제 그만 풀어내 저세상으로 놓아 보내면 얼마나 홀가분할까, 그리하여 나 또한 아버지로부터 놓여날 수 있다면 얼마나 자유로울까 하는 생각에 가슴이 아렸다. 더는 아버지를 원망하고 싶지도 그리워하고 싶지도 않았다. 죽음이란 모든 게 용서되는 너그러운 차원이라고 간단하게 생각되지는 않았지만 핏줄이었던 때문인지 나도 한몫의 성인이 되고 아버지가 된 때문이었는지는 몰라도 다시는 더 고뇌하고 싶지 않았다. 남들과 똑같이 생각하고 생활하는 평범한 사회인이고 싶었다. 그럴 수만 있다면 우상숭배이든 말든 부처님께 매달려 삼천 배가 아니라 삼천 배를 삼천 번 더 하라고 해도 할 수 있을 것만 같았다. 부처님 앞에 빌어라도 볼 걸 하는 아쉬움이 걸음을 드티게 했다.

2004년 4월 1일 저녁, 인천 제2 국제여객부두에서 배를 탔다. 칭다오靑島를 거쳐 대련으로 가는 위동해운의 최신 여객선 골든 브리지 5호였다.

"몇 시에 출항한대?"

계단을 오르는 김무일 회장을 보며 먼저 배에 올라있던 임 총무가 인사 겸으로 묻는다.

"정각 다섯 시야, 몇 명이 탔어?"

김 회장이 임 총무를 돌아보며 함께 가는 인원을 물었다.

"김 회장까지 열두 명."

호기심 많은 문갑식 동문이 김 회장에게 물었다.

"야 이 배, 어마어마한데! 이 정도면 몇 톤이나 나가는 거야?"

"2만 9천 톤이라지 아마, 타이타닉보다 만 톤이 적다니깐 대단한 거지. 노래방, 샤워실, 영화관, 또 뭐가 있더라, 좌우지간 웬만한 건 다 있어."

김 회장이 차분하게 대답한다. 배는 정확히 다섯 시에 떴다.

470 개의 객석을 갖춘, 전폭 29m, 총 길이 200m가 넘는 듬직한 선체가 서서히 도크로 들어섰다. 누군가 물었다.

"빡빡한데, 도크의 넓이가 얼마래?"

곁에 있던 이등 항해사가 어느결에 듣고 답했다.

"네, 32m입니다."

이어 설명을 덧붙인다.

"인천항은 간만의 차가 심해서 밀물의 물때를 맞춰야 출항할 수 있지요. 그러고도 다시 도크를 이용해 해수면을 조절해야만 외해外海로 나갈 수가 있습니다."

서서히 항구가 멀어졌다. 하늘에는 남쪽에서 겨울을 난 기러기 떼가 V자 대형을 이루면서 시베리아로의 늦은 귀향길을 재촉하고 있었다. 갑판에 서서 눈을 들어 그들을 쫓던 문 동문이 갑자기 한탄조로 말했다.

"정치하려면 저렇게 줄을 잘 서야 하는 건데 나는 학생회장을 한 죄로 전임자인 이 총재를 따라다니다 그만 요 모양이 되고 말았단 말야. 석 달만 한 국회의원이 무슨 의원이람. 세상사 참 뜻대로 안 돼."

몇 가닥뿐인 머리카락을 쓱 하니 한 차례 쓰다듬어 넘긴다.

선임자의 유고로 전국구 차 순으로 국회에 들어가 잔여임기 3개월간 의원 노릇을 하는 바람에 금 빼지를 달수 있었던 자신을 자조하는 말이었다.

저녁 식사 후 로비에 나와 앉아 맥주를 마시면서 문 의원이 내게 말을 걸어왔다.

"들리는 말로는 선친이 김일성대학의 교수로 계셨다던데…? 야 거 대단한 거 아이가."

태생이 서울이면서도 문 의원은 출처 불명의 모호한 말을 쓴다. 경상도도 아니요 함경도도 아니요 평안도 말씨는 더더욱 아닌 뒤죽박죽의 사투리를 즐겨 쓴다. 칠팔 할이 서울말이지만 나머지는 이것저것 분위기 따라 요령껏 섞어 쓴다. 요즘에 들어서는 몇 차례

사업차 중국을 갔다 왔다 하더니 아예 말투마저 중국식이 됐다. 왜 그러느냐고 물을라치면 그는,

“정치를 하다 보면 다 그런 법이야, 뭘 따지고 그래. 사람 참 못 쓰겠는데. 허 허 허”하고 호방하게 웃으며 말 물살을 흐렸다.

황사가 걷히는 연안에는 가볍게 봄비가 내리고 있었다. 남의 이야기 하듯 그에게 답해줬다.

“맞아, 하긴 나도 듣기만 했을 뿐이긴 하지만….”

“지금 연세가 어떻게 되나, 살아 계신다든가?”

“돌아가셨다고 그래. 1914년생이니까 살아 계신다면 아흔 하나가 되지.”

“나라가 작아서 그런지 너나없이 사람들이 참 기구하게 살아. 에이 참 땅덩어리는 좁아 가지구서….”

서구적으로 지어진 청도 항구에 정박한 게 아침 8시, 단정한 도시의 풍광이 예상외로 깨끗했다. 하늘도 맑았다. 청도를 둘러보고 그날 밤은 황하 옆 제남에서 묵었다. 황하는 기대와 달리 물이 적고 강폭이 좁았다. 물도 탁해 볼품이 없었다. 누런 강바람이 을씨년스럽게 불었다.

아침 여덟 시 제남을 출발한 버스는 열두 시쯤 동평호에 닿았다. 황하와 연결되었던 물길이 막힌 호수는 더는 호걸 산야의 위용이 아니었다. 멀리 삼백 미터 높이의 민둥산인 양산박이 눈에 들어왔다. 수호지에 심취한 문 의원이 상기된 얼굴로 양산박의 역사를 풀어나갔다. 하지만 지금의 모습은 책에서와는 달랐다. 인공으로

만든 모형 수선首船과 수채水寨만 덩그렇게 산기슭에 썰렁할 뿐, 높게 수직으로 깍인 석벽에 쓰인 명필 먹글씨 외에는 이렇다 할 볼거리가 없었다. 산위 황룡기 나부끼는 취의정에 서서 잠시 그 옛날 호걸들이 보여준 의로운 모습을 추고해 보는 걸로 기대 깨어진 아쉬운 마음을 주섬주섬 채울 밖에는 달리 김단거리가 없었다.

총무와 몇몇은 닭싸움에 정신이 팔려 멀리 아래에서 일어나는 발정한 숫양의 거친 뿔싸움에는 눈길도 주지 않았다. 구경을 마치고 내려오다 보니 이번에는 어린이들의 무술시범이 우리를 기다리고 있었다.

"인수 모두 싸움뿐이니 과연 양산박 후예로다!"

싸움에 식상한 표정으로 김 회장이 허공에 대고 한 마디를 탄식하여 날렸다.

"총무, 해당화 예약이 몇 시야?"

태산을 들러 청도로 돌아오는 버스에서 김 회장이 총무에게 물었다.

"여덟 시까지 간다고 했어. 조금 늦을지 모른다고 미리 말해뒀네."

궁금해 물었다.

"해당화가 어디야? 음식점인 것 같은데…."

"응, 청도에 있는 북한 음식점이야. 외화 벌이 사업으로 나와 있는데 사업차든 관광차든 남쪽에서 오는 사람들을 특별히 환영하지. 시중드는 처녀 애들이 하나같이 미인이어서 한번쯤 가 볼 만

해. 하하"

김 회장이 나를 쳐다보며 간략하게 설명했다.

호기심이 생겼다. 북쪽 사람들은 우리를 어떻게 대해줄까? 아버지가 그토록 좋아서 반평생 넘게 함께 산 그쪽 사람들은 과연 어떤 정서를 지니고 있을까? 그 사람들에게서 혹시 아버지의 체취를 맡을 수 있을까? 궁금하고 두려웠다.

식당에는 밤 열한 시가 다 되어 도착했다. 음식은 벌써 차려져 있었다. 보기부터 푸짐했다. 반갑게 맞아주는 남빛 치마폭 허리 나긋한 북한 테녀(처녀)들, 여행에 지친 일행을 간드러진 교태로 맞는다.

식탁에 앉기 무섭게 마시고 먹어댔다.

"자정이 넘었을 텐데 싫어하지도 않아."

평소 예의가 바르고 약속 지키기가 칼날 같은 박 동문이 이해가 안 되는 듯 고개를 갸웃한다.

"우리에겐 디금이 툐데녁이야요."

술시중을 들던 처녀가 어느새 말을 듣고 싫지 않게 변명한다. 여흥이 시작되었다. 처녀들의 춤사위가 는실난실 요염하게 휘우청댔다. 보기만으로도 허리가 움찔움찔 춤을 췄다.

들쭉술에 취하고 그네 아리따움에 취하고, 노래에 취하고 이역만리 여정에 취하고, 벗들의 호기에 취하고…. 밤은 그렇게 속절없이 취해만 갔다.

대학을 졸업한 평양의 고위급 집안 출신의 지성적인 그녀들은,

잠시 이야기를 나눠 봐도 사상교육이 단단한 듯 어떠한 농담에도 전혀 흔들림이 없었다. 단순하게 음식점의 도우미가 아니었다.

"순박해 보이지만 말을 해보면 만만치가 않아."

총무가 설레설레 고개를 저었다.

"세련된 게 보통이 아냐. 얼짱에다 몸짱에다 옷짱까지."

"말도 잘해. 말짱이라고 해도 손색없겠어."

문 의원이 말을 받으며 감탄을 한다.

좌장격인 처녀가 마이크를 잡더니 노래를 한다. 이주호의 '사랑으로'를 참으로 정 감기게 부른다. 곁에 서서 시중드는 처녀에게 넌지시 물었다.

"저렇게 남한노래를 해도 괜찮은가?"

"기럼요, 아 다 같은 도선 사람인데 남이고 북이고가 어드메 있시요?"

"지금 저 처녀, 곱기도 하지만 노래도 참 잘 부르네 그려."

"툴신도 좋와요, 동무 외할아버지가 김일성대학 교수였디 뭡네까."

호기심이 일었다.

"교수 이름이 뭔데?"

"그건 모르갔시요. 내레 불러 올테니끼니 딕텁 물어보시라우요."

곧바로 그녀가 좌장의 소매를 끌고 내 자리로 왔다.

"날 찾았습네까, 어르신 동무?"

"그래요. 할아버지가 김일성대학 교수로 계셨다구요?"

"니 동무가 또 쓸데없는 말을 했구나야. 기래요. 어르신 동무가 아는 분이라도 있슴네까?"

"외할아버지 함자가 뭔지 기억해요?"

"기럼요, 누굴 민취(민충이)로 아시나봐."

살살 눈웃음을 치는 그녀가 별달리 가슴에 친근했다.

"함자가 어떻게 되는데?"

"건 알아서 메할라구요?"

입은 웃고 있었지만 눈은 살피듯 긴장한다.

"나두 아는 분이 있어서 그러네."

"덩말이야요? 남도선 동무가 김일성대학 교수를 어드렇게 알갔시요? 거딧부렁 하디 말라우요."

좀처럼 경계를 늦추지 않는다. 예사롭지 않게 날카로운 눈빛으로 한참 나를 응시하던 그녀가 나의 진심을 읽은 듯 진지한 말투로 입을 열었다.

김씨 성에 재자 춘자를 씀네다.

"뭐, 뭐라구?"

세상에! 이럴 수는 없었다. 귀를 의심했다.

"김재춘 교수라구? 아니 그럼 xx대학 학장이었던?"

나의 놀람에 처녀가 오히려 당황했다. 주변이 웅성웅성 소란해졌다. 처녀가 말했다.

"네, 길케 들었시요. 기런데 어떻게 기걸 아십네까?"

대답 대신 나는 앞에 놓인 술병에서 술을 따라 단숨에 들이켰다. 손이 떨렸다. 얼굴이 목부터 떨렸다.

김일성대학. 김재춘 교수. 동명이인일 수 없는 아버지의 성함. 석고상처럼 굳었을 내 얼굴을 의심스럽게 쳐다보는 그녀에게 나는 한참만에야 신음하듯 대답했다.

"내 아버질세."

"에구머내나!"

처녀의 눈이 화등잔만큼이나 둥그렇게 커졌다.

"기럼 선생은 누구십네까? 나와는 어드렇게 되시는 거야요, 네?"

호들갑스럽게 놀라며 처녀가 급하게 물었다.

하지만 나는 선뜻 대답하지 못했다. 속에서 무어라 딱히 꼬집지 못할 감정들이 뒤죽박죽으로 솟아나 부글부글 들끓었다. 찬찬히 그녀를 쳐다보며 어떤 닮은 음영이라도 있나 살폈지만 처녀의 얼굴에서 나는 사진 속 아버지의 흔적을 전혀 찾아낼 수가 없었다.

어머니를 버리고 간 아버지. 그 오랫동안 어머니를 가슴 깊이 응어리를 묻은 채 침묵 속에 살게 하고, 식구들 모두에게서 웃음을 빼앗은 아버지. 할아버지와 할머니 앞에 제 목소리 한 번 내지 못하고 어머니를 죄인이듯 그림자이듯 한평생 살게 한 아버지. 나는 처녀를 외면했다.

사상이란 대체 뭐란 말인가. 아버지를 월북하게 하고 식구들을 모두 응달에서 살게 한 사상이란 도대체 뭐 말라비틀어진 거란 말인가. 처자식 부모 다 버리고 사상 따라갔으면 사상에나 투철할 일이지 왜 다시 가정을 꾸렸단 말인가. 실제 맞닥뜨린 북의 실상에 그의 신념이 꺾여 인간적인 위로가 필요했던 걸까. 그랬을지 모른다. 아니 분명히 그랬을 것이다. 원망과 분노는 결국 연민으로 귀결했다.

여전히 아버지의 선택이 원망스럽기는 했지만 처녀에게 죄를 물을 수는 없었다. 이제 와 분통을 터뜨려 본들 달라질 거라곤 아무것도 없었다.

“삼촌이지, 큰외삼촌.”

나는 나도 놀랄 정도로 차분하게 대답해놓고 다시금 처녀를 올려다봤다. 현실감이 없었다. 뚫어지게 나를 쳐다보던 처녀가 다시 띄엄띄엄 조심스럽게 물어왔다.

“그럼 혹시 고향이 충북 보은이 아니십네까?”

놀랍게도 고향까지 알고 있었다. 어찌 알았을까.

“맞네, 그런데 그걸 어떻게 알았지?”

선불리 대답을 못 하는 채 그녀가 눈시울을 붉히다가 겨우 입을 열었다.

“여기 오기 던에 어머니에게서 들었시요. 외할아버지의 고향이 남쪽이라는 건 당국에서도 말해 뒀시요.”

망연한 나의 표정에 조카는 잠시 어쩔 줄을 몰라 하더니 대뜸 바닥에 엎드려 절을 했다. 세 번을 연이어 절했다. 엎딘 채 가늘게 어깨를 떨었다. 잠시 주위의 웅성거림이 멎었다.

조카를 일으켜 세웠다. 조카의 눈물 젖은 얼굴을 향해 이름을 물었다.

"순애야요, 따를 순, 사랑 애."

덤덤했다. 텔레비전에서 이산가족을 상봉할 때처럼 부둥켜안고 볼을 비비며 눈물을 흘려야 할 텐데 전혀 그럴 마음이 생기지도 않았고 뜨거운 어떤 정감도 우러나지 않았다. 아무런 느낌이 없었다. 누군가가 곁에서 한마디 탄식을 했다.

"참 별난 놈의 이산가족도 다 있구먼."

무거워진 분위기가 답답해서였을까, 총무가 일어나더니 모두에게 새롭게 잔을 채우게 했다. '위하여!'를 제안하며 높이 잔을 들었다. 하지만 대다수는 생뚱맞게 무슨 '위하여'냐는 듯 착잡한 표정으로 자리에 앉은 채 잔만 들었다. 묵묵히 앉아 술만 마셨다.

그녀들은 눈치가 번개였다. 능수능란했다. 한 사람씩 일으켜 끌어내더니 지르박, 트로트에 이어 블루스로 남정네들을 리드했다. 수양버들처럼 감겼다. 귀에다 대고 무슨 말인가를 계속 야슬거리며 춤을 이어갔다. 침울하던 분위기는 나의 주변에만 조금 남았을 뿐 홀 안은 다시 화기로 넘쳤다.

헤어져 나오는 나의 손을 잡은 조카가 눈물을 글썽이며 종이쪽지 하나를 건네줬다. 주소라고 했다.

"다음번엔 사촌 언니랑 오빠두 봤으믄 좋카시요, 큰삼촌. 기럼 도심해서 가셔요. 빨리 통일이 됐으믄 좋캇네."

말투에는 벌써 남과 북이 하나로 통일되어 뒤죽박죽 섞여 있었다.

새벽 두시의 청도 거리는 쥐죽은 듯 적막했다. 밤하늘엔 별도 고요히, 서럽도록 고요히 빛나고 있었다.

늦잠을 깬 다음 날 아침, 기미년의 항일운동을 기념하는 5 · 4 광장과 잔교를 돌아보고 귀국행 비행기에 올랐다. 비행기의 창밖 저 아래 하늘에는 하얀 구름이 뭉실뭉실 끝없이 넓게 펼쳐져 구름 밭을 이루고 있었다. 남과 북의 경계는 아무 데도 없었다.

대한항공은 우리 시각 17시 25분, 인천 공항 활주로에 뭉툭하게 착륙했다. 시차를 빼고 실제로 하늘을 난 시간은 한 시간 삼십 분, 대한민국은 화창한 봄날 저녁이었다.

귀국하고 닷새 뒤, 어머니를 찾아 고향엘 갔다. 시골집 대문을 들어서는 나를 반색해 맞으며 어머니가 대뜸 엉뚱한 말씀을 했다.

"어디를 들러 오느라 이렇게 늦으셨우 당신? 내 얼른 상을 봐 올릴 테니 어여 씻고 들어가셔요."

"?"

어이가 없어 멀뚱히 멈춰선 나를 밀다시피 안방으로 들어가게 하는 어머니, 어머니는 끝내 치매에 들었다. 서기마저 서릴 듯 푸르게 빗질 된 너른 마당에는 5월의 햇볕이 따갑게 내리비치고 있었다.

오세윤 산문집

아버지의 팡세

인쇄 2014년 05월 22일

발행 2014년 05월 27일

지은이 오세윤

발행인 서정환

펴낸곳 수필과비평사

주소 서울시 종로구 삼일대로 32길 36(익선동 30-6 운현신화타워 빌딩) 301호

전화 (02) 3675-5633, (063) 275-4000 · 0484

팩스 (063) 274-3131

이메일 sina321@hanmail.net essay321@hanmail.net

출판등록 제300-2013-133호

인쇄 · 제본 신아출판사

저자와 협의, 인지는 생략합니다.

잘못된 책은 바꿔 드립니다.

ISBN 979-11-85796-01-7 03810

값 13,000 원

「이 도서의 국립중앙도서관 출판시도서목록(CIP)은 서지정보유통지원시스템 홈페이지(http://seoji.nl.go.kr)와 국가자료공동목록시스템(http://www.nl.go.kr/kolisnet)에서 이용하실 수 있습니다.(CIP제어번호: CIP2014014290)」

Printed in KOREA